평화의 길, 통일의 길

평화의 길, 통일의 길

평화의 길, 통일의 길

2013년 5월 28일 초판 1쇄 인쇄
2013년 5월 30일 초판 1쇄 발행

지은이 | 임종철
펴낸이 | 孫貞順
펴낸곳 | 도서출판 작가
　　　　서울 서대문구 북아현3동 1-1278 (우120-866)
　　　　전화 | 365-8111~2　팩스 | 365-8110
　　　　이메일 | morebook@morebook.co.kr
　　　　홈페이지 | www.morebook.co.kr
　　　　등록번호 | 제13-630호(2000.2.9.)

편집 | 이승철　　　　디자인 | 오경은
영업 | 손원대 설동근　관　리 | 이용승

ISBN 978-89-94815-33-6

* 잘못된 책은 구입하신 서점에서 바꾸어 드립니다.
* 지은이와의 협의 하에 인지를 붙이지 않습니다.

값 15,000원

평화의 길, 통일의 길

임종철 지음

작가

나는 "좌우지간 상식파"

세월이 흘러갔다. 게으른 나를 뒤로 내던지며 시간은 벌써 60년이나 지나갔다. 동시에 세월이 흘러왔다. 네가 무엇이든지 간에 해야 할 일은 꼭 하라고 능력 없는 나에게 일감들이 몰려왔다. 사람으로서, 가족으로서, 시인으로서, 약사로서, 직장인으로서, 보건의료 활동가로서, 평화통일운동가로서 좌충우돌하다 보니 그 어느 것도 제대로 하지 못하고 그저 시늉만 낸 꼴이 이번에 동시에 펴내는 시집과 산문집에 모여 있다. 글로 모아지지 않은 허물들을 돌아보자면 온몸이 벌개질 수밖에 없는 인생 60을 살았다.

20세기 중반에 태어나 21세기 초반을 살면서 역사는 정말 발전하는가, 회의가 생긴다. 특히 이 코리아반도의 역사를 돌아보면 참으로 갑갑하고 답답하다. 일본제국주의 식민지, 세계대전 승전국에 의한 분단, 6·25한국전쟁, 그 와중에 그래도 산업화와 민주화는 성과를 거두어 오늘에 이르렀다. 그러나 아직도 분단전쟁은 끝나지 않았다.

"사람 죽이는 돈, 사람 살리는 데 쓰자!" 이것이 나의 평생 슬로건이다. 이제 우리 코리아반도는 하루속히 '분단정전협정'을 끝내고 '통일평화협정'으로 가야 한다. 그리하여 분단비용을 통일비용으로 전환시켜 나가야 한다. 분단비용은 싸우고 죽이자는 비용이다. 반면에 통일비용은 만나고 살리자는 비용이다. 이제 싸우고 죽이겠다는 몇조 원, 몇십조 원, 몇백조 원 하는 그 어마어마한 군사비를 줄이고 칠천만 코리아 민중들을 만나게 하고, 잘살게 하는 복지비를 늘려가야 한다.

나는 어떤 이데올로기도 사람을 옥죄는 것이라면 거부하고 사람을 잘살게 하는 것이라면 수락하는 "인본주의자"임을 자처하고 싶다. 나는 좌우지간에 "상식파"라고 나를 규정하고 싶다. 내가 살아온 길은 남이 무어라 했든 또는 무어라 하든 "출발도 사람, 도착도 사람", 그런 "사람 제일주의자"의 길이다. 못난이로 살았지만, 내가 살아온 흔적이 담긴 글들은 이 노선의 반증이었다고 자부한다.

이 산문집은 어린이의약품지원운동, 평화운동과 통일운동, 약사보건의료운동의 현장에 참여하면서 쓴 글들이다. 그냥 그때그때 필요에 따라 쓴 것들이다 보니 전체적으로 좌충우돌, 산만하기도 하다. 독자들께서 너그러이 보아주시지 않으면, 휴지통에 가든지 종이자원 아끼는 재활용품으로 가든지 하는 신세가 될 터이다. 부끄러워도 내가 살아온 인생의 증거들이니 어쩔 수 없이 뻔뻔스럽게 책으로 엮은 것이다.

이 책의 4부 〈내 문학의 뒤안길에서〉는 문학평론과 자작시들이 실려 있다. 「신동엽의 시인혼」은 문학 지망생으로서 약학대학 학생이 따로 이론을 공부할 수 없어서 문학이론을 공부하기 위해 우선 평론부터 써보자 하고 쓰게 된 글이다. 평론가가 되려고 했던 것은 아니다. 물론 신동엽은 내가 시인으로서 닮아보고자 나 홀로 스승으로 삼은 시인이다. 맨 뒷부분에 실린 시들은 이번에 함께 펴낸 시집에 묶이지 못한 작품으로 특정한 사람이나 단체와 관련된 것들은 이 산문집에 묶었다.

끝으로 내 삶의 이력과 흔적이 담긴 글들이 세상에 나올 수 있도록 해준 〈작가〉 출판사 손정순 대표님, 책의 편집을 맡아 고생한 시인 이승철 아우님께 감사드린다. 시집에서 감사인사를 드리긴 했지만 오늘의 나를 '나'이게 이끌어주신 모든 고마운 분들께 거듭 감사드리며, 〈건강사회를 위한 약사회〉, 〈어린이의약품 지원본부〉, 〈평화와 통일을 여는 사람들〉, 〈한국문학평화포럼〉의 동료, 선후배님들께 고맙다는 말씀을 전하고 싶다.

2013년 5월 올림픽공원 앞 〈한미약품〉 사무실에서

임 종 철

3부 약사 보건의료운동의 현장에서

4부 내 문학의 뒤안길에서

1부

어린이 의약품 지원운동의 현장에서

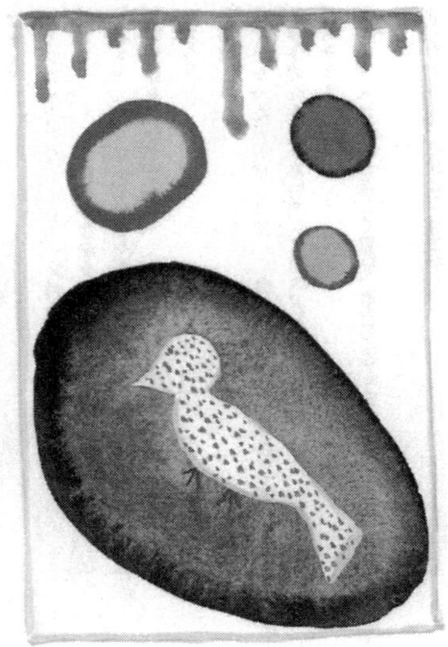

사람 살리는 게 사람의 길

1997년 7월 초순. 담벼락 아래 예닐곱 아이들이 서 있었다. 그 아이들은 시간을 훌쩍 뛰어넘어 1950년대 6 · 25전쟁이 끝난 그 어느 봄날 내 또래 아이들의 모습 그대로였다. 그 아이들은 유난히 머리통이 커 보일 만큼 가냘픈 몸매였다. 그 아이들은 봄날 해바라기를 하다가 그들을 찍는 카메라에 조금은 수줍어하면서도 신기하다는 듯 천연덕스럽게 웃고 있었다.

"아, 이 순진무구한 아이들! 이 아이들이 굶주리고 있다니!"

가슴을 미어지게 만든 아이들. 바로 1997년 봄, 북쪽에 살고 있는 우리 아이들이었다.

7월 하순. 두 아이가 누워 있다. 허름한 운동복을 입고 앙상한 다리를 드러낸 채 서 있을 기운도 없어서 누워 있는 아이들. 눈빛이 이미 지칠 대로 지친 아이들. 말할 것도 없이 극심한 영양실조에 빠진 아이들. 이 아이들을 어찌할 것인가. 어른인 나는 이 아이들에게 무엇을 해 줄 수 있단 말인가! 죄 없는 저 아이들을 저 지경에 이르게 한 모든 어른들, 아니 무기력하게 한숨이나 내쉬고 있는 나는 무엇으로 용서받을 수 있단 말인가!

이 아이들을 이대로 방치하면, 이 아이들은 올해를 못 넘기고 이 세상에 없는 영혼이 될 것이다. 그것도 5만~10만 명에 이르는 아이들이. 그리고 40만~50만 명의 아이들이 신체적으로 또는 정신적으로 장애자가 될 것이다. 이것은 외면하고 싶고 부인하고 싶어도 그럴 수 없는 엄연한 현실이다. 분단된 민족, 오늘의 현실이며 동시에 내일의 현실이다. 같은 땅에서 남쪽의 아이들과 통일시대를 함께 살아갈 미래세대가 지금 겪고 있는 고통의 모습이다. '우리의 소원'인 통일이 희망이기보다는 절망이 될 수도 있는 미래의 비극이 지금 우리 앞에 이렇게 가로놓여 있는 것이다.

남쪽에서 그래도 사람의 도리를 생각하고 많지 않아도 나누며 사는 사랑의 마음을 가진 수십만 명의 사람들이 여기저기서 정성을 모으고 있다. 남녀노소 그 수많은 사람들이 어서 빨리 쌀을 보내고 옥수수를 보내야 한다고 가슴 졸이며 애를 쓰고 있다. 그런 가운데 우리 보건의료인들도 북녘동포들을 돕는 운동에 동참해왔다. 그러면서도 무언가 아쉬운 부분을 느끼기 시작했다. 허기진 사람에게 먹을 것을 빨리, 많이 보내야 한다는 다급한 마음은 꼭 같아서 우선 식량 모으기에 힘을 보태왔지만 무언가 부족하다는 직업적 소명을 떨칠 수가 없었다. 그것은 바로 이제는 식량만이 아니라 약품도 보내주어야 한다는 것이었다.

사실 기근이 발생하면 먹을 것을 빨리, 많이 섭취해야 하기도 하지만 그것만으로는 부족한 법이다. 골고루 섭취해야 하는 것이다. 절대량이 부족하고 필수영양소들이 결핍되다보니 결국은 북녘 아이들의 15% 이

상이 영양실조에 빠지고 만 것이다. 이제 이 아이들에겐 밥과 함께 약이 필요하다. 남쪽에선 흔하디 흔한 비타민도 극적인 치료제가 된다. 게다가 영양실조 상태가 되면 그 자체가 고통이기도 하면서 면역과 저항력이 떨어져 가벼운 전염병으로도 치명적인 결과를 가져오게 된다는 것은 상식이다. 그래서 이제 항생제는 절대절명한 긴급구호약품이다. 안으로 채워주고 밖으로 막아주어야 살아날 수 있다.

의약품 지원사업을 시작하면서 북쪽의 질병상태를 추정하고 필요의 약품 목록을 작성하긴 했지만 시간이 흐를수록, 그리고 좀더 실상에 근접할수록 점점 더 답답해지고 조급해지는 마음을 어쩔 수가 없다. 부족해도 이토록 부족하단 말인가, 하는 당황스러움을 견딜 수가 없다. 흔히 링게르라고 부르는 수액제 주사 세트가 부족해서 고무호스를 대용하고 있는 사진, 1회용 주사기는 물론이고 반창고나 솜조차도 귀해서 쩔쩔맨다는 소식, 예방용 백신이 있어도 그것을 보관할 냉장고가 부족하다는 이야기, 남쪽에선 이미 거의 사라진 소아마비 환자가 발생한다는 보고, 당장 이 여름에 5만~10만 명이 콜레라와 장티푸스로 고생하고 있다는 중국 자선단체의 팩스….

그런데 남이나 북이나 당국자라는 사람들은 무얼 하고 있는가. 정치가 어떻고, 외교가 어떻고 하면서 입씨름이나 하고 과거의 유물인 이데올로기에 매달려 있지 않은가. 한마디로 말하자. 나태한 관료주의, 버려도 진작 버렸어야 할 자존심, 북쪽에서 구호활동을 하는 국제기구들마저 어처구니 없어 하는 억지 창구논리 따위로 죽어가는 아이들에게 보급되어야 할 식량과 약품을 가로막는다면 그것이 바로 인도주의 정신의 파괴이자 총칼 없는 간접적인 학살행위일 수도 있지 않은가. 극보수 전쟁론자였던 미국의 어느 대통령마저도 "굶주린 아이들에게 정치를 말할 것인가?'라고 말하지 않았던가. 이제 참으로 열린 마음으로, 용서를 비는 마음으로 다가가자. 어른 세대의 잘못 때문에 고통 받는 아이들에게로. 지금은 죽어가는 아이들을 살리는 길이 아니면 그 어느 것도 가짜다. 길은 오직 사람을 살리는 거기에 있을 뿐이다.

끝으로 이 글을 읽는 모든 분에게 부탁드린다. 700-8275. '북한어린이 빨리치료전화'로 전화를 걸어주시길. 지역번호 없이 어디서나 한 통화를 걸면 2천 원 어치의 약을 북한 어린이에게 보낼 수 있는 전화이다. 전화 한 통화면 비타민 100알, 다섯 통화면 항생제 500알을 보내줄 수 있다. 이왕이면 자신은 물론이고 자녀에게도 걸어보게 해 주면 좋겠다. 사람 살리는 교육보다 더 나은 교육은 없을 터이니.

— 1997년 8월 5일, 〈한겨레〉

나의 평양 방문기

"이제야 이만치, 평양까지 왔구나!'

평양. 누구나 그저 그런 호기심에서건 간절한 통일 열망에서건 한 번쯤 보고 싶어하는 곳. 평양은 한 번 방문한다는 것만으로도 뉴스가 된다. 아니 하나의 역사가 된다. 이런 현실 자체가 남북의 단절이 길고 깊고, 분단의 역사가 얼마나 큰 상처와 불신으로 남북 사이를 갈라놓았는지를 말해준다.

나는 평양방문을 준비해 나가면서 동료들에게 말하곤 했다. 나는 평양엘 가더라도 "아, 평양!' 이라고 감탄하지 않으리라고. 그냥 해보는 소리가 아니었다. 이제 어떤 감상만으로 평양엘 갈 수는 없었기 때문이다. 평양에 간다는 것은 자랑스런 관광여행이 아니라 우리에게 주어진 과제, 그 실마리를 어느 만큼 풀어왔고 어디까지 풀어갈 수 있는냐는 잣대이기도 했기 때문이다. 그만큼 무거운 마음으로 평양에 이르른 것이다. 실제로 평양에 도착해서 나는 감탄하지 않았다. 그러나 어찌 감회가 없었으랴. 그래서 속으로 말했다.

"이제 이만치 왔다. 여기 평양까지 왔다. 얼마만치 가야할지, 갈 수 있을지 몰라도 이제 시작이다. 자 출발이다."

1999년 9월 2일 오후. 평양 근교 순안비행장에 비행기가 착륙하고 천천히 착륙장으로 접어 들어가는 동안 비행장 주변의 소박한 농촌 풍경을 보면서 나는 마치 고향마을을 되찾은 듯한 착각을 느꼈다. 그 햇살 밝은 논밭에서 일하던 사람들이 일손을 멈추고 활주로를 서행하는 비행기를 물끄러미 바라보는 모습들은 내 어린 시절 신작로를 달려가는 트럭이나 버스를 바라보며 때론 손을 흔들어주던 그때 그 모습과 전혀 다를 것이 없었다. 그것이 나를 30년 전 고향을 찾는 듯한 착각으로 이끌었으리라. 실은 지금 고향을 찾아가도 그런 모습들은 다시 볼 수 없게끔 고향 풍경은 이미 엄청나게 달라져 있는 데 비하면, 그곳 농촌은 시간이 머물러버린 듯, 30년 전 그 모습을 고이 간직하고 있었던 것이다.

이 같은 농촌 풍경, 그리고 시골 중학교 같은 느낌을 주는 순안비행장의 건물은 사실 단순한 감상을 느끼는 것에 머물게 하지 않는다. 풍경 하나가 왈칵 많은 것을 한꺼번에 말하고 있었다. 내가 여러 번 감격하지 않겠다고 거의 다짐까지 했음에도 불구하고, 가슴속으로 저릿하게 소리 없이 파고들던 그 감회는 가슴에서부터 머리로 올라가 다시금 방문 목적과 실무를 되새기게 하고, 이곳 갈라져 살아온 동포형제들의 땅이 지금 어떤 형편인가를 유추하게 만드는 것이었다.

좋은 쪽으로 보면 자연과 더불어 살아온 우리 민족의 고유한 풍속이 그대로 온전히 살아있다는 반가움과 아직 여기는 환경오염을 걱정하지 않아도 좋을 만큼 깨끗하구나 하는 느낌과 함께 상쾌한 공기가 가슴 가득 시원함을 안겨주는 편안함이 다가왔다. 그러나 한편으로는 이곳 형제들의 생활형편이 아직 제자리걸음을 하고 있구나 하는 안타까움과 그렇게 될 수밖에 없는 평양의 정치경제적 지형을 재고해야 하는 답답함이 가슴을 메어지게 하곤 했다.

나는 이 기행문을 그래서 눈물로 쓸 수밖에 없다. 단지 평온한 풍경만으로는 떨쳐버릴 수 없는 분단의 아픔이 가슴속, 뼛속으로 파고드는 것을 부정할 수는 없었기 때문이다. 아니 그뿐인가. 평양방문 내내 예정된 곳, 예정된 사람들만을 보고 만날 수밖에 없었지만, 그리고 예정 코스만을 다닌다는 그 자체가 지금 꽉 막힌 남북관계의 현실을 말해주는 것이기도 하지만, 우리가 모은 자료들은 단순한 자료가 아니기 때문에 웃으면서도 가슴속을 채우고 떠나지 않는 그 슬픔과 답답함을 숨길 수는 없는 것이다.

북측 '조선아시아태평양평화위원회' 의 초청을 받은 우리 대표단의 방문 목적 자체가 북녘 어린이의 건강을 좀 더 잘 돌보기 위한 통로를 열어나가는 데 있었듯이, 통계는 북녘 어린이들의 건강을 분명하게 말해주고 있다. 비록 우리 눈으로 직접 보지는 못했지만 국제식량계획(WFP), 국제아동보호기금(UNICEF) 등의 국제기구가 북측 보건성의 협조를 받아가며 작년에 1500명이 넘는 아이들을 대상으로 조사한 보고서는 북녘 어린이들의 건강상태를 웅변하고 있다. 65%가 만성적인 발육장애, 약 15%의 어린이가 소모성 영양장해 상태라고 밝히고 있다. 이처럼 많은 아이들이 고생하고 있는데 우리는 무얼 하고 있는가, 남쪽에서 버려지는 음식 쓰레기가 무려 8조 원이라니 정말 이대로 괜찮은가, 가슴을 치지 않을 수 없는 것이다. 그리고 북측의 당국자들은 무얼 어떻게 하고 있는가 눈으로 확인하고 싶었고, 이번 방문은 그들의 속내를 읽어내자는 데에도 목적을 두고 있었던 것이 아닌가. 그러니 가슴을 가득 채워오는 그 안타까움이 내내 눈물 없이는 이 기행문을 쓸 수 없게 만든다.

세상에! 여행이란 모름지기 설레임과 즐거움, 그리고 웃지 못할 실수들로 아름다운 기억을 만들어 주는 그런 것일진대, 세상에 이런 여행도 있더란 말인가. 구김살 없이 가슴을 터놓고 말하는 평양 사람들의 그 말씨와 표정을 보면서 나 또한 환히 웃다가도 문득 가슴속에 쉼표를 하나 찍지 않고는 말에 매듭이 지어지질 않았다.

비행장에서 시내로 가는 길목마다에서 예의 그 풍경은 내내 이어졌거니와 평양 시내로 접어들자 건물 모습들이 우르르 자기 목소리로 한마디씩 말을 하고 있었다. 그 건물들은 오래된 것이든 새로 지은 것이든, 살림집이든 공공건물이든 "우리 평양 사람들은 이래이래 살고 있시요"라고 말하고 있었다. 거리를 거의 속도 없이 가듯 천천히 오가는 많지 않은 자동차들, 여긴 아직도 전차를 이용하는구나 하는 새삼스러움을 안겨준 전차들, 그리고 급할 것 없이 걷거나 자전거를 타고 가는 사람들, 건물도 그렇지만 거리 전체가 무채색인 평양은 평양에 머무는 동안 내내 소박하다는 느낌과 낙후되어 있다는 느낌을 섞어서 보여주었다.

거리마다 환호물결 "장하다 정성옥!"

무채색 평양풍경은 맑은 공기 속에 푸르른 나무들과 밝은 햇살들과 어우러져 너무 수줍음 타고 때론 쑥맥 같은 시골처녀의 모습처럼 느껴졌다. 그러다가도 또 달리 보면 순박하게 묵묵히 고난을 참아가며 사는 착한 청년의 모습이다가 때론 번뜩 눈빛이 타오르는 당찬 사나이의 비장함을 느끼게 하곤 하는 것이었다. 우리가 원래 묵기로 했던 고려호텔이 오래된 건물이라 어떤 지친 사내의 모습으로 비쳤다면, 이번에 묵게 된 량각도호텔은 새로 지은 48층 건물답게 아주 밝은 모습으로 대동강 한가운데서 늘씬한 미모를 자랑하는 아가씨의 모습으로 다가왔다.

　호텔에 여장을 풀자마자 우리는 '안내원 동무'들과 여행 일정을 협의하였다. 5박 6일간의 일정표는 대체로 우리를 초청한 조선아시아태평양평화위원회가 우리 대표단의 방문목적을 충분히 고려했다는 것을 금새 알 수 있었다. 하지만 조금이라도 더 의료시설과 어린이시설을 돌아보고 싶은 우리는 그런 희망을 표시하였고, 가능한 한 수용하겠다고 한 약속은 절반쯤 지켜졌다. 시간 관계상 어쩔 수 없이 방문할 수 없었던 병원의 경우에는 그 병원 관계자와의 회동을 준비해주는 성의를 지켰다. 하지만 여전히 우리는 아쉬움을 가질 수밖에 없었던 부분들이 있었다. 비록 우리가 시골 벽지의 어린이 시설이나 진료소를 갈 수는 없다 하더라도 평양 시내에서도 최고급 시설만이 아니라 그 하위 시설을 꼭 둘러보고 싶었지만 반영되지 않았다. 내내 아쉽지만 첫술에 배부르랴 하는 심정으로 다음을 기약할 수밖에.(그리고 실제로 북측의 입장에서 보면 우리가 너무 억지를 부리는 것처럼 보였을는지도 모른다. 이제 처음 왔으면서 무얼 그리 한꺼번에 보자는 건가 하는 북측 관계자의 반발감을 부인할 수는 없었다.)

　우리 '어린이의약품지원본부' 대표단의 평양방문 일정 5박 6일은 오전은 공무, 오후는 관광을 기조로 짜여 있었다. 반쯤은 우리가 꼭 가보려는 곳 꼭 만나려는 사람들을 위해, 반쯤은 평양 구경과 북측에서 권고하려는 곳이었다. 우리가 거북하게 생각할 수도 있는 곳은 가급적 피하는 배려도 있었다. 하지만 이 반반의 일정도 결국은 거의 공무 방문으로 채워졌다. 여행이란 예기치 않은 일로 변경이 생기게 마련이니까. 뒤에 자세히 적겠지만 평양이 온통 환호의 물결로 가득차 버린 세계여자마라톤 우승자 정성옥 선수 환영행사가 우리 일정을 변경시켰다. 그 덕분에 묘향산을 가 볼 수 있게 된 것은 행운이었다고나 할까. 그 바람에 단군릉, 부벽루, 을밀대 같은 사적지는 놓치고 말아 반가움과 아쉬움은 또한 반반일 수밖에 없었다.

토요일 오전에 평양산원과 예방약공장을 돌아본 대표단은 그 유명짜한 옥류관 랭면을 맛보는 영광을 누렸다. 여기서 "영광"이라고 적는 것은 우리 대표단이 평양을 방문하게 된 것은 생애에 없는 과분한 영광이라는 뜻에서다. 약과 성금을 모아준 보건의료인들의 그 정성과 작게는 천원 이천 원에서부터 만 원, 이만 원에 이르기까지 성금을 모아준 5만이 넘는 국민들의 따뜻한 동포애가 우리로 하여금 평양에까지 가서 평양이 고향인 분들이 그렇게도 몽매에 그리는 평양랭면을 맛볼 수 있게 해주신 그것은 우리 대표단에게 가없는 은혜가 아니랴.

사실 우리는 평양에서 마음속으로 여러 가지로 거북함을 느끼지 않을 수 없었다. 남쪽에서 많은 분들의 힘이 우리를 평양까지 보내주신 것과 함께 북쪽에서 우리를 맞는 그 예의가 너무도 극진해서 "이건 호사가 너무 지나친 것 아닌가?" 하고 수 없이 반문하곤 하였다. 식사때마다 최고급 음식이 마음에 걸렸던 것은 물론이거니와, 가는 곳마다 이미 "조직"된 대로 최고의 손님대접을 받았기 때문이다. 만경대학생소년궁전 공연을 볼 때도 그러했고, 평양교예단 공연을 볼 때도 그러했다. 로얄박스는 아니지만 귀빈석 중에서도 중국에서 온 대표단이나 일본에서 온 대표단을 제쳐놓고 가장 좋은 자리가 우리를 기다리곤 했던 것이다. 뿐만 아니라 정성옥 선수 환영행사로 교통이 통제되고 있는 구역을 무슨 특권층처럼 우리 차량은 통과시켜주는 것이었다. 필시 남쪽에서 오신 손님이라 해서 그같은 과분한 대우를 했으리라.

그뿐만이 아니다. 우리 대표단 이전에도 보건의료인은 아니라 해도 보건의료계 인사들이 더러 평양을 방문한 적이 있다고 들었지만, "이거 남쪽 선생님들, 전문가 선생님들이니까 특별히 보시게 되는 겁니다"라고 인사치레를 하면서 어린이영양관리연구소, 예방약공장을 방문하게 해주었다. 또한 평양산원은 누구에게나 관람시키는 곳이지만 그 내부 시설들까지 샅샅이 관람하게 해준 것은 분명히 좌고우면 끝에 내린 "조직"적 참관이었음에 틀림없다. 평양산원에서 우리를 방마다 안내해준 여의사는 정성옥 선수 마중시간에 늦을까봐서 발을 동동 구르면서도 3시간씩이나 우리가 보려는 곳마다 기꺼이 안내해 주었다. (북쪽에선 "조직"이란 말을 자주 썼다. 조직되지 않으면 진행이 되지 않았다. 우리가 불쑥 무얼 하자고 하면 바로 진행되지 않았다. 조직할 수 있나 없나가 판단기준이었다. 말하자면 사전협의, 또는 사전계획을 "조직한다"고 하는 것 같았다.)

이달 하순이면 세계 제일을 자랑하는 평양교예단이 서울공연을 하게 된다고 한다. 모스크바서커스단이나 베이징서커스단이 유명하지만 평양교예단이 더 잘한다고 알려져 있는데, 직접 공연을 보고, 또 북쪽 용어로 "현지지도"하면서 국가 최고지도자가 내린 지시가 그 실력이 각별히 육성된 것임을 느끼게 해 주었다. 단원들을 비행기 조종사에 준하는 대우를 받도록 배려하고 우리 민족 정서에 맞는 교예를 개발하고 청소년기부터 교예일꾼을 발굴하라는 "지도"는 교예가 얼마나 우대받고 있는가 알게 해준다. 사회주의 국가에선 으레 서커스를 우대한다고 치부하기엔 그 대중화에 기울이는 노력이 예사롭게 보이지 않았다.

아, 얼마나 자랑스런 쾌거인가. 세계여자마라톤에서 우리 민족의 딸 정성옥 선수가 우승을 거두었다. 그것도 일본선수를 제치고. 우리 황영조 선수가 올림픽 마라톤에서 일본선수를 제치고 우승했을 때의 그 감격을 재현한 것이다. 거리엔 조직동원된 군중과 자발적으로 환영나온 사람들로 온통 환호의 물결로 메어지고 있었다. 우리는 군중 속으로 어울려 들어가지 못하는 것을 내내 아쉬워했었지만, 세계 속에 우리 민족의 영예를 빛낸 것은 남이나 북이나 가릴 것 없이 가슴 벅찬 자랑이었다. 특별지시로 환영행사가 있던 그날은 평양 전체가 휴무였고, "장하다 정성옥"이란 환영의 노래가 특별히 만들어져 그날 내내 거리 거리마다에서 연주되었다. 북쪽이 여러 사정으로 국제 스포츠 무대에 나오지 못하기 때문에 그 실력이 어느 정도인지 잘 모르고 있다보니 의외의 결과로 느껴지면서 놀라움이 그만큼 커지는 것이겠지만, 어쨌든 같은 핏줄을 이어받은 동포의 쾌거는 편견 없이 함께 기뻐할 일이리라. 나아가 남북 탁구 단일팀이 보란 듯이 국제무대에서 성가를 높였듯이 앞으로 남북 단일팀이 국제무대를 누빌 날을 기대해 본다.

하지만 남이나 북이나 이것만은 고쳐져야 한다는 생각을 하면서 분단의 아픔을 또다시 느껴야 했다. 우리가 북녘 어린이를 위해 콩기름을 보낸다고 하니까 그 영양학적 무식은 그만두더라도 그 귀한 콩기름으로 "대포를 닦는다"는 망언을 해댄 남쪽 사람들의 편견이 고쳐져야 하듯이 황영조는 제쳐놓고 "손기정 이래 최초의 세계대회 우승"이라고 말하는 편견 또한 반드시 고쳐져야 할 폐단이 아닌가.

"보내주신 약, 참 요긴하게 썼지요"

짧은 일정이었던데다 아직은 더 신뢰가 쌓여야 하는 까닭에 우리가 돌아볼 수 있었던 곳은 아주 제한된 곳이었다. 하지만 생색내는 안내원 동무들의 말이 아니더라도 우리가 남쪽에서 찾아간 순수 보건의료 전문가들이란 점을 배려하는 데는 소홀함이 없었다.

실로 격세지감이 느껴졌다. 3년 전, 북녘 어린이를 위해 약을 보내자고 성금을 모을 때만 해도 북측에서 남측 약은 받을 수 없다고 해서 얼마나 막막했었던가. 그래서 적십자사에서 보내는 식량 운반선에 영양제와 분유를 덤으로 실어보내면서 북측의 입장을 타진하곤 했던데 비하면 우리 대표단을 맞으면서 보여준 허심탄회한 모습들은 '이제야 이만치, 평양까지 왔구나. 이제 비로소 제 길로 접어들고 있구나!' 하는 감회를 거듭거듭 느끼게 하였다.

처음엔 약이 필요하다는 것조차 부인할 만큼 남측을 못 미더워 하던 북측 당국에서 시간이 지나고 우리 어린이의약품지원본부가 상품명 포장 대신 일반명 포장으로 바꾸는 성의를 갖고 지원한 것이 작든 크든 믿음을 주었던 것으로 생각된다. 혹시라도 인도적이고 동포애에 바탕을 둔 지원에 다른 불순한 의도는 없나 하는 의심을 이제는 완전히 거둔 것으로 보인다.

아니, 실제로 어린이의 건강을 책임 맡고 있는 실무일꾼으로서 약품과 물자의 필요성을 누구보다 절감하고 있었을 북측 보건의료 관계자들은 우리를 매우 고마운 마음으로 맞이해 주었다. 우리가 둘러본 시설들이 평양에서 자랑하는 곳, 그래도 내보일 만한 곳이었다 하더라도 일반인에겐 쉽게 식별이 되지 않는 부분들이 우리들의 눈에는 실상이 그대로 보이는 터에 우리로 하여금 방문한 곳마다 충분히 돌아보게 한 것은 아마도 잘 돌아보시고 우리가 무얼 필요로 하는지 알아서 챙겨주십시오 하는 바람이 담겨 있었던 것이 아닐까 되새겨 보게 된다. 사실 평양산원은 너무도 설비가 잘 되어 있어서 우리가 보내준 약이 아니라 국제기구들에서 보내준 약들로 충분한 형편이었다. 하지만 어린이영양관리연구소는 그 설비가 매우 열악하게 보였다. 남쪽의 어지간한 제약회사의 연구소에 비해서도 뒤쳐진다고 볼 수밖에 없는 형편이었다.

북측 보건의료인들이 "고난의 행군을 하다 보니 물자가 많이 부족합니다"라고 솔직히 말하듯이 북녘엔 참으로 물자부족이 눈에 밟혔다. 그 어려운 사정 속에서도 있는 물자를 요긴하게 쓰고, 쪼개 쓰고자 하는 보건의료 담당자들의 노력은 그래서 더욱 돋보였다. 난관을 극복하려는 "창의적"인 노력들이 한편 박수를 보내고 싶도록 대단하게 평가되면서 한편으로 이렇게 눈물겹도록 노력하는 북쪽 동료 보건의료인들을 우리 남쪽 동료 보건의료인들이 거들어주어야 하지 않겠는가 절절한 동료애를 느끼게 했다.

어린이영양관리연구소는 단순한 연구소가 아니었다. 연구사업과 함께 어린이시설이나 의료시설에서 어떤 물자들이 필요한가를 조사하고, 새로 개발하거나 조달한 물자들을 필요한 시설에 배분하는 기능을 맡고 있었다. 애국예방약공장에서도 들어서 알게 된 것이지만 북측에선 해당사업을 전담하는 기관들이 배정되어 있었다.

어린이영양은 연구소가 전담하는가 하면, B형간염은 애국예방약공장이 전담해서 조사하고 예방하고 치료하고 필요한 약제를 공급하는 역할을 맡고 있었다. 그리고 그 나름의 자랑스러운 성과를 내기도 했다는 것을 알게 되었다. 애국예방약공장의 공장장은 소박하게 말했지만 그곳에서 만드는 B형간염 백신과 진단시약이 어디에 내놓아도 손색이 없다고 말했다.

어린이영양관리연구소에서는 우리가 논란 끝에 보내준 콩기름을 잘 응용하고 있었다. 물론 식용유로 음식을 조리하기 위해서 관련시설에 배분하기도 했지만, 콩기름으로 젖 대용품을 만들어 쓴다는 것은 우리를 놀라게 하기에 충분하였다. 다른 곡류에는 없는 콩기름에만 담긴 식물성 단백질, 지방질, 미량원소들이 식량난을 겪고 있는 북녘에선 더할

나위없이 좋은 영양식품이었던 것이다. 엄마젖이 모자라는 경우에 콩기름 25%를 넣어 만든 젖 대용품을 먹인다고 하니 신생아에게 콩기름이 얼마나 요긴한가 말이다. 남쪽에선 그저 튀김용으로 쓰는 콩기름이 북쪽에선 젖 모자라는 신생아의 생명과 건강에 필수품으로 쓰인다니!

어린이영양관리연구소 소장이 우리에게 건네준 메모에는 거기서 필요로 하는 의약품의 일부가 적혀 있다. 거기 대외협력부장을 맡고 있는 여성부장은 조심스러워서 얼굴이 빨개지면서도 "임 선생님, 꼭 좀 도와주세요."라고 손을 꼭 잡는 것이었다. "상부상조"란 이런 때 정말 마땅히 해야 하는 민족공동체의 도리이리라. 공자님 말씀에 "가난하여도 아첨하지 말고 부유하여도 교만하지 말라"고 하셨는데 지금 남과 북의 동포형제들이 그러해야 할 것이다.

요즈음 서울에선 수돗물에 불소를 넣어 충치를 예방하는 사업을 놓고 해야 한다, 하지 말아야 한다 논쟁이 일고 있다. 대표단의 치과의사인 유영재 선생이 물었다. 북에선 이 사업을 어떻게 하느냐고. 대답은 간단했다. "우리는 불소간장으로 예방사업을 하고 있지요."라고. 우리는 무릎을 쳤다. 아, 계획생산 계획분배가 이루어지는 제도이니까 이것이 가능하구나. 간장공장에서 일괄적으로 필요량을 조절해서 불소간장을 생산하고 분배하니 어느 가정에서나 식사 때마다 꼭 먹는 간장으로 충치예방사업을 할 수 있는 것이다. 덧붙이는 말이 재미있다.

"과용할 염려도 없지요. 간장을 마구 퍼먹으면 모를까."

얼마 전 미국의사들이 찍어온 북쪽 병원 영상자료가 방영된 적이 있다. 그때 설명에서 "북쪽 의사들은 약이 부족해서 산으로 약초 캐러 다니느라 환자를 제대로 돌보지 못한다"고 하는 말을 들으면서 반신반의했었는데 사실관계에서 그리 틀린 말은 아닌 것으로 보이지만, 약간 과장되었다고 보인다. 북쪽에선 "자력갱생"을 기본으로 하기 때문에 해당 단위조직에서는 자기들에게 필요한 물자를 일정하게 자체 해결할 수밖에 없다고 한다. 그러다보니 모자라는 약제를 메우기 위해 의사들이 직접 약초 채취에 나서는 것으로 보인다. 그러나 환자를 돌보지 못할 지경이라는 것은 좀 지나친 과장으로 보인다. 그들은 평소에는 60~70%를 고려의학(전통의학)으로 해결하고 나머지를 신약(외래의학)으로 해결해 왔지만, 고난의 시절이다 보니 80%를 고려의학으로 해결하는 수밖에 없다고 한다. 북쪽에서 전통의학과 외래의학을 잘 조합하는 사례는 남쪽에서도 각별히 고려해야 할 측면이라고 생각된다. 지면 관계상 여러 사례를 다 적지 못하지만 어려운 가운데서도 문제해결을 위해 기울이는 북녘 보건의료인들의 창의적인 노력에 다시한번 격려의 박수를 보내고 싶다.

"남쪽 선생님들, 태어나서 처음 뵙습니다"

실로 얼마나 어렵게 이루어진 만남인가. 남북 보건의료인들끼리 만나서 정식으로 회의를 갖게 된 것은 그야말로 보건의료계 최대 뉴스의 하나라고 손꼽아도 무리가 없으리라.

1999년 9월 6일, 평양 량각도호텔 회의실에서 가진 남북보건의료인 회의는 회의 그 자체보다도 서로 만났다는 그 감격으로 많은 시간을 서로 부둥켜안고 덕담을 나누는 데 썼다. 처음 만나서 대번에 현안문제만을 토론한다면 그 얼마나 답답한 일일까. 자연스럽게 반가운 만남의 의미와 이제부터는 무조건 자주 만나야 한다는 그 다짐을 수도 없이 나누었다.

남측에선 우리 대표단 심재식 상임대표(의사), 유영재 선생(치과의

사), 유기덕 선생(한의사), 그리고 필자(약사)가 참석하고 북측에선 조선의학협회 장도경 부장, 어린이영양관리연구소 백청석 소장과 오일수 부소장, 구강병예방원(치과종합병원) 리무남 과장, 고려의학종합병원 김우용 과장이 참석하였다.

회의 첫머리엔 우선 우리가 보내준 의약품에 관하여 우리 측이 듣는 시간을 가졌다. 우리가 남쪽에서 인도적으로 지원하는 물자들이 잘 분배되고 있는가 하는 이른바 "분배의 투명성"이라는 문제는 사실 그리 중요한 문제가 아닐 수도 있다는 것을 그분들의 설명을 들으면서 실감하였다. 어린이를 포함한 인민(국민)의 건강을 담당하는 보건의료인들로서 물자가 부족하여 충분히 공급하지 못하는 안타까움이 있을 뿐, 전달받은 물자를 소홀히 하거나 빼돌린다는 것은 있을 수 없는 일로 느껴졌다. 오히려 하나의 물자라도 요긴하게 절약하고 꼭 필요한 곳에 공급하려는 눈물겨운 노력들, 자기가 맡은 임무에 한 치도 흐트러짐이 없어야 한다는 성실한 자세들이 우리를 탄복하게 만들었다.

예컨대 종합비타민조차도 낭비일 수 있다는 그분들의 착상이 민족의 이름으로 칭찬받아 마땅하다고 느껴졌다. 무슨 말이냐 하면 필수 영양소들이 모든 어린이에게 필요한 것이 아니며, 지역마다 필요한 영양소들이 다르면 그것을 감안해서 공급한다는 방침을 설명하면서 요오드콩을 예로 들었다. 애들이 꼬박꼬박 먹지 않을 수도 있어서 "키 크는 지능콩"이라고 과장하면서 공급하는 요오드콩은 산간지역 어린이를 위한 것이다.

해안지방에선 해초류를 통해 섭취할 수 있지만 산간지역에선 그 마저 어려워 요오드결핍증 예방과 치료를 위해 요오드공급의 방법으로 요오드콩을 착안한 것이다. 이처럼 복합제가 아닌 단미제가 물자 절약에 좋다는 발상은 내핍생활 속에서 얻어진 지혜이리라.

우리가 보낸 의약품들은 북측의 어린이시설(탁아소, 유치원, 애육원)과 각급 의원과 진료소에서 이용되었다고 확인해주었다. 계선조직을 타고 수요—공급을 맞추는 북측의 의료체계로 보면 우리가 보낸 의약품들이 어떻게 배분되었을지도 능히 유추할 수 있었다. 북측에서 직접 생산하는 의약품과 국제기구들에서 보내주는 의약품, 그리고 작지만 우리가 보내주는 의약품들이 전체 분배체계 속에서 북측의 방침에 따라 적절히 분배되었을 것이다.

북측의 의료전달체계는 리/동 단위 진료소와 작업장 진료소, 시, 군, 구 단위 의원, 시, 도 단위 병원, 그리고 특수종합병원으로 3단계 플러스 알파 식으로 되어 있다고 한다. 평양산원, 조선적십자병원, 김만유병원, 고려의학종합병원, 구강병예방원 등은 특수종합병원이라고 한다. 우리는 우리가 보내는 의약품들이 가급적이면 벽서지역이나 낙후지역의 어린이들의 건강을 돌보는 데 쓰여지기를 원하고 있지만, 절대적으로 총량이 부족한 상황에서 우리가 어떻게 쓰면 좋겠다고 하기 보다는 그 어려움을 극복하려는 나름의 노력을 하고 있는 북쪽 보건의료인들의 방침에 맡기는 것이 낫겠다고 생각하는 것이 체계 속에서 자연스럽게 이루어지지 않겠는가 생각되기 때문이다.

우리는 그분들의 설명을 들으면서 우리가 의약품지원의 방향을 어떻게 잡아야 하는가를 정리할 수 있었다. 예컨대 평양산원 같은 데는 이미 국제기구들에서 지원하는 의약품이 공급되고 있으니 논외이고, 어린이영양관리연구소 같은 일정한 생산—공급 기능을 맡고 있는 곳에 초점을 맞추어 우리가 조달할 수 있는 능력 범위 내에서 지원하면 되겠다는 것을 알게 되었다. 이 같은 방향으로 지원하면 어린이영양관리연구소가 관할하는 범위 내에서 적절히 공급될 것이므로 그동안 어떤 기준으로 의약품을 선정하며, 얼마만큼 단위로 보내야 하는가를 추정하느라 고심했던 우리의 수고는 저절로 덜어지게 된 것이다.

남북보건의료인회의에서 우리 측은 『의약용어통일사전』을 공동편찬하자는 제안을 하였다. 남과 북이 50년이 넘게 각각의 길로 가는 동안 의약용어마저도 차이점이 커져 전문가들 사이에서도 의사소통에 문제가 생겨 있다고 보기 때문이었다. 남쪽에서는 영어 외래어, 북쪽에선 주로 러시아어 외래어를 많이 사용함으로써 상대방 용어를 이해하지 못하는 일이 생겨난 것이 주요 원인일 것이고 거기다 남과 북이 각기 다른 정치경제 체제에서 각각의 조건에 따라 의약용어들을 만들어 쓰게 된 것이 또 하나의 큰 원인일 것이다. 이같이 상이한 의약용어를 통일하자는 의견은 이번 우리 측 제안이 아니더라도 북쪽의 특수지역인 라진—선봉지역을 방문했던 보건의료인들도 제기했었던 사안이기도 하다. 그분들이 그 지역 케도(KEDO)에서 일하는 한국전력공사 등의 일꾼들과 북측 건설일꾼들을 진료하는 계획을 세우다 보니 용어의 상이점에서 오는 문제를 인식하게 되었던 것이다.

우리의 제안에 장도경 부장은 말했다.

"예. 맞습니다. 전망적으로 꼭 해야 할 일입니다. 우리 함께 꼭 해냅시다."

그리고 함께 참석한 북측 보건의료인들이 모두 한마디씩 꼭 해야 할 일이라고 동의하였다. 다만 사전을 편찬한다는 일이 만만치 않은 일이므로 관련기관들과 협의를 거쳐서 해야 한다는 어려움을 제기하였다. 우리 측에서도 그 점을 이해할 수 있었다. 사전을 편찬하려면 잦은 남북 보건의료인 접촉과 교류가 필요한데 북측의 관계당국에서 충분한 결정을 내리지 않으면 이루어질 수 없는 일인 것이다. 그래서 이 문제는 조선아시아태평양평화위원회를 통해 좀더 논의를 진전시켜가며 추진하는 것으로 의견을 모았다.

회의를 마치고 기념사진을 찍고 헤어질 때, 그 아쉬움이라니! 모두들 잡은 손을 놓을 줄 모르고 눈시울까지 붉어지면서 "이제는 정말 자주 만납시다"라는 다짐을 몇 번이고 주고받았다. 그렇다. 이제는 자주 만나야 하고 많이 만나야 한다. 몇몇이 아니라 남북 각 분야 보건의료인들이 서로 만나서 통일된 미래의 보건의료를 준비해나가야 할 것이다.

"가는 길 험난해도 웃으며 가자"

평양거리에서 가장 자주 본 간판은 "전환의 해"와 "가는 길 험난해도 웃으며 가자"였다.

"전환의 해"는 두 가지 뜻을 담고 있다고 안내원 동무는 설명하였다. 하나는 새로운 지도자와 함께 역경을 극복하여 희망으로 전환시키자는 뜻이고, 또 다른 뜻은 올해가 20세기 마지막 해이니 희망의 21세기로 전환시키자는 뜻이라고 했다. 지금 평양에서 가장 절박하게 느끼는 심정, 정치경제적 과제 등을 함축하고 있는 구호라 하겠다.

"가는 길 험난해도 웃으며 가자"는 구호는 자강도인가 어느 지방도시의 작은 공장에서 나온 구호가 현재 북녘 사람들의 정서에 잘 맞아서 전국적으로 사용한다고 한다. 아마도 중첩된 고난을 극복하는 노력 속에서 웃음을 지키며 희망을 개척하려는 뜻을 잘 담고 있는 구호라고 생각된다.

우리 남쪽 사람들이 북쪽을 적대적으로 보든 동정적으로 보든 우리가 꼭 알아야 할 것이 있다. 현재 북녘 동포들이 겪고 있는 고난의 구조가 그것이다. 그것은 외적, 내적 요인이 중첩된 것이다. 그리고 그 요인들 가운데 민간단체, 민간 보건의료인들이 할 수 있는 해결의 길과 과제가 분명히 있다는 것이다.

북쪽에선 6·25전쟁 이래 지금까지도 전쟁중인 것으로 인식하고 있다. 그러니까 남쪽에선 대개 3년 전쟁으로 보는 6·25전쟁을 북쪽에선 50년 전쟁으로 보고 있다. 이 같은 인식의 차이가 남북 사이에 가로놓여 있는 상황 인식의 격차이다. 그러다보니 북녘에서는 모든 슬로건이 "전투적"이다.

따라서 북쪽에선 사회 전체적으로 한시도 전쟁을 떠나서는 일상생활도, 경제생산도 생각할 수 없는 형편이다. 그것도 세계 최대의 무력을 자랑하는 미국을 상대로 전쟁을 한다니, 그 압박감과 부담이 두말할 필요도 없을 것이다. 실제로 남쪽에서 의심하는 것처럼 남침준비를 하는 것이든, 북쪽에서 말하듯 반미항전을 하는 것이든 북쪽 사람들 전체가 감당해야 하는 군사비 부담은 실로 엄청난 무게로 온통 삶을 짓누르고 있는 것이다.

거기다 1990년대 들어 소련 정권의 붕괴와 사회주의 국가의 퇴조, 제3세계 비동맹운동의 침체는 북측의 경제자원 고갈의 한 원인이 되었고, 미국의 북에 대한 경제봉쇄조치는 그야말로 북측 경제의 숨통을 막는 강고한 것이었다. 거기다 최근 5년간 반복된 홍수와 가뭄, 그리고 농업 생산 구조의 붕괴는 일반적인 경제난에다 식량난이라는 절대절명한 고난을 불러온 것으로 분석된다. 외적인 요인에다 내적인 생산력 감퇴 또는 붕괴, 위축되고 경직된 정치적 사회적 분위기 등은 북측의 경제를 극심한 상황으로 몰아넣었고, 그것이 북녘 사람들에게 "고난의 행군"을 계속할 수밖에 없게 하고 있다.

북측에서 어려운 시기에 최고지도자인 김일성 주석의 사망이라는 엄청난 불행이 닥쳐왔을 때의 절망감은 이루 말할 수 없었을 것으로 미루어진다. 그러다 보니 새로운 지도자 김정일 국방위원장을 중심으로 한 체제보위에 집중하는 노력을 읽어낼 수 있게 된다. 이래저래 중첩된 재난 속에서 지난 5년여 기간 동안 북녘 동포들이 겪었던 심적 물적 고통이 어떠했을까 어렵지 않게 짐작이 간다.

그러나 이제 북측에선 안도감을 느끼고 전환의 가능성을 찾아낸 것으로 보인다. 1994년 영변 핵문제가 대두되면서 전쟁직전까지 위기가 고조되었을 때 카터 미국 전 대통령과 김일성 주석의 담판이 돌파구를 열었고, 제네바회담 타결로 한반도에서의 전쟁 발발은 간신히 위기를 넘겼었다. 그리고 이번 북-미 미사일회담의 타결은 새로운 북미관계를 점치는 매우 낙관적인 예견까지 나올 만큼 밝은 분위기를 형성하고 있다. 이제 정치군사적으로는 북측의 "고난의 행군"은 머지않아 끝내도 될지도 모른다.

그리고 북측의 식량난은 유엔 산하 국제기구들, 세계 각국의 민간단체들의 지원에 힘입어 서서히 회복단계로 접어들고 있다. 세계식량계획(WFP) 사무국장 버티니의 금년 평양방문 소감이 이를 시사해준다.

"2년 전에는 새 소리조차 들리지 않았다. 하지만 이제는 닭, 염소, 소 같은 가축들이 드문드문 보인다. 이제 위기에서 벗어나기 시작한 것으로 보인다."

많이 나아지고 있는 것이다. 우리가 평양에서 들었던 말도 식량 사정을 말해준다. "작년까지만 해도 보름치로 한 달 먹었는데 올해는 20일~25일치로 한 달 먹는다"는 것이다.

실제로 극심한 최악의 상황은 벗어나고 있는 것으로 보인다. 하지만 여전히 60%가 넘는 어린이들이 만성적인 영양장해로 어려운 나날을 보내고 있다. "북한의 상황은 개선되고 있지만 종합평가의 결론은 앞으로 무기한 동안 식량지원과 의료지원이 계속되어야 한다는 것이다. 제약 생산 원료의 부족과 낙후된 설비 등으로 보아 2천년도에도 보건분야에 대한 국제적 지원이 필요하다. 제약산업이 회복되는 데는 그 후로도 3~4년은 더 걸릴 것이다."라는 국제적십자사의 최근 보고서는 우리가 할 일을 말해준다. 그렇다. 여기에 우리 보건의료인의 과제가 있다. 우리는 지금까지 보여준 동포애와 직업적 소명에 따라 의약품지원운동을 좀더 계속해야 할 것이다.

우리 남쪽의 보건의료인들이 지난 3년여 동안 보여준 동포애는 놀라웠다. 1만 원, 2만 원씩 낸 사람들이 5만 명을 넘어 거의 10억 원 어치의 약과 콩기름을 사서 보내줄 수 있었다. 여기에는 직접 자기 자녀를 키우고 있어 더욱 가슴 아파했을 여약사님들의 자발적이고 적극적인 노력이 담겨 있다. 이 글을 빌어 가슴 따스한 동료 약사님들, 보건의료인들, 어린이의약품지원본부를 물심양면으로 지원해주신 각 협회와 제약회사들에게 감사의 인사를 올리며 앞으로도 처음처럼 북녘 어린들에게 사랑의 손길을 보내 주시길 요청 드린다.

대표단이 탁아소와 유치원을 방문했을 때, 그 눈망울을 보면서 얼마나 가슴이 저려왔던지. 우리가 제한된 여정이라서 영양실조로 고통 받는 바로 그 어린이들을 직접 볼 수는 없었지만, 어찌 모르랴. 아니 반가워서 달려와 안기는 아이의 가벼운 몸무게가 어른인 우리가 너희를 돌보지 않으면 누가 돌보랴 하는 생각에 퍼뜩 눈시울이 붉어지지 않았던가. 저희들끼리 노래공연을 보여주던 아이들이 우리를 자기들 사이에 끌어가 함께 손잡으며 "우리의 소원은 통일"을 부르자고 할 때 메어진 우리들의 가슴… 그리고 헤어질 때 "통일되고 만나요", "또 오세요", "안녕히 가세요" 하며 흔들던 고사리손들…….

이제 다짐해본다. "그래, 애들아. 크게는 못해도 우리가 할 만큼은 하마. 그래 할 만큼은 하마! 가는 길 힘들어도 건강하게 웃으며 아름답게 커가거라!'

— 1999년 9월 〈약사공론〉

동포애, 그리고 동료애로 상부상조하자

― 평양리포트

들어가는 말: 첫 평양방문 소감

실로 실감이 나질 않는 평양방문. 그러나 우리 대표단은 1999년 평양을 방문하였다. 북측 보건의료인 동료들이 "태어나서 남쪽 사람을 처음 만난다"면서 눈으로 말하는 것은 왜 이제서야 왔느냐, 얼마나 만나고 싶었는지 모른다는 것이었다. 그러면서 손을 꼬옥 쥐면서 몇 번이고 다짐하였다. 이제는 우리 보건의료인들이 함께 만나고 함께 도울 수 있는 일을 꼭 해보자는 것이었다. 우여곡절 끝에 이루어진 첫 만남은 앞으로 해야 할 일의 출발점인 것이다. 당연히 통일로 가는 길을 열어가야 할 터이고, 설사 통일이 늦어지거나 이루어지지 못한다 하더라도 하나의 반도에서 살아가는 동포로서, 동료로서 상호 협조하는 과제는 바로 우리 보건의료인 고유의 몫이리라.

평양방문의 목적과 성과

1) 지원 의약품 등 분배 및 사용처 확인

구체적으로 분배시설 및 분배량을 적시하여 확인하지는 못하였지만,

조선아시아태평양평화위원회 측의 구두 설명과 방문시설 및 실무회의에서 보건의료 관계자들의 솔직한 설명을 통해 지원한 의약품 등이 지원 목적에 맞게 주로 어린이 건강 증진을 위해 사용되었다는 점을 확인함. 지원한 의약품 등은 어린이영양관리 연구소, 종합병원 소아과, 구강병예방원(치과종합병원)을 포함한 의료시설, 각종 탁아소, 유치원, 애육원 등 어린이 시설들에 분배하였다고 전해 들었음.

2) 분단 이래 최초의 순수 보건의료 전문가 회합

그간 외국 국적의 의료인 또는 약업인 등의 방문을 제외하면 이번에 의사, 치과의사, 한의사, 약사로 구성된 '어린이의약품지원본부' 대표단의 평양 방문과 남북 보건의료관계자 실무회의는 실로 분단 이래 최초의 보건의료 전문가 회합임.

1999년 9월 6일 오후 4시부터 약 2시간 동안 진행된 실무회의는 앞으로 정례적인 남북 보건의료인 회의로 진전될 수 있을 것이며, 이번 첫 만남으로 북측 보건의료관계자들의 강한 신뢰와 기대를 획득했다고 판단됨 (북측 조선의학협회 부장, 구강병예방원 과장, 고려의학종합병원 과장, 어린이영양관리연구소 소장 및 부소장 참석).

3) 북측 보건의료 실태 확인

이번 방문은 비록 한정된 시설만을 시찰했기 때문에 매우 제한적이긴 하지만, 가장 설비가 잘된 시설들을 시찰하면서도 물자 부족과 설비의 낙후를 유추할 수 있는 단초를 획득했음. 평양산원과 백신공장의 경우는 고가의 고급 장비를 갖추고 있었지만, 어린이영양관리연구소의 경우에는 실험기구 등이 매우 빈약하고 부분적으로 파손된 시험관 등

을 사용하고 있었고 평양산원의 일부 설비는 낙후된 것으로 미루어 물
자 조달에 매우 어려움을 겪고 있음을 실감하였음.

4) 향후 효율적 지원 대상 선정

그간의 지원은 특정 시설을 대상으로 하기보다 불특정 대상을 추정
하여 간헐적으로 일시에 다량을 지원하는 방식이었던 때문에 지원의
효율성이 확실히 담보되지 못한 측면이 있었으나 어린이영양관리연구
소를 주요 지원대상으로 점진적으로 확대하는 방식의 지원사업을 약속
한 것은 좋은 성과로 평가됨.

어린이영양관리연구소는 그 기능이 단순한 연구소가 아니라 생산과
공급 업무도 수행하고 있고, 보건의료분야에서의 위상으로 보아 적절
한 지정기탁 대상으로 판단됨.

5) 향후 보건의료 협력사업 토대 마련

이번에 비록 현지에서 합의서에 서명하지는 못했지만, 아태 측과 조
선의학협회 측의 확고한 전향적 추진의지로 보아 향후 이른 시일 내에
『의약용어통일사전』 공동편찬사업, 남북 보건의료인회의를 성사시켜
나갈 수 있을 것으로 판단됨.

6) 북측 보건의료 동료들의 난관극복 노력 확인

지금 매우 심각한 물자 부족 속에 한정된 자원을 최대한 활용하여 효
율을 극대화하여 당면한 난관을 극복하려는 보건의료 실무자들의 창의
적인 노력을 이해하게 되었음.

북쪽 보건의료 현실

1) 북쪽 어린이 건강 현실

북녘 어린이에게는 여전히 사랑의 손길, 한 알의 비타민이 절실한 상태이다. 이번 방문은 비록 한정된 기간, 한정된 시설에 그쳤기 때문에 북녘 어린이의 실태를 실측하지는 못했다. 하지만 광범위한 조사 결과가 어린이 건강을 말해 주고 있고, 수년간 누적된 재해는 그만큼 더 누적된 영양 부족의 반증이 될 수밖에 없다.

국제식량계획(WFP), 유니세프(UNICEF), 유럽연합(EU) 등 국제기구가 북측 보건부의 협조 하에 작년 11월 전국적으로 130개 시군에 살고 있는 6개월부터 7살까지의 어린이 1500여 명을 조사한 결과는 참혹한 어린이 건강실태를 말해주고 있다. 전체 어린이의 62%가 만성 영양장해(발육장해=stunting), 16%가 진행성 영양장해(소모성 장해=wasting), 2.2%가 심각한 소모성 장해라고 조사되었다.

그 중에서도 6~12개월 젖먹이어린이 5명 중 1명, 두 살짜리 어린이 10명 중 3명이 급성영양장해라고 보고하고 있다. 우리가 지원한 콩기름으로 젖 대용품을 만들어 공급하는 현실은 어린이 건강관리가 얼마나 심각한가를 반증하는 것이다.

대표단과 회의를 가진 북측 보건의료 실무자들도 이를 시인했다. "우리 어린이 15% 정도는 영양상태가 좋지 않지요"라고 완곡하지만 국제기구 조사결과를 인정하는 발언을 하였다.

2) 북쪽 보건의료 현실

우리 대표단이 방문한 의료시설은 평양산원, 애국예방약공장, 어린이영양관리연구소 등이다.

이 중에서 평양산원은 가장 시설이 잘된 곳이라 그리 부족한 부분이 없어 보였고, 실제로 이곳은 우리가 지원하기 이전에 이미 국제기구 등에서 지원한 설비와 약품들을 쓰고 있었다. 예방약공장은 B형간염 백신과 진단시약을 생산 공급하는 공장으로 재일동포들의 지원으로 설립된 공장이라는데 부족함이 없는 형편으로 보였다.

그러나 어린이영양관리연구소는 국책 연구소로서는 매우 부족함이 많아 보였다. 남쪽의 어지간한 제약회사 연구소 수준에도 못 미칠 정도로 설비들이 열악하게 보였다. 가장 좋다는 곳에서도 남쪽에 비해 낙후된 부분이 있을 뿐만 아니라 솔직하게 우리에게 지원을 요청한 이 연구소를 놓고 유추해 볼 때 북쪽의 보건의료산업은 매우 취약한 것으로 추정된다.

실제로 국제적십자연맹(IFRC)의 보고서는 북쪽 의료현실을 다음과 같이 전한다.

"원료약품의 부족과 낙후된 생산설비는 의약품생산이 정지상태이며, 거의 전적으로 약초에 의할 수밖에 없다는 것을 뜻한다. 또한 많은 병원에서 입원환자에게 기초의약품이나 균형된 식단을 제공하지 못하고 있으며, "대체식량" 때문에 소화기관 장애 환자의 증가는 부적절한 생산설비에 더 큰 부담이 되고 있다. 보건 분야에 대한 지원은 2000년도에도 계속 필요하며, 제약산업의 회복까지는 그 후로도 3~4년은 더 걸릴 것이다."

북쪽 보건의료 동료들의 여러 가지 노력들

북쪽 보건의료인들은 그 소임을 수행하면서 심각한 물자부족 속에서 참으로 눈물겨운 노력을 쏟고 있다. 다른 분야 일꾼들도 물론 각자의 고난 타개 노력을 기울이고 있지만, 어린이 건강을 직접 담당하는 보건의료인들과 어린이시설 보모와 선생님들의 가슴은 얼마나 안타까울까 금방 짐작이 된다.

사례1) 전통의학과 외래의학의 효과적 배합: 북측은 주체의학의 관점에서 예방의학, 무상치료를 모토로 삼고 있어 그것이 실제로 현실적으로 이행될 경우 보건의료의 본래적 목표가 될 수 있을 것으로 보이는 바 이에 대해서는 좀더 심도 있는 이해가 필요할 것이다. 그러나 주체적인 관점에서건 물자부족으로 인한 제약 때문이건 전통약(북측 용어로 고려의학)을 주로 이용하면서 합성약(북측 용어로 신약)으로 보강하는 방안은 현재의 북측 사정으로 볼 때 당연한 대응방안이라 하겠다. 북측에서 전통약이나 민간요법을 단순히 활용하는 데 그치는 것이 아니라 이를 과학화, 현대화하려는 연구를 계속하고 있다는 점도 주목할 가치가 있는 사례이며 향후 통일시대 보건의료의 방향과 관련한 일정한 시사점을 던져준다.

사례2) 불소간장: 남측에서는 충치예방을 위해 수돗물 불소화 사업을 추진 중임에 비하여 북측에서는 간장에 불소를 넣는 방안을 채택하고 있다. 계획 생산, 계획 분배하는 북측의 제도와 관련하여 계획적인 불소공급으로 필요량 및 적정량 공급이 이루어질 수 있을 것이며, 간장의 용도로 보아 공급의 필연성이 보장되고 또한 수돗물의 경우 세척용으로 낭비될 수 있다는 약점을 갖는 데 비해 간장에 한정적으로 투입함으로써 이같은 약점을 방지할 수 있는 효율적인 불소 공급방안이라고 보인다.

　사례3) 콩기름 활용: 콩기름을 단순히 조리용으로만 사용하지 않고 현재 북측에서 조달하기 어려운 단백질과 지방질을 콩으로부터 보충한다는 점은 식품영양학적으로 초보적인 것일 수도 있지만 현실적인 여건을 극복하려는 방안으로는 매우 절절한 사례라 하겠다. 지원한 식용 콩기름을 젖 대용품 생산(콩기름 25% 함유), 실험용 배양지 조제에 응용하는 것은 보건의료를 직접 담당하는 실무관계자들로서는 당연하고도 창의적인 궁여지책일 것이다.

향후 과제: 계속적 지원과 협력사업 추진

　지금 남쪽 어른들, 특히 우리 보건의료인의 과제는 다시 물을 필요가 없을 것이다. 비록 지금 남쪽의 사정이 썩 좋지 않다고 해서 그동안 해왔던 인도적 지원을 늦출 까닭은 없는 것이다. 지금부터 몇 년간이 더 중요하다. 지금 건강상태를 회복하지 못하면 이 아이들은 우리 가슴속에서도, 그리고 앞으로 내내 보건경제학적으로도 매우 크나큰 부담으로 남고 우리 민족 전체의 불행으로 이어질 것이다. 분단의 상처가 대를 이어가며 남아 있듯이.

　동포애에 더하여 동료애를 강조하고 싶다. 우리가 만일 북쪽에 태어나 거기서 보건의료인으로서 살고 있다면 마찬가지로 눈물겨운 고난의 행군을 해야만 할 것이다. 남쪽 보건의료 현실에서 느끼는 문제점과는 다른 각도에서 그래도 우리는 여유가 있다는 위안만으로는 부족하지 않은가 생각해본다.

향후 지원경로와 전망

이제는 지금까지 해온 지원사업보다는 좀더 치밀하고 계획성 있는 사업을 할 수 있을 것이다. 적십자를 통한 간접기탁문제는 통일부에 독자창구 개설을 승인받아 해결하고, 어린이영양관리연구소라는 구체적으로 협의하고 정례화할 수 있는 지원대상 시설도 확정되었다. 따라서 이제는 좀더 짜임새 있는 지원품목 선정, 모금능력에 맞춘 지원규모를 결정할 수 있을 것이다. 아울러 지원사업과 병행하여 『의약용어통일사전』, 남북보건의료인회의 등 보건의료 교류협력 사업을 본궤도에 올리는 일도 단계적으로 추진할 수 있을 것이다.

맺는 말: 북녘어린이에게 좀더 의약품을!

그간 의약품지원본부 활동은 남북관계의 경색과 남쪽의 경제난으로 답보해 왔다. 거기다 보건의료단체 내부의 동력도 많이 침체해 있다. 그러나 이만큼 했으면 충분하다고 접어버리기엔 북쪽 현실이 너무도 어렵다. 어려울 때 돕는 상부상조 정신을 지금 다시 불러일으키고 자기 형편에 맞는 지속적 지원을 결정해주길 내심 기대한다.

— 1999년 9월

보건의료 지원의 경험과 평가
— 창구 찾기와 통로 만들기

들어가는 말

1997년 6월 창립된 '어린이의약품지원본부'는 지난 1998년까지 5차례에 걸쳐 약 75만 달러 상당의 의약품 등을 지원하였다.

우리 단체는 구성원 전원이 모두 보건의료종사자들이다. 전국 각지의 다양한 의견을 가진 의사, 치과의사, 한의사, 간호사들이 보수와 진보의 이념에 상관 없이 북녘의 어려운 보건의료 현실을 타개하는데 도움이 되어야 한다는 하나의 목적에 동의하여 창립되어 7개 지역본부가 활동하고 있다.

우리 단체에 참여하는 보건의료인들은 하나의 공통점과 수많은 상이점을 갖고 있으나 상이점보다는 1) 인도주의 2)동포애 3)직업적 소명에 따라 북녘의 어린이를 조건 없이 지원해야 한다는 하나의 공통점을 중심으로 정치적 견해에 매이지 않고 1)"어린이"를 중심으로 2)의약품을 3)가능한 한 소외지역에 전달한다는 목표로 사업을 시작하게 되었다. 거기다 가능하면 현지에 가서 직접 진료활동을 할 수 있도록 추진하기로 하였다.

그러나 이 애초의 취지는 곧 한계에 부닥쳤다. 우리의 분단현실이 실제로 우리의 취지를 얼마나 제한하는가 하는데 대해 매우 인식이 부족했음을 지난 3년 동안의 활동을 통해 실감하게 되었다. 역시 분단장벽은 엄연한 장벽이었다.

남쪽에서나 북쪽에서나 행정의 장벽은 엄존하고 있었다. 남쪽은 김대중 정부 이후 달라지긴 했지만 민간단체의 추월을 의심하고 있었고, 북쪽은 남쪽 단체의 의도에 대해 경계를 늦추지 않았다.

따라서 우리 단체는 그동안 우리가 분단현실에서 남-북 대치상태에 대해서 현실적으로 얼마나 무지했고, 남-북 보건의료문제에 대해 얼마나 이해가 부족했으며, 평소 남북 보건의료인 사이의 교류에 얼마나 소홀했는지 반성하면서 새로운 발걸음을 한 걸음씩 내딛게 되었다.

우리 사회에서 분단극복-통일운동이 지난 20년간 그토록 활발하게 전개되었지만 보건의료분야의 통일운동이 제자리걸음을 해온 데 대한 자책감이 우리 단체의 활동에서 하나의 새로운 자극제가 되고 있다. 이것은 부끄럽지만 고백하지 않을 수 없는 역설이다. 북녘의 고난이 남녘 보건의료인을 각성시키는 계기가 되고 있다. 개인이나 집단이나 이처럼 뼈아픈 고통만이 각성제가 되는 것일까. 우리는 꽤 노력했지만 그 노력은 아직도 부족할 뿐이다.

창립 단계에서의 인식

처음 우리 단체의 이름은 "북한어린이살리기의약품지원본부"로 지었었다. 이 이름에는 애초 우리 성원들의 순수한 충정과 동시에 인식의 한계가 담겨져 있다. 우선 우리 성원들은 1996년도에 진보적인 보건의료단체들로 구성된 '건강사회를 위한 보건의료단체 대표자회의' 산하에 '북한수재민돕기 보건의료인본부'를 구성하여 약 3만 달러를 유니세프에 기탁하였었다. 재난에 처한 북녘동포를 도와야 한다는 절박함이 "살리기"라는 낱말에 담겨졌다. 하지만 북측과의 교섭과정에서 북측은 이같은 인식에 대해 "과장된 것"이라고 지적해 왔다.

또한 "북한"이라는 용어도 한계가 있는 용어였다. 우선 우리 단체는 1년 단위로 활동기간을 연장하기로 한 한시적인 조직으로 출발한 것 자체가 한계를 갖는 것이기도 하지만, 북쪽의 식량난을 단순한 일시적 재해로만 인식하고 있었던 것이다. 따라서 활동기간이 길어져야 할 것이라는 인식이 부족하였다. 아울러 북측과의 교섭은 당시 대한적십자사가 하고 있었으므로 남쪽 사정으로 보아 우리 단체가 직접 북측과 교섭에 나서야 하거나 나설 수 있을 것이란 예측을 깊이 해보지 못한 까닭에 용어에 정치적인 배려가 필요하다는 고려가 부족하였다. 이같은 하나의 용어가 남·북 사이에 서로 존중하고 대화하는 데 얼마나 중요한 사안인가. (우리 단체가 북측에 『남·북 의약용어 통일사전』을 공동편찬하자는 제안을 착안하게된 것은 어쩌면 또다른 '전화위복'이 된 셈이라 하겠다.)

창립 이후의 경험 1 : 남측 창구

우리는 창립 이전 단계에서도 그러했지만 창립 후 지원물자 전달을 시작하면서 남쪽 정부의 '창구단일화' 방침이라는 장벽을 맨처음 만나게 되었다. 따라서 우리 단체는 모금한 성금들로 대한적십자사와 북측 상대자 사이에 합의된 범위 내에서 영양식(분유)만으로 지원품목을 한정할 수 밖에 없었다. 다만 보너스 형식으로 북측의 묵인을 기대하면서 비타민을 추가할 수 있을 뿐이었다. 남·북 적십자회담에서 지원품목에서 비료지원 합의가 결렬되면서 의약품 문제는 아예 논외가 되어버린 때문이었다.

우리 단체는 대한적십자사와 협의하여 2차 지원 때는 국제적십자사와 북측 적십자를 공동 인수자로 하여 품목 제한을 벗어나는 방안을 찾았고, 그리하여 필수의약품들을 보내게 되었다.

하지만 여전히 문제는 남아 있었다. 의약품은 여전히 공식적인 지원 품목이 아니었다. 이것은 우리 단체 내부에서 매우 심각한 문제였다. 우리 내부에서 회의가 대두된 것이다. "보내지도 못할 의약품을 모으면 무엇하나?"라는 문제 제기였다. 이것은 우리 단체의 존립에 관한 문제였다. 당시 남쪽의 대북 지원단체들의 압도적 다수가(99%가) 식량지원을 하고 있는 상황에서 보건의료인들로 구성된 단체가 유일하게 의약품 지원을 자임하는 것은 너무도 당연한 것이었다(실제로 유진벨 같은 해외와 연동된 단체 말고는 거의 유일무이한 남쪽 보건의료인 조직으로 의약품 지원을 하였다). 그럼에도 불구하고 의약품 지원이 비공식적으로 눈치를 보아가며 편법으로 진행된다는 것은 활동가나 기탁자의 동기를 박탈하거나 제지하는 결과를 초래하는 문제였기 때문이다. 1997년 11월 IMF사태는 그 이후 이 같은 우려를 가속시키기도 하였다.

그리하여 우리 단체는 대북 직접 접촉에 나서 의약품을 지원품목으로 선정할 것을 협의하게 되었다. 그리하여 오랜 우여곡절 끝에 북측 파트너도 찾았고 의약품을 협의하에 공식 지원품목으로 전달할 수 있게 되었고, 지금은 통일부로부터 독자창구를 승인 받아 직접 기탁이 가능하게 되었다. 이제 앞으로의 과제는 분단현실에서의 창구찾기에서 통로만들기로 넘어가게 되었고, 좀더 효율적인 지원이라는 본연의 과제에 집중할 수 있는 여건이 마련되었다.

창립 이후의 경험 2 : 북측 창구

북측의 창구도 넓지 않았다. 짧게 정리해보면 대북 직접 접촉은 시행착오의 반복이었다. 당시 이미 대북 창구를 찾은 단체들도 북측과의 관계 때문에 이에 대한 조언을 삼가고 있었다. 말 그대로 귀동냥으로 물어물어 접촉 "선"을 찾는 과정은 참으로 난감한 일이었다. 거의 1년이 걸려 북측의 대남 창구로 정리된 것으로 보이는 '조선아시아태평양평화위원회'와 본격적인 협의를 거쳐 합의된 품목을 공식적으로 전달하게 되었다.

성금 모으기에 더 노력해야할 지원사업에서 행정문제가 이토록 어려운 것은 결국 분단장벽 때문이며 경험 부족 때문이라고 반추해볼 수밖에 없을 것이다.

북측에서 '의약품'과 함께 콩기름을 전달해줄 것을 요청했을 때, 우리 단체 내부에서 매우 심각한 토론이 있었다. 콩기름에 대해 그 당시 "대포를 닦는 데 쓰인다"라는 루머가 우리의 사고를 제한하고 있었기 때문이기도 했지만 우리 역량이 의약품 이외의 품목까지 포괄할 만큼 여유가 있느냐 하는 문제의식 때문이었다. 결국 절충안으로 의약품을 중심으로 하되 1회에 한해 북측의 제안을 수용하기로 하였다. 하지만 1회로 한정한다는 내부방침은 북측의 요구와 상관없이 대표단의 평양방문 때 북측의 '어린이영양관리연구소' 관계자들로부터 콩기름을 젖대용품 원료로 이용한다는 설명을 듣고 나서 변경하게 되었다. 콩기름은 신생아에게 쓰인다고 할 때 그 어떤 의약품보다도 우선 공급되어야 할 '긴급 지원품목'이라고 보아야 하기 때문이다.

처음 접촉에서 북측은 미국산 의약품이나 현금 지원에 대한 우리 측 의사를 물었고 우리 측은 '국산 의약품'으로 못박았다. 그리고 우리측이 모은 성금으로 의약품을 구입하는 데 따른 비용-효과 관계를 설명하였다. 만일 우리가 미국산 의약품을 구매한다면 달러 낭비가 생기고, 구매교섭 과정에서의 저가격 고품질 제품 선정의 어려움, 국내 제약회사의 무상 협찬 포기, 가격 협상에서의 협조적 자세를 포기하는 문제 등을 설명하였다. 이를 북측에서도 납득하였지만 '포장'에서의 문제를 제기하였다. 이 점은 우리측에서 납득할 만한 문제였다. 그리하여 일반명 포장, 남측 제조자 표기 자제를 약속하였고 그것은 북측 보건의료관계자들의 부담을 덜어주었다는 것을 현지 방문 때 확인하였다.

방북 경험과 성과

북측과의 교섭 과정에서 현지 직접 진료활동에 대해 의향을 전달하였을 때 "물자가 부족하지 인력이 부족한 것이 아니다"라는 설명을 우리 측은 이해할 수 있었다. 따라서 수많은 자원봉사 진료단 참가 신청자들의 실망에도 불구하고 현지 직접 진료는 기회가 생길 때까지 하지 않기로 결정하였다.

따라서 우리 측은 현지 방문에 큰 무게를 싣지 않았지만, 우리 단체 내부의 '의약품 선정위원회'가 일방적으로 추정한 필요 의약품은 말 그대로 일방적일 수 있다는 점을 해결할 방안을 찾지 않을 수 없었고 당국에서 모니터링 문제를 소홀히 않아야 한다는 권고도 있었기 때문에 현지 보건의료인들의 의견을 듣는 기회를 만들어야 한다고 생각하게 되었다. 북측 창구인 조선아시아태평양평화위원회 관계자가 보건의료 전문가의 의견을 우리 측에 효과적으로 전달할 수 없다는 여건도 현지 방문을 추진한 이유였다.

그리하여 1999년 9월 초순 대표단 4명이 평양을 방문하였다. 이 방문은 실로 분단 50여년 만에 남측 보건의료 전문가들의 최초 평양방문이라고 할 사건이기도 하였다.(우리 단체 이전에 평양을 방문한 보건의료인들이 있긴 있었다. 하지만 이분들은 대개 한국 출신의 외국인이거나 보건의료업계에 종사하는 비전문가들이었으므로 순수한 보건의료인으로는 우리 대표단이 아마도 최초일 것이다). 북측의 안내자들도 제한된 시설만을 참관하게 안내했지만 "남쪽에서 처음 오신 의사 선생님들이시니깐…"이라며 평양산원, 애국예방약공장, 어린이영양관리연구소 방문에 배려를 아끼지 않았다.

우리 대표단은 1999년 9월 6일 평양 량각도호텔에서 최초의 '남북 보건의료인회의'를 가졌다. 본격적인 학술회의도 아니고 어떤 정치적 결정을 내리는 협상회의도 아니었지만, 이 회의에서 양측은 "분단 이래 최초의 보건의료인 만남"에 감격을 아낄 수 없었다. 이 회의에서 그간 전달한 의약품 등의 사용에 대해 설명을 듣고 앞으로의 지원내용, 지정 기탁시설(어린이영양관리연구소), 보건의료인 교류협력의 주체(조선 의학협회)를 합의하였다.

그리고 우리측에서 제안한 『남북 의약용어 통일사전』 공동발간사업에 대해 전향적인 검토와 추진을 합의하였다. 지금 이 시점에서 아직 공식적인 협력사업으로 시행하기 위한 남측 및 북측 행정절차를 남겨 두고 있긴 하지만, 남북 정상회담 이후 합의서 교환 등 실무진행이 순조롭게 진행될 것으로 보인다. 이 '사전' 공동발간은 실제로 남북 용어의 차이에 따른 불편을 해소하는 기능적인 측면과 함께 사전을 발간하기 위한 연구, 교류, 회의 과정에서 남북 보건의료인들 사이에 이해를 증진시키고 앞으로 통일로 가는 기초를 다지는 계기를 마련하게 될 것이다.

평양방문에서 우리 대표단은 그 무엇보다도 직접 담당자인 북측 보건의료인들에 대한 동료애를 가슴 깊이 확인하였다. 만일 우리 남측 보건의료인들이 북측에서 살고 있다면 겪어야 할 고통스런 업무를 북측 보건의료인들은 눈물겹게 감당하고 있었던 것이다. "고난의 행군"을 하다보니 물자가 매우 부족하다는 솔직한 설명을 들으며 우리는 우리가 미처 눈으로 보지 못한 어려움을 읽어낼 수 있었다. 그리고 한정된 물자를 요긴하게 쓰려는 정말로 "창의적인 노력"을 여러 사례에서 확인하고 우리는 같은 직업을 가진 동료로서의 우정을 애초의 지원 취지에 추가하지 않을 수 없게 되었다.

지원의약품 품목의 변화

앞에 서술한 것처럼 지원의약품은 그 내용에 단계별로 변화가 생겼다. 처음 영양식에서 기초의약품으로, 완제의약품에서 원료의약품으로 3년 동안 내용 구성에 진전이 이루어졌다.

그 진전 속도는 매우 느렸지만 바람직한 방향으로 발전해온 것이다. 이제 어린이영양관리연구소가 생산시설을 확충하는데 필요한 설비들을 지원할 계획이다.

이 진전은 북측 보건의료 현실을 발전적으로 타개하는데 매우 의미 있는 진전이었다고 보여진다. 상호 이해도 커졌고, 신뢰도 쌓이기 시작했고 앞으로의 전망도 함께 세울 수 있는 통로가 서서히 만들어지고 있기 때문이다.

평가와 반성

우리 단체는 나름대로 최선의 노력을 기울여 왔다고 자부하고 있다.

하지만 우리의 역량은 여러 점에서 한계를 갖고 있다. 우선 한시적인 조직으로 출범했기 때문에 중장기적인 사업계획을 세울 수 없었다. 매년 그해의 사업만을 기획할 뿐이었다.

따라서 지원계획도 모금통장만을 기초로 하는 한계가 있었을 뿐만 아니라 모금계획도 중장기적인 안정성을 확보할 수 없었다.

또한 법인체가 아닌 임의단체(세무서 등록만 마친 법정단체)인 까닭에 법인에 대해서만 자격을 주는 금융문제(자동이체), 모금 전화개설(자동응답전화 문제) 등의 실무적 결함에서부터 기탁자들에 대한 세무 혜택 부여의 어려움 등을 자초하고 있다.

이 같은 조직의 한계는 모금실적의 한계로도 나타나고 있고, 지원실적에서도 질적으로는 자부심을 갖는다 하여도 양적으로는 매우 미흡한 점을 인정할 수밖에 없다. 거기다 인적 역량의 결집에도 한계로 작용하고 있다. 보건의료계의 영향력 있는 지도자들이 참여에 소극적인 것도 조직 자체의 안정성이 부족한 데 기인한다고 볼 수 있다.

아울러 비록 남북 분단장벽이 가로놓여 있긴 하지만 애초의 인식의 한계에서도 드러나듯 남북 관계에 대한 총체적 인식이 부족했고 좀 더 적극적인 지원사업 활성화와 남북 보건의료 교류협력의 길을 열어가는 노력이 부족했다는 것은 앞으로의 숙제로 우리 앞에 놓여 있다.

대두되는 문제의식과 과제

이제 우리는 지원사업을 담당할 조직으로서의 한계를 극복하기 위한 조직 안정화 방안을 마련해야 한다. 그리하여 좀더 효율적이고 요구에 부응하는 만큼의 지원을 담당하도록 노력해야 한다.

특히 앞으로 3~4년은 소요될 것으로 추정되는 북측 보건의료산업의 회복에 필요한 다양한 물자와 인력을 북측이 부담 갖지 않는 방식으로 지원하는 방안, 남북 관계라는 큰 틀이 '건전한 의미의 화해와 통일'로 가는 데 기여하는 '건강한 보건의료 지원'이라는 본연의 과제를 수행할 방안 등을 찾아야 할 것이다.(여기서 이같은 '건전한' 또는 '건강한'이란 용어를 사용하는 것은 지원이 그 본래의 취지를 벗어나 간섭이나 강요로 작용한다면 북측에서 우려하는 '흡수통일'이라는 역작용에 참여하는 결과를 가져올 수도 있다는 우려 때문이다.)

동시에 우리측이 제안하고 북측이 긍정적으로 검토하기로 한 『의약용어 통일사전』 공동발간이 본궤도에 오르면 이를 담당할 남측 주체를 조직해야 한다. 이 사업은 앞에 서술한 의미 말고도 실무적으로 매우 방대한 사업일 수 있기 때문에 비용, 인력을 확보하고 올바른 편찬방향을 설정하는 일이 쉬운 일이 아닐 것이다.

나아가 북측에서 겪고 있는 고난이 계기가 되었다는 뼈아픈 역설에도 불구하고 남북 보건의료인의 교류-협력과 보건의료 통일운동의 과제를 담당해 나갈 방안을 찾아야 한다. 이미 이른바 '신자유주의' 또는 '지구자본주의' 체제 속으로 빠져 있는 남측의 '상업주의 보건의료'만으로는 우리 민족 전체의 건강한 공동체사회를 실현하는데 많은 문제가 있는 것으로 지적되고 있는데, 이를 극복하면서 밝은 미래를 준비해야 하기 때문이다.

이제 창구 찾기에서 통로 만들기로 접어든 지금 우리 보건의료인들에게는 좀더 적극적인 노력이 요구된다. 다른 분야는 다른 분야 종사자들이 담당한다 하더라도 보건의료분야를 그 누구에게 내맡기고 본연의 임무를 방기할 수는 없기 때문이다.

— 1999년 국제심포지움

다시 평양에서

　　다시 평양 순안비행장에 내렸다. 1999년 9월 이후 3년만이다. 2002년 1월 27일 베이징에 가서 비자를 받고 28일 고려항공으로 평양에 도착한 것이다. "야, 엄청 춥네!" 우리 일행 8명의 입에서 이구동성으로 터져 나왔다. 바람이 여간 쌀쌀하게 부는 게 아니었다. 서울에서 주간 일기예보를 통해 날씨가 추울 것이라는 걸 알고 왔지만 평양의 체감온도는 훨씬 추웠다.

　　한데 추운 것은 날씨만이 아니었다. 마음이 추웠다. 아니 어쩌면 마음이 더 추었다고 해야 할 것이다. 3년 반 만에, 오랜만에 다시 평양에 왔다는 감회보다도 작년에 오지 못하고 이제야 왔다는 만시지탄을 떨칠 수가 없다. 진작 와서 좀더 사업을 잘 진행시키지 못한 까닭에 마음이 무겁고 추운 것이다.

　　작년에 보낸 설비들은 잘 있는지, 잘 쓰이고 있는지를 알아보고 앞으로 잘해 나가기 위해 협의할 일이 이번 평양방문의 목적이었다. 사실 작년에 왔다면 나는 단장으로서 더 무거운 짐을 지고 왔을지도 모른다. 단장이 따로 정해지진 않았지만 남북어린이어깨동무 이기범 사무총장

께서 단장 역할을 수행하였으므로 나는 다소 느긋한 편이 된 것이다.

이번 방문은 어린이의약품지원본부가 민경련 초청으로 방문하는 수순이 아니었다는 것이 아주 안타깝다. 이번 방문은 어깨동무와의 공동보조를 전제로 민화협 초청으로 이루어진 어깨동무 방문단에 지원본부의 나와 김인섭 선생이 동행하는 형식으로 이루어졌다. 어깨동무 방문단은 주로 기술진으로 구성되었다. 전기설비 전문가, 분유제조설비 전문가들이 현장에서 작업하기 위한 실무방문이 어깨동무의 주된 방문목적이었다고 한다.

첫날에 일정 협의가 첫 번째 일정이지만 일정은 대체적인 윤곽만 정해졌지 마지막 날까지 확정적인 것이 없었다. 나는 이기범 단장과 함께한 민화협 안내원들과의 일정 협의에서 의향서 체결을 위한 회의, 어린이영양관리연구소는 물론 방문하니까 그 외에 평양의대병원, 구강병예방원, 제약공장, 조선의학협회, 인민대학습당 방문을 요청하였다.

우리가 요청한 방문(참관) 일정 가운데 받아들여진 것은 평양의대 병원 방문뿐이었다. 하지만 넷째날 오전 평양의대병원을 방문하여 건치에서 보낸 치과치료설비가 요긴하게 쓰이고 있는 것을 확인하게 된 것은 이번 방문의 중요한 성과이기에 여러 곳을 방문하지 못한 아쉬움을 상쇄하고도 남는 셈이 되었다.

우리는 보통강려관에 묵게 되었다. 보통강려관이 시내 한복판에 있는 고려호텔보다는 운치가 있다 싶어서 내심 편안했다. 지난번에 량각도호텔에 묵었으니 다시 겹치지 않은 것도 작은 행운이기도 하고.

전체 일정은 어깨동무 실무기술진의 어린이영양관리연구소에서 기계설치를 중심으로 짜여졌다. 대략 7일~10일 걸리는 작업이라는데 5일 일정으로 와서 난감하다는 것이 기술진들의 토로였다. 그런데 둘째날

연구소에 가 보니 가장 시간이 걸릴 분무건조기 설치작업은 시작도 못할 상황이었다. 아직 건축공사가 진척되어 있지 못한 것이었다.

신축하는 2동의 건물 가운데 하나는 어린이건강증진쎈터로, 하나는 분유생산공장으로 쓰일 계획이라는데 이제 1층 공사만 끝나고 2층 공사는 못하고 있었다. 거기다 겨울이니 공사를 할 수가 있나. 어깨동무는 6월 개원을 목표로 했다는데 아마도 건축공사는 6월에 가서야 완공될까 말까 한 것이다.

우선 우리가 보낸 정제생산설비들과 주파수변환기를 둘러 보았다. 모두 잘 전달되어 있었다. 주파수변환기는 동행한 전기 전문가와 연구소측 설명대로 잘 연결되어 잘 쓰이고 있다. 정제생산설비는 모두 한 방에 모여 있었다. 우리에게 보여주기 위해서일 텐데 약제실장과 함께 둘러보는데 마침 두 대의 타정기 중에 나중에 보낸 12방 짜리로 알약을 만들고 있었다. 무얼 만드는가 물으니 비타민 4종 복합제를 만든단다.

나중에 다시 연구소장님 등 관계자들과 다시 둘러보며 이 설비들로 지금 생산하고 있는 품목들을 알려 달라 하니 그제사 전날 만든 것은 먼저 번에 보내준 비타민 원료들 가운데 짜투리로 남은 것을 모아서 만들어 본 것이고 아직 기계는 쓰지 않고 있다는 것이다. 그렇겠지. 남쪽에서 원료가 와야 만들지. 다음번에 방문단이 오면 이 설비들을 실제 생산대형으로 재배치하도록 해야겠다는 생각을 갖게 되었다. 예컨대 제립실, 혼합실, 건조실, 타정실 등등으로 제대로 배치해야 할 것이다. 지금은 보여주기 위해 모아놓은 것에 불과하달까. 구석에 갖다 놓은 구식 당의기(코팅팬)는 "우리 정말 필요하다"는 무언의 시위랄까?

넷째 날, 그러니까 다음날 아침 평양을 떠나기 전인 마지막날 오전에 연구소 측과 의향서를 체결하였다. 그리고 다음 방문 때 하자는 민화협

측에 연구소와 맺은 의향서만으로는 남쪽에서 행정적으로 보장받지 못
할 우려가 있으니 민화협이 꼭 싸인해야 한다고 설득하여 밤 늦게 민화
협과 의향서를 체결하였다.

민화협 안내원의 말마따나 "많이 에돌아 왔다." 이제 다시 제 길로
접어드는구나, 하는 감회와 함께 평양을 떠나는 비행기에서 그제사 마
음이 가벼워지고 따스해진다. 이제 정말 잘해 보자.

— 2002년 2월

평양의 이웃도 건강한 이웃이길 바랍니다

나는 '어린이의약품지원본부'의 일을 하면서 지난 1999년 9월과 2002년 1월, 두 차례 평양에 다녀왔습니다. 1997년부터 시작한 북녘 어린이들에게 의약품 보내기 운동을 해오면서 현지를 둘러보기 위해서였습니다. 제가 들러본 곳은 아주 한정된 곳이었습니다. 그럼에도 평양산원, 어린이영양관리연구소, 애국예방약공장, 평양의대 병원, 탁아소, 유치원, 육아원 등 어린이 건강과 관련된 시설들은 한 곳씩 골고루 둘러본 셈입니다. 생각 같아서는 평양만이 아니라 지방 여러 곳, 어린이 시설만이 아니라 어린이들이 사는 마을과 학교 같은 곳도 보고 싶었지만 다음 기회를 기다려야겠지요.

처음 갔을 때와 2002년 1월말에 다시 갔을 때, 달라진 것은 의약품 보내기운동의 의의와 필요성, 효율성에 관하여 좀 더 구체적인 도움이 되었다는 것입니다. 그동안 많은 분들이 성금을 모아 주셔서 5년 동안 14번에 걸쳐 대략 30억 원 어치에 가까운 의약품들을 보낼 수 있었습니다. 지금은 북쪽에서 어린이 건강을 총괄하는 어린이영양관리연구소에 어린이약품공장을 세우는 것을 목표로 약 만드는 설비들을 보내고 원료들을 보내기 시작했습니다. 처음 남쪽에서 만들어진 의약품들(완제 의약품)을 보냈는데 이렇게 바람직한 방향으로 발전하고 있어 여러분들의 동포사랑에 감사드리고 있습니다.

하지만 저는 실무 진행만이 아니라 평양 이웃들의 표정이 더 중요하게 여겨졌습니다. 참으로 어려운 사정인 것은 거리에 걸린 "가는 길 험난해도 웃으며 가자"란 구호간판에서 잘 읽혀집니다. 어려운 사정이야 이런 글귀 아니라도 대체로 알 만한데 평양 거리에서 지나치면서 만나게 되는 사람들의 얼굴 표정이 참으로 밝다는 것이 다행이랄까 그나마 마음이 조금 누그러지곤 했습니다. 올 겨울 추위 속에서 썰매를 지치는 철부지 아이들을 보면서는 더욱 그런 마음이 들었습니다.

그러나 꿋꿋하게 어려움을 헤쳐 나가는 평양 이웃들의 노력에도 불구하고 남쪽 우리가 도울 일은 여전히 많다는 것이 마음에 무겁게 다가옵니다. 그만큼 그곳 사정이 어려운거지요. 5년 전 보다는 좀 나아지고 있다는 소식을 접하면서도 말입니다.

5년 전보다 급박한 사정은 좀 덜어진 것이 여러 발표들에서 알려지고 있습니다. 어린이들의 건강도 많이 좋아지고 있다는 것이 최근 알려졌습니다. 세계보건기구, 국제아동보호기금 등이 북한 보건당국과 함께 1998년 조사한 어린이 건강실태를 보면 얼마나 어린이 건강히 심각하게 악화되었는지 가슴이 아팠습니다. 그런데 작년에 조사한 건강실태 보고서는 좀 나아진 상태를 보여줍니다. 급성 영양실조(신장에 비한 체중상태 불량)가 15%에서 9%로 나아졌다는 것은 여간 반가운 소식이 아닙니다. 또 만성 영양실조(연령에 비한 신장상태 불량)도 62%에서 42%로 나아졌습니다. 저체중(연령에 비한 체중 불량)도 60%에서 21%로 나아졌습니다. 여러 노력들이 합쳐져서 이루어진 개선이지요.

하지만 여전히 도움이 필요합니다. 여전히 10명 중 1명 꼴로 급성 영양실조 상태이고, 10명 중 4명 꼴로 만성 영양실조 상태입니다. 체중미달도 5명중 1명 꼴입니다. 이는 남쪽 어린이와 비교하면 더 명백해지지요. 지금 이 상태를 시급히 개선하지 않으면 어린이들이 커서 성인이 되었을 때, 남쪽의 '껑다리' '뚱뚱이'와 북쪽의 '숯다리' '홀쭉이'가 극명하게 대비되는 최악의 상황을 피할 수 없게 됩니다. 그보다 더 심각한 것은 남북 어린이들의 마음의 문제가 될 것입니다. 지금의 어려움을 서로 보살피지 못한 사정이 북쪽 어린이에게 마음의 상처로 남는다면 마찬가지로 남쪽 어린이에게는 마음의 부담으로 남게 될 것입니다.

하나의 민족, 하나의 언어, 하나 된 땅에서 살아갈 미래의 주인, 통일의 새세대들이 좋은 이웃으로 살아갈 수 있는 길은 바로 지금 좋은 이웃답게 실천하는 길일 것입니다. 평양의 이웃들도 건강하게 살아갈 수 있도록 남쪽 이웃인 우리가 좀더 넓은 가슴으로 사랑을 실천에 옮기면 좋겠습니다.

— 2002년 2월

의약품 지원운동의 르네상스를 시작하자

1. 법인 조직, 규정을 재정비하자

법인 창립을 준비하는 과정에서 논의를 위한 논의가 답보되고 결의로 다져지지 않은 상태에서 창립총회를 하다 보니 규정이나 조직, 인선 등이 허술했던 점들― 이번 총회를 통해 재정비하자.

이사회― 기획조정회의― 기획실무회의(기획실+사무처), 보직이사― 실무역량 등 각 단위의 의결권한, 집행권한 등을 정립하고, 내적 외적으로 불합리하거나 비현실적인 규정들은 현실에 맞게 정비해야 할 것이다.

2. 사업 총 노선을 확정하자

지원본부의 공통 주력사업과 각 직역, 단체별 사업을 총화하지 않으면 현재 논란이 되는 사업의 비중, 단체별 역할에 대한 평가와 전망, 대북사업에서의 협상 방향 등에서 혼선이 계속될 수 있고, 이는 결국 역량의 소모를 가져올 것이다.

우선 어린이영양관리연구소에 제약설비를 지원하는 사업에 공통의 인식과 결의를 내올 필요가 절실하다. 이미 지원본부의 활동 속에서 구체적 세부사항은 몰라도 기본방향이 확정되었고 다만 규모와 시기만 조정이 필요한 이 사업에 이견이나 소극성, 내지는 도외시하는 조짐이 있다면 이는 지원본부의 동요를 불러오고 지원본부의 정체성에 혼란을 가져올 수도 있다. 전체적으로 북측의 어린이건강과 보건의료현실이라는 사실을 앞에 놓고 전체 사업의 방향과 배치를 고민해야 할 것이다. 아울러 우리의 현실역량을 총량으로 볼 때 얼마 만큼인지, 각 단위 역량으로 볼 때 얼마 만큼인지 측량하고 이를 총화하면서 각론화를 고민해야 할 것이다.

각 단체에서 지원본부를 어떻게 보느냐를 정리해야 한다. 각 단체와 지원본부의 관계를 정립하는 데 따라 각 단체 단위 사업의 중요도와 그에 대한 반대급부 등의 논란도 정리될 것이다(정성적 의미와 정량적 비중을 가늠하는 어떤 기준이 설정되어야 한다).

지원본부가 단순한 경유 창구인지 구심적 조정역인지 정리해야 할 것이다. 지원본부가 단순한 창구라면 판단은 각 단체가 하면 그만이다. '아이들과 미래'는 우리에게 기탁만 했다. 그리고 1회성으로 끝난 셈이다. 그러나 지원본부가 구심력 있는 조정자라면 이야기는 다르다. 지원본부의 조정 역할에 대한 각 단체의 일정한 위임과 일상적인 논의구조가 가동되어야 한다(각 단체가 이에 동의한다면 또는 동의하는 단체라면 아마도 단체에서 대표성을 위임받은 대표가 지원본부에서 의사결정력 있는 회의의 구성원으로 참가하는 방안이 좋을 것 같다).

아울러 병원설비(덴탈, 메디칼, 오리엔탈) 지원에 있어서 각 단체가 알아서 결정하고 알아서 시행한다, 라는 식은 문제가 있다. 북측에선 관심사가 따로 있고, 우리 측은 우리대로 관심사가 따로 있는데 이를 협상하고 조정하지 않으면 사업은 계속 혼란상태를 벗어나지 못할 것이다. 북측 현실과 우리 측 현실, 북측 희망과 우리 측 희망을 잘 조화시키면서 애초의 취지를 살려나가려면 각 단체에서 입안 추진하는 사업들도 잘 조정되어야 할 것이다.

정부 지원금 프로젝트를 감당할 내부 자금이 보장되어야 한다(Seed Money 확보는 우리가 내려야 할 결단의 전부라고 해도 과언이 아니다.) 한편 정부에서 돈 받을 수 있다고 프로젝트를 무작정 다변화하는 것도 경계해야 한다. 지금 북측에서 연구소에 집중하지 않는다, 라고 문제제기하는 것을 막무가내로 도외시할 수는 없지 않은가.

3. 공동모금 할당방안을 강구하자

지금 각 직역, 단체별로 벌이고 있는 사업들은 외형상 최대치를 목표로 진행되고 있거나 진행될 예정이다. 그런데 그 자원을 다 그 사업에만 집중하다보니 지원본부에 공통으로 모여질 자원이 어디에 있는지 궁금해진다. 각 단체들이 자체 사업과 지원본부 공동사업에 일정한 쿼타를 배정하지 않으면 지원본부 따로, 단체 따로, 이런 식이 될 수도 있다. 따라서 각 단체가 지원본부와의 관계를 고려하여 적절한 방안을 함께 고민해 주어야 할 것이다.

'씨드 머니'를 확보해야 하는 절대절명한 과제와 함께 지원본부 운영경비(그 중에서도 활동비)의 고갈을 빨리 해결해야 한다. 이를 해결하는 방안은 공동모금 할당방안과 연계되는 단초가 될 수도 있을 것이다.

4. 업체, 단체 협찬 유도 방안을 마련하자

연고자 교섭방식은 한계가 있다. 연고자든 아니든 명분과 실리를 제시하면서 협찬을 유도해야 한다. 모금, 협찬 프로젝트를 임의단체 시절 구멍가게 방식에서 사단법인답게 전문점, 중소기업 방식으로 전환해야 하지 않을까. 이 프로젝트에 "귀사/귀단체가 참여하면 이런 반대급부가 생긴다", 라는 식의 기획이 필요하다. 아이디어를 구상하고 기획안을 정리할 때 꼭 염두에 두었으면 좋겠다.

5. 관심을 고조시킬 이벤트를 만들자

초기와 달리 우리는 메이저가 아닌 마이너로 되었다. 이제 다시 전문성과 순수성을 기초로 대북지원의 중요한 역할을 하는 단체로 자리를 찾아가자. 보건의료 분야에서는 아직도 우리의 역량이 크다. 이를 잠식당하거나 부식시키지 말고 "잠자는 역량을 일깨워" 새로운 전기를 만들자.

언론매체(크게는 방송, 작게는 전문지 또는 단체소식지)와 연동할 수 있는 이벤트 프로젝트를 잘 입안하자. 지금이야말로 "이야깃거리가 되는" + "현실 가능한" + "실제 효과가 있는" 이벤트를 기획하고 실현시켜 붐을 만들어야 할 때다.

이번 창립 기념행사를 계기로 새로운 기운을 모아 힘차게 나아가자.

— 2002년 4월, 어린이의약품지원본부 실무조정회의

5년은 긴가, 짧은가?

'어린이의약품지원본부' 가 창립하여 활동한 지 만 5년이 되고 있습니다. 그동안 우여곡절도 많았지만, 10번에 걸쳐 10여억 원 어치의 의약품을 북쪽에 전달했고 2차례 대표단의 평양방문이 이루어졌습니다. 물론 2001년 6월 23일에는 사단법인으로 재창립하여 1주년 총회를 앞두고 있습니다.

1996년도에 보건의료단체 대표자회의가 북녘의 홍수 피해를 돕는 것을 제안하여 처음으로 보건의료인들이 약 2천만 원을 유니세프에 기탁하였고, 그때는 민간단체가 북녘을 지원하는 것이 된다, 안된다 논란도 있었습니다. 하지만 그 다음 해 북녘에 홍수가 겹치고 자연재해가 계속되면서 북녘동포 돕기운동이 전국적으로 확산되는 가운데 1997년 6월 28일, 많은 분들의 동의가 이루어져 5개 직역의 보건의료인으로 구성된 '어린이의약품지원본부' 를 창립하게 되었습니다.

그 후로 5년, 종교단체를 제외하면 순수 민간단체로서 지속적인 북녘 지원사업을 하는 단체는 거의 없어지다시피 했는데, 어린이의약품지원본부는 어려움을 겪기는 하지만 계속해서 지원사업을 해나가고 있어 참으로 다행스럽다고 생각됩니다. 아니 이제 완제의약품에서 원료의약품까지, 그리고 현지생산을 위한 생산설비 지원으로 발전해 본궤도로 접어들고 지속적인 사업이 진행되고 있습니다. 아울러 북측 관계자와 이견이 생기긴 하지만 치과진료장비를 열심히 모으는 건치의 모범은 건약의 항생제 모으기, 청한의 환제설비 지원, 인의협의 진료장비 모으기 등으로 호응을 받고 있습니다. 수고하시는 김에 더욱 분발해 주시길 부탁드리면서 감사의 말씀을 올립니다.

이제 우리의 초발심(初發心)을 다시 돌아볼 때가 아닌가 생각해 봅니다. 지금도 "처음처럼" 북녘동포, 특히 어린이를 도와야 한다(sollen), 돕고 싶다(wollen), 도울 수 있다(können)는 그 소명과 의지와 능력이 여전한가 하는 반성이 필요하지 않은가, 되묻게 됩니다. 평화와 통일이 저절로 오는 것이 아니라 만들어 가야 하는 것일진대, 몇 번 해보다가 말 일이 아닐진대, 우리의 발걸음은 여전한가, 반추해 볼 필요가 있다고 생각됩니다. 특히 창립 5주년, 법인 1주년에 말입니다. 5년은 긴 시간인가, 짧은 시간인가, 다시 생각해 보면 좋을 것 같습니다.

우리가 하고 있는 이 일은 분명히 자선사업이 아닙니다. 자선사업으로 변질되면 당장 그만두어야 할 것입니다. 그러므로 우리는 다시금 처음으로 돌아가야 할 것입니다. 처음 그때 논의하고 동의했던 그 방향, 그 열심으로 돌아가야 할 것입니다. 멀게는 통일을 열어가기 위하여, 가깝게는 당장 어려움을 겪는 어린이의 건강을 돌보기 위하여 신발끈을 더욱 조여 매어야 할 것입니다.

감히 이런 이야기를 드리는 것은 하나의 선(善)이 모든 것을 지배할 수 있다는 식의 생각 때문은 아닙니다. 오히려 그런 생각이 바로 자선사업에 배어 있는 병폐이기 때문에 자선사업이라면 당장 그만두어야 하고, 운동(보건의료운동이자 통일운동)일진대 운동답게 제대로 해야 하지 않을까 하는 고언(苦言)인 것입니다.

구체적으로는 지원사업의 기축(基軸)을 세워야 한다는 것을 말씀드리고 싶습니다. 북측 관계자의 불만 표시가 아니더라도 우리가 진행하는 사업의 중심은 무엇인가 다시 돌아보자는 의견을 말씀드리는 것입니다. 사업을 다변화하는 것도 좋지만 우리가 지금 우회하고 있는 것은 아닌가 하고 되묻지 않을 수 없는 부분이 있습니다. 예컨대, 종잣돈(Seed Money) 모으기가 제자리걸음을 하고 있는 까닭이 바로 이런 문제의식과 연결되어 있지 않은가 생각됩니다. 뿐만 아니라 성금 모금사업도 무언가 크게 기획하고 추진한다기보다는 그냥저냥 하다 보니 조금씩 모여지는, 그런 느낌을 지울 수가 없습니다.

또한 이번에 법인 창립 1주년 총회를 열면서 우리는 단체의 신진대사를 활발하게 촉진시키기 위해서 조직과 운영에서 쇄신을 이루어야 할 것입니다. 그 방안은 젊어지는 것입니다. 현재의 이사장과 보직이사들이 맡아서 할 일과 젊은 이사님들과 실무팀들이 전적인 재량을 가지고 할 일을 나누어 좀 더 생기 넘치는 작풍(作風)을 일으켜 세워야 할 것입니다.

"약은 쓰다(Medicina ist amara)"? 죄송하지만, 쓴 소리 달게 받아 주시길 바라며, 다시 한 번 수고하시는 모든 분들께 머리 숙여 인사 올립니다. 그리고 다시한번 기원합니다.

"통일의 새싹들아 건강하게 자라나라!"

— 2002년 6월

부지깽이를 서까래로 쓰시려는 격려,
노력으로 보답하겠습니다

처음 저희 '어린이의약품지원본부'가 이 늦봄통일상을 받게 될 거라는 소식을 듣고 여러 차례 반신반의했습니다. 대개 상이란 받는 사람에게 그만한 영광을 안겨주는 것이기에 "정말 받게 되면 좋겠다" 하는 욕심이 생기다가도 "우리가 과연 상을 받을 만한가?" 되묻곤 했습니다. 다른 상도 아닌 문익환 목사님을 기념하는 늦봄통일상! 이 상을 저희 단체가 수상한다는 사실이 아직도 잘 믿어지지가 않습니다.

우리 민족의 굴레인 분단을 걷어내고 통일을 앞당기기 위해 목사님께서 걸어오신 그 희생과 개척의 정신을 기리는 늦봄통일상! 그 얼마나 크고 소중한 상인데, 거듭 물으면서 저희 단체가 해온 일을 돌아보면 볼수록 서툴렀던 점, 아쉬웠던 점, 허술했던 점, 게을렀던 점, 모자랐던 점, 그르쳤던 점, 그리고 그 무엇보다도 아직 갈 길이 멀고 멀다는 점, 이런 점들이 눈에 밟히도록 떠오르고 아, 과연 우리가 이 상을 감당할 자격이 있는가 다시 묻곤 했습니다.

그러면서 얻은 결론은 아! 우리 문익환 목사님 참으로 품이 넓으신 어른이시구나! 다시금 깨닫게 되었습니다. 부지깽이 감을 키워서 서까래 감으로 쓰시려는구나, 하는 가르침이 뇌리에 떠오릅니다. 가슴을 칩니다.

다시 한번 말씀드리면, 이런 영광 참으로 감사합니다. 참으로 부끄럽습니다. 그리고 목사님의 가르침에 따라 목사님의 그 큰길, 통일의 길을 더 열심을 가지고 가도록 애써서 이 상에 보답해야겠다고 다짐합니다.

저희 어린이의약품지원본부가 활동하면서 가장 난처한 문제를 해결하는 데 목사님께서 후견이 되셨던 사실을 하나 소개드리고 싶습니다. 1997년 남북 적십자회담에서 비료지원문제가 결렬되면서 저희 단체는 그 소중한 국민성금을 통장에 묶어둔 채로 길을 잃고 있었습니다. 당시 북측에서는 남쪽 약을 받지 않겠다는 것이었습니다. 길이 막힌 것입니다. 그렇다고 외국 약을 사서 보낸다는 것은 말도 안되는 것이어서 우선 분유 등 영양식과 비타민을 보내면서 길을 찾게 되었습니다. 북측 관계일꾼과 베이징에서 만나 길을 찾을 때였습니다. 그때 결정적으로 단초를 열어주신 분이 바로 목사님이십니다. 북측 관계일꾼들이 문익환! 이름을 듣는 순간부터 말씨가 달라지고 저희 단체에 신뢰를 보여주었습니다. 이어 자초지종을 설명하자 "그러지요. 네. 남쪽 약 받아야겠지요. 사랑으로 알고 받아야겠지요."라고 말했습니다. 막힌 길이 열리는 순간이었습니다. 그리하여 저희들의 의약품 지원사업은 점차 본궤도로 접어들게 되었습니다.

민족의 큰 어른, 문익환 목사님께서는 저희 모두에게는 슬픔을 남기시고 당신의 가슴에는 미완의 꿈을 안고 그 눈이 펑펑 쏟아지는 겨울날

홀연히 이 세상을 떠나셨지만, 통일의 선구자로서 앞길을 열어놓으심으로써 뒷길마저 평탄하게 열어두셨다는 것을 다시 확인한 것입니다.

역사적인 6·15남북정상회담으로 우리 민족이 분단과 대결에서 화해와 단합, 평화와 통일의 시대로 접어들고 있는 이즈음 목사님께서 살아 계신다면 얼마나 좋을까, 하는 아쉬움을 다시 갖게 됩니다. 그러면서 그 큰 품에 안아주시는 목사님의 가르침을 다시금 가슴에 새깁니다. 아직도 북녘 어린이의 15퍼센트 약 40여 만 명의 어린이들이 영양장해로 어려움을 겪고 있고 이를 해결하기까지 더 많은 정성과 노력 모아져야 하고, 나아가 북녘의 보건의료산업이 회복되기까지 그리하여 올바른 남북 보건의료통일을 이루기까지 갈 길이 멀고 멀다는 것을 다시금 살펴보게 됩니다.

이제 7천만 겨레가 모두 평화와 통일의 길로 나서야 하는 만큼 저희 보건의료인들도 스스로 감당해야 할 자기 소명을 떠안고 그 큰길에 동참할 것을 다짐합니다. 물론 이 늦봄통일상이 주시는 채찍을 두고두고 저희들을 깨우치는 채찍으로 삼아 게으름 없이 갈 길을 다 가도록 노력할 것을 거듭 다짐합니다.

끝으로 다시 한번 이런 영광을 베풀어 주신 '통일맞이' 임직원 여러분과 통일운동의 어르신들, 겨레사랑의 한마음으로 성금을 모아주신 모든 분들께 감사의 말씀 올리며 '통일맞이' 의 무궁한 발전과 문익환 목사님께서 염원하시고 우리 7천만 민족이 모두 고대하는 통일이 올바로 이루어지길 기원합니다.

— 2000년 7월 4일

북녘 어린이 의약품 돕기 운동의 현황

어찌겠니,
너는 아픈데 약이 없으면

어찌겠니 너는,
아픈데 약이 없으면

밥으로 살다 몸이 아픈데
뜻으로 살다 마음이 아픈데

어찌겠니,
아픈데,
약이 없으면
너는,

지금!

— 졸시 「너에게 1」 전문

너무도 절실한 인도주의 정신

'통일세' 논란이 생겼다. 아예 거들떠도 보지 않는 듯하던 이명박 정부에서 통일을 준비해야 한다면서 '통일세' 라도 걷어야 한다고 한다. 진정 통일을 이루자는 취지와 의지를 가지고 논의하자면 '통일비용' 을 어떻게 해야 하느냐 하는 과제는 반드시 해야 할 의제임에 분명하다. 분단비용을 통일비용으로 전환시키는 노력은 꼭 필요하고 해야만 한다. 즉, 전쟁비용 군사비용을 평화비용 복지비용으로 전환해야 하는 당위성은 굳이 논란할 문제가 아니라 실천의 과제이기도 하다.

다만, 미사일 발사 때문에, 핵실험 때문에, 총격 사건 때문에, 천안함 사건 때문에, 연평도 폭격 때문에, 때문에…, 안 된다, 안 된다……. 이래서는 정말 안 된다. 우리의 오늘도 미래도 모두 포로가 된다. 분단의 포로가 된다. 전쟁의 포로가 된다. 갈등의 포로가 된다.

특히, 인도주의 정신에 따라 의약품은 북송해도 되는 것처럼 말하면서 정작 정부 당국이 북녘에 의약품을 보내는 사업을 하는 민간단체들의 활동을 제한하거나 금지하는 것은 깊이 반성할 일이다. 그것도 국민들로 하여금 "다른 건 몰라도 의약품은 아무 탈 없이 잘 보내지고 있겠지" 하고 착각하게 만드는 언론플레이를 하는 행태는 거짓을 거짓말로 덮는 행위가 아닐 수 없다.

도대체 '인도주의' 가 무엇인가? 우리 인간이 지켜나가야 할 가치들이 언술에 의해 농락되는 것이 어찌 '인도주의' 뿐이랴 마는 참으로 속이 상하는 일이다. 민주, 자유, 정의, 인권, 평화, 통일… 말장난으로 훼손되고 오염되는 가치들 가운데 하나일 뿐인지도 모르지만 남쪽에 남아도는 쌀을 북쪽에 보내지 못하는 또는 보내서는 안 된다는 사람들의 정신세계는 무엇에 붙잡혀 있는 것인지 모르겠다.

여러 국제기구나 미국을 비롯한 여러 나라의 민간단체들이 인도주의 정신에 따라 여러 도움을 활발하게 전개했던 1990년대 중반 우리는 갓 걸음마를 떼기 시작하여 민망했는데, 그나마 2000년 남북 정상회담과 6·15 공동선언으로 물꼬가 트여 다행이었던 것이 이명박 정부 들어서 이처럼 경색되어 있으니 속수무책인 형편이다.

지금이라도 이명박 정부는 큰 미래를 내다보아야 할 것이다. 그냥 구호로 "통일이 미래입니다" 만으로는 통일은 한 발짝도 진전이 안 된다. 북이 곧 자기모순에 의해 자체 붕괴될지도 모른다는 정권적 바람과 희망에 과도하게 집착해선 안 된다. 통일은 정권적 차원이기도 하지만 남·북 양쪽 민중의 삶의 문제, 생존의 문제이기도 하다. 정치 군사적 타산만으로도 이렇게 해서는 안 되는 일이다 싶은데 동포애, 인도주의 정신으로 보면 더군다나 열린 자세가 필요하다. 정치 군사 문제와 경제 사회 문화 보건의료 복지 문제는 분리하는 것이 우선 생각해 볼 수 있는 방안이다. 이른바 '정경분리의 원칙' 을 준용하는 것만으로도 경색으로부터 일정한 자유를 얻으리라.

1997년 6월 28일, '어린이의약품지원본부' 를 결성하다

이 자리에서 북-미 관계, 북-중 관계, 또는 6자회담 같은 정치외교적인 문제를 언급하진 않겠지만, 적어도 하나만은 지적하고 싶다. 미국과의 밀착만이 능사가 아니라는 것이다. 남-북 관계, 한-중 관계를 이대로 가다가는 큰일날 일이다. 큰 틀이 바뀌는 걸 앞장서 주도하진 못한다 쳐도 따라잡지도 못하고 뒤쳐졌을 때 어떻게 될지 정도는 미리 타산하면서 대처해야 할 것이다.

1990년대 중반 북녘에 연거푸 큰물 피해가 발생하였다. 가뜩이나

6 · 25전쟁 이래 미국의 대북 봉쇄정책으로 경제적 곤란을 겪고 있던 북녘에선 어린이와 노약자들이 식량난으로 건강에 큰 문제가 생겼다.

처음 이런저런 단편적인 소식들만 접하면서 남녘의 보건의료인들이 무언가 해야 한다는 생각들로 북녘 수재민 돕기에 나서 '어린이의약품 지원본부'를 결성하게 되었다. '어린이'로 지원 대상을 한정한 것은 남녘의 역량의 한계를 알고 있었기 때문이기도 하고 또한 재난이 발생하면 어린이들이나 임산부들이 가장 어려움을 겪게 마련인 점을 고려하였다. 아울러 '어린이'로 한정할 경우 정치적인 논쟁으로부터도 자유로울 수 있기 때문이었다.

활동을 지속해나가면서 북녘 어린이 건강실태에 관한 자료들을 제법 모으게 되었다. 여러 가지 소문들, 억측들만 나돌다가 1998년 북녘에서 제대로 된 어린이 건강 실태조사가 이루어졌다. 세계보건기구(WHO), 유엔아동기금(UNICEF), 국제적십자사(IFRC) 등 국제기구와 북쪽 보건성이 합동으로 벌인 조사였다. 그 후 2년 간격으로 조사가 실시되었다. 1998년 조사는 북녘 전역 230여 곳의 시 · 군을 거의 망라하였고, 리 단위까지 직접 방문조사 방식으로 접근하였다.

그 결과, 60%가 넘는 어린이들이 영양결핍 증상들로 고생하고 있는 것으로 나타났다. 급성 영양실조 또는 만성 영양실조는 치명적이기까지 해서 사망자도 매우 많은 것으로 알려졌다. 실제로 이들 영양결핍 어린이들은 비타민이나 적절한 급식만으로도 치유될 수 있는 상태인데 현실은 지극히 어려운 상태였다.

영양 공급이 어려운 것은 물론이고 의약품도 어려운 상태였다. 북쪽 '어린이영양관리연구소' 등 관계자들이 많은 노력을 기울이고 있는 것을 알게 되었다. 1999년 필자를 포함해서 대한민국 국적의 보건의료인으로서는 첫 방문을 했던 의사, 한의사, 치과의사, 약사 방문단이 확인하였다. 무엇보다도 당시 논란이 된 것은 콩기름, 콩기름은 약보다도 더 시급한 영양 공급 식량이었다. 그 연구소에서는 콩기름으로 갓 태어난 아기들의 젖 대용품을 만들어 공급하고 있었다. 아! 이보다 더 긴요한 먹거리가 있을까? 그걸 군용으로 쓰느니, 약이 아니니 못 보내느니 했던 남쪽 사람들(우리 보건의료인들까지도!)의 단견이라니!

뿐만 아니었다. 종합비타민조차 아까워하고 있었다. 시력장애의 원인이 되는 비타민A 결핍증, 우선 급한 것은 비타민A를 섭취하는 것이다. 다른 비타민은 나중에라도! 산간지방 아이들은 요오드 결핍증이 발생하니 해초류를 공급하는 일이 시급했다. 그러고 나서 종합비타민. 값비싸지 않으면서도 긴요한 것이 무엇인지 북쪽 보건의료 일꾼들은 알고 있었고 실천하고 있었다.

남쪽에서 과용이 문제인 항생제. 얼마나 요긴하게 쓰이는지 첫 방문때 알았다. 북쪽에선 신약(양약)이 부족해서이기도 한데 우선 구할 수 있는 초근목피로 만든 약, 즉 고려약(한약)으로 충당하고 있었다.

북쪽 보건의료체계는 남쪽과 마찬가지로 1차, 2차, 3차 의료전달체계를 갖추고 있다. 하지만 다른 점은 북쪽에선 무상의료 중심이라는 것이다. 그리고 북쪽엔 의약품 등 필요 물자가 부족하다는 것이다. 그러다보니 좋은 보건의료체계가 있어도 진료가 제대로 이루어지기 힘든 상태였다.

처음 방문한 평양산원이라든지 간염백신공장이라든지 우리에게 보여준 그곳은 잘 돌아가고 있었지만 전국 단위 2천여 만 명에게 필요한 의약품을 공급하기에는 태부족인 상태였다. 제약공장 노동자들이 원료부족 등으로 제대로 일하지 못하고 육체노동까지 하는 형편이었다.

그 당시 거리 구호간판에서 가장 많이 보았던 것이 "가는 길 험난해도 웃으며 가자!" 였다. '고난의 행군' 기간 동안 북녘 동포들이 겪었을 어려움을 짐작하고도 남는 구호였다. 나는 평양을 방문하고 나서는 "동포애만으로는 부족하다. 동료애가 절실하다"고 동료 보건인들에게 말하곤 하였다.

이제 북녘 어린이들의 건강은 많이 나아졌다. 영양 실조율이 25% 이하로 좋아졌다. 60%대이던 1990년대 중반과 비교하면 정말 많이 좋아진 것이다. 하지만, 하지만이다. 아직 갈 길이 멀다. 20%가 적은 비율이 아니다! 남쪽에선 너무 많이 먹어서 비만 어린이가 생기는데 북녘에선 너무 못먹어서 영양결핍이 생기는 현실! 이거 아니지 않은가?

'만경대어린이종합병원' 건립사업의 현황

통일 이후에 뭐라고 할 건가? 훗날 "그때 무얼 하셨어요?" 라고 묻는다면 어찌 대답할 건가? 금강산에라도 가본 분은 알 것이다. 길가에 서 있는 군인들의 체격이 어떤지 보았을 것이다. 앞으로 통일시대를 살아갈 어린이들이 성인이 되었을 때 키가 10센티~ 15센티 차이가 나는 모습, 눈에 그려진다면, 지금 무언가 해야 할 터이다. 서두에 적은 나의 자작시는 1990년대 초반에 쓴 것이지만 이 졸시에서 물었던 질문은 아직도 나 자신과 여러 사람들에게 던지고픈 질문이다.

남쪽 민간단체들이 지난 10여 년 동안 북녘 어린이들을 돕기 위해 벌인 활동들은 단체마다 조금씩 다르긴 하지만 대체로 식량보내기와 의약품 보내기, 병원 현대화 사업, 제약공장 건립사업, 그리고 학용품 보내기 등을 압축해 볼 수 있다.

'어린이의약품지원본부' 가 해온 활동을 중심으로 소개하기로 한다.

처음 '어린이의약품지원본부'는 적십자사를 통해 비타민 같은 영양제를 보내기 시작하였다. 그것을 점차 늘려 일반 어린이용 치료제들도 보내게 되었다. 이른바 완제의약품을 보냈다.

이어서 원료의약품을 보내기 시작하였고, '어린이영양관리연구소'에는 제약 생산 설비들을 보내 현지에서 약을 만들 수 있도록 도움을 보탰다.

그 다음 단계엔 병원 의료장비들을 보내주었다. '대동강 구역병원', '철도성 중앙병원'의 '현대화 사업'을 지원하였다. 한편으로는 리, 동 진료소 의사들을 위한 왕진가방 세트들을 보내주었다. 이 중에서 비용이 크게 들어간 것은 '철도성 중앙병원'의 수술실을 완전히 새롭게 개조하는 사업이었다. 북쪽 관계자들도 이 사업의 성과에 만족을 표시하곤 하였다.

이어서 현재 의료장비를 제대로 보내주지 못해 완전한 개원을 못한 채 북쪽 보건의료 일꾼들이 진료를 시작한 '만경대 어린이종합병원'의 건립사업이다. 이 어린이병원은 위치가 아파트 단지 안에 있어서 생색이 나지 않아 남쪽 단체들이 망설이던 사업이었는데 필요하다면 해야 한다는 생각으로 '어린이의약품지원본부'가 시작한 사업이다. 3층짜리 아담한 건물이 완공되었을 때 남북 일꾼들이 웃음을 나누던 장면이 눈에 선하다.

하지만 엑스레이 장비조차 반출을 불허하는 이명박 정부의 경색된 조처로 완전한 어린이병원이 되지 못한 상태이다. 참으로 개탄을 금할 수 없다. 남쪽 의원급에서조차 하급 장비로 취급되는 의료장비들을 군사문제 때문에 못 보낸다는 건 앞에서 말한 것처럼 '인도주의'가 어디에 있는지 묻지 않을 수 없다.

북쪽에선 '3대 혁명기치' 이외에 보건의료 분야에선 '정성' 을 강조한다. '정성' 은 실로 마음을 모아서 한다는 보건 의료인의 기본정신을 담은 것이기도 하고 모자라는 부분을 노력으로 메운다는 생각도 담겨 있는 듯하다.

한데 통일의 길에 어디 보건의료분야에서만 그러하랴! 무릇 모든 분야, 모든 동포들이 '정성' 을 다해서 통일을 이루어야 하리.

— 2010년 12월, 『한국평화문학』 제6집

평화운동, 통일운동의 현장에서

1995 NPT 재검토회의 결과와 전망
- 민간단체 반핵운동의 동향을 중심으로

들어가는말

‘핵무기확산금지조약(NPT)’ 의 시한 만료에 즈음하여 뉴욕에서는 1995년 4월 17일부터 5월 12일까지 조약 가맹국회의가 열리고, 이와 병행하여 4월 19일부터 26일까지 민간단체 연대회합이 열렸다. 20세기 후반의 세계질서의 중요부분을 지배해왔고 어쩌면 21세기 세계무기체제와 에너지체제, 그리고 환경문제를 좌우할 이 조약의 진로를 둘러싸고 이와 관련한 세계 각국의 관계자들이 대부분 집결한 중대한 논의의 광장이었다.

‘리우환경회의’ 가 매우 중요한 회합으로서 지구 환경문제에 대한 새로운 전망을 세우는 건설적인 것이었다면 ‘우루과이라운드’ 의 마지막 회합이 세계무역체제를 결정적으로 재편성하는 것이었던 것과 비견해보면 이번 회합은 전자보다는 후자와 유사한 성격을 가진 것이었다. 우리 한국 참가단은 역량 부족으로 국내에서나 현지에서나 선언적 수준에서의 의견발표에 의미를 부여할 정도였지만 세계 각국에서 모인 핵문제에 대한 전문가들인 과학자, 기술자, 법률가, 의사들이 행사 기간

중에 단식투쟁을 벌인 것이 이 같은 성격을 진작부터 인식하고 있었던 데서 출발한 양식 있는 행동이 아니었겠는가 하고 반추하게 된다.

어쨌든지 결과는 미국 등 핵보유국의 의도대로 이 조약의 무기한 연장으로 낙착되었다. 이 조약은 앞으로 이 조약이 시발할 때부터 갖고 있던 문제점들이 다소 보완되든 말든 핵보유국들은 국제적인 조약상 정당성을 구가하게 될 것이 분명하다. 이 정당성이란 실은 일방적 주장이지만 일정한 파급력을 행사하면서 지금까지 핵의 평화적 이용이란 이데올로기를 유포해온 입장을 적극 옹호하는 무기로 활용될 것이다. 따라서 이 조약이 애초부터 가져온 핵의 패권주의와 상업주의, 핵무기의 독과점과 핵산업의 무한확산이라는 결정적 문제점은 확대재생산될 모양이다.

여기서 우리는 정부차원에서의 합의가 가져온 그 차원에서의 전망을 예상해보고 이 체제의 한계를 극복하고 세계를 "핵 없는 세상"으로 만들고자 하는 민간차원에서의 노력을 알아보고 그에 참여할 방안을 모색해 볼 수 있을 것이다. 필자는 비록 많은 부분에서 미흡하지만, 반핵 국제연대운동을 위한 논의와 참여에 적게나마 활용되기를 기대하면서 이 같은 내용을 정리하고자 한다.

NPT 재검토회의 결과와 의미

회의 결과는 이미 언론에 보도된 바와 같이 미국의 의도대로 무기한 연장으로 결론이 났다. 초기에는 미국이 강력한 반대 입장에 몰려 과반수를 확보하기 어려울 것이란 예상이었는데 결과는 전체 170여 가맹국 중 과반수가 넘는 103개국이 무기한 연장하는 동의안을 발의하는 정도가 되었다. 대체로 반대 입장에 섰던 국가들은 비동맹국가들, 이스라엘의 사실상 핵보유를 비난하는 아랍국가들, 조건부 연장을 통해 핵무기 철폐 프로그램을 앞당기거나 이번 협상을 통해 반사이익을 얻으려는 나라들이었는데 주로 후자 쪽에 속하는 나라들이 실리를 챙기는 쪽으로 입장을 정리한 것으로 보인다.

이에 따라 관심사는 의결방법과 반대 입장의 국가를 어떻게 NPT 체제 내에 머물게 하느냐에 주안점이 잡히고 평소 표결처리보다는 합의 결정을 주장해온 의장의 의견에 따라 표결없이 합의 연장하는 형식으로 나타났다. 다수결로 미국 등 핵보유국들이 약속하는 선에서 합의 처리하려 했던 것인데 미미한 선언적 약속 이외에 별다른 합의 없이 회의는 무기한 연장만을 결정한 채 일단 끝났다. 아마도 곧이어 미합의 부분을 협상하는 테이블은 마련될 것 같다. 그리고 그 협상은 이 조약 밖에 서려는 것을 막기 위한 봉합책들을 놓고 밀고 당기는 정도가 될 것이다.

NPT 재검토회의 이후의 전망

향후 NPT체제의 행로를 찾아보기란 그리 수월한 것은 아니지만 이 조약을 유리하게 해석하려는 입장과 상대적 입장이 조약 체제의 운명을 길든 짧든 결정지을 것이다. 다만 여기서 이 조약의 재검토회의가 열리기 직전에 나왔던 예상 시나리오를 참고해보는 것으로 정부차원에서의 진행 일정표를 가늠해볼 수 있을 것이다.

참고로 이 예상일정표는 유엔 군축문제국장이었고 유엔 훈련연구인슈티튜트(UNITAR) 수석연구원인 윌리엄 엡슈타인의 글에서 인용한다(Willam Epstein, Give More to Get More, The Bulletine of the Atomic Scinentists, Nov-Dec 1994).

○ 1995 ~ 2000년

* 5개국 핵보유국의 선제불사용 협약

* 핵 위협을 받는 비핵보유국에 대한 강력한 협조약속

* 비상사태의 무기철수

* 핵무기급 핵물질 생산 중지

* 아프리카와 동남아시아 비핵지대화 실현

* 미생물무기금지협정의 검증 및 통제체제완성과 조속한 화학무기
금지협정 효력발생

* 유엔 재래식무기 등록 및 군사비 지출보고의 철저한 이행

○ 2000 ~ 2005년

* 러시아와 미국 보유 핵무기를 각 100개로 감축

* 중국, 프랑스, 영국 보유 핵무기수를 각 200개로 감축

* 핵무기 해체에 관한 국제적 통제 및 안전조치 실현

* 농축우라늄 및 플루토늄(군사용 및 신수용)에 대한 국제적 통제
및 안전조치 방안 창출

* 핵무기 사용 및 사용 위협에 대한 금지협정 완결

* 이스라엘, 인도, 파키스탄을 각각 포함하는 중동지역 및 남아시
아지역 비핵지대화 협상

* 재래식무기 및 무력을 제한, 감축, 통제할 지역별 구조 창설

○ 2005 ~ 2010년

* 모든 5개 보유국의 보유 핵무기수를 각 100개로 감축

* 모든 국가의 재래식무기 및 무력 한도 수량 감축

○ 2010 ~ 2020년

* 국가 무기체제에서 핵무기 일체 제거

* 핵무기 비밀축적 또는 획득에 대항할 소수 핵무기를 유엔안전보
장이사회로 이전

* 모든 재래식 무기 및 무력을 국제안전 또는 평화유지 및 평화촉
진 활동에의 사용에 필요한 수준 이하로 감축

민간단체 연대행사 소개

1995년 4월 19일부터 26일까지 열린 민간단체의 주요행사를 일정별,
주제별로 간략히 소개하면 다음과 같다.

○ 4월 19일; 세계법정 프로젝트 세미나(핵무기반대 국제변호사협회
주관)

핵무기의 사용 또는 사용 위협이 국제법상 불법이라고 규정하려는
프로젝트의 하나로 열린 행사. 이미 1993년 세계보건기구(WTO)에서
이에 대해 문제제기한 것을 확대시켜 법률적 수준에서 미생물무기, 화
학무기와 같이 금지시키자는 운동이다.

○ 4월 20 ~ 21일; 무기확산 저지 국제시민대회(미국 피스액션 주관)

일체의 무기와 폭력을 추방하여 "무기없는 세상"을 만들자는 뜻에서
세계 각국의 이런저런 평화운동단체들이 참가한 행사. 이 행사는 너무
다양한 무기들에 대한 논의가 진행되어 핵무기 철폐에 대한 관심을 희
석시킨 결과를 가져온 것으로 보인다.

○ 4월 22일; 폭력 반대 옥외집회(미국 사회책임을 위한 의사회 주관)

일체의 폭력에 대한 반대를 주장하는 여러 참가자들의 다양한 의견
들을 발표한 시위형 집회. 한국참가단은 여기서 한국의 폭력은 분단상

황에 의한 구조적 폭력의 추방이 과제라고 주장했다.

○ 4월 25 ~ 26일; 핵무기 철폐대책 연대포럼(핵확산금지 및 군축을 위한 국제협의회 주관)

"NPT 이후"를 이슈로 내걸고 지구 전체의 비핵지대화 '핵 없는 세상' (NWFW)으로 나아가기 위한 구상과 방안들이 논의되었다. 이 포럼은 NPT체제의 한계를 확인하고 민간단체의 연대를 통해 새로운 핵무기금지협정을 촉구하는 운동의 일환으로 진행되었다.

한국참가단의 주요 활동 소개

우리 한국참가단은 모두 10명이 참가하였다. 여기서 우리가 확보한 발표공간은 주최 측과의 실무협의상 차질이 있어서 다소 축소 조정되었지만 한국의 군비확장, 주한미군의 문제점, 한국의 분단현실 등을 알리고 한국에서 각계 인사 300여 명이 공동연명하여 "핵무기 전면철폐, NPT체제 전면개편"을 주장한 공동선언문을 소개하였다.

한국참가단은 이번 국제행사 참가경험을 통해 세계 각국의 평화운동의 현상과 조직실태를 대체로 파악하면서 우리 한국의 평화운동과 국제연대운동의 무엇을 고려하고 강화해야 하는가라는 교훈을 얻을 수 있는 기회를 가졌다.

민간단체의 향후 반핵운동의 전망

이번 NPT 재검토회의 종결은 세계 각국의 민간반핵운동진영에게는 하나의 새로운 출발점이다. 세계 각국 민간반핵평화운동은 이제 새로운 '핵무기철폐협정'을 2005년까지 체결할 것을 촉구하면서 세계의 비핵지대화를 향한 주요한 프로그램을 계속해 나갈 것이다. 그 주요한 것이 앞에 소개한 세계법정프로젝트, 핵무기금지협정체결운동, 비핵지대화운동, '핵 없는 세상' (NWFW)운동, 핵전쟁반대 공적양심선언 등이다.

가장 가깝게는 히로시마, 나가사키 원폭 50주년과 관련된 행사들로부터 핵무기 철폐를 위한 국제연대운동은 지속될 것이다. 다만 필자는 현지에서 이론적 접근과 실천적 접근, 지식인 운동방식과 대중운동방식의 차이점, 각각의 강점과 약점을 상호 보완하는 열린 운동자세가 필요하지 않은가 하는 인상을 받았는데, 우리 코리아 평화운동의 발전에 따라서는 앞으로 국제평화운동의 주도자는 제1세계나 백인 중심이 아닌 우리를 포함한 절박한 당면과제를 가진 국가들의 민간운동이 되리라는 생각을 갖게 됐다.

향후 코리아 반핵운동의 과제

○ 관점과 시각정리

우선 우리가 그동안 국제연대운동의 필요성을 어떻게 인식해 왔는가 하는 입장을 정리하는 것이 필요하다고 생각한다. 심지어 불필요하다고 생각할 정도로 무관심한 활동가들이 있는가 하면, 마치 국제연대를 통해 국내문제를 쉽게 해결할 수 있는 것처럼 착각하는 활동가들도 있다는 사실을 놓고 볼 때 우리가 앞으로 어떻게 균형감각과 실천의지, 지적 역량을 가지고 우리 문제와 국제적 문제를 해결해 나가면서 운동의 목표를 달성해 나갈 것인가 하는 정리가 지금 필요한 것이 아닌가 생각된다.

○ 조직운동의 강화; 단위단체 및 연대기구등의 위상 재정립

지금 우리나라의 운동단체들이 국제연대관계에서 하고 있는 활동들은 아직 단속적이고 분산적인 측면을 부정할 수 없을 것이다. 이제는 국제공조와 국제연대를 위해서 조직간의 위상정립, 개별조직의 국제부분에 대한 강화, 그리고 연대기구의 형성틀을 목적의식적으로 추동해 나가야할 것으로 생각된다.

○ 국제연대강화를 위한 실제역량 강화;

국제연대관계에서 우리가 주도성이나 동등성 정도를 확보하려면 우선 국내포럼을 잘 형성하고, 외국어 기능과 운동감각을 겸비한 실무인력을 양성해야 할 것이다. 또한 국제적인 정보를 수집하는 실무능력의 강화, 국제교섭력 강화를 위한 일차적 과제로 우리상황을 정확히 적시에 홍보할 수 있는 국제적 매체(예컨대 공동 소식지)를 공유하는 것이 필요하다고 생각된다. 또한 국제연대를 위한 공동기구 등이 형성되어 있지 않은 경우 또는 새로운 기구형성까지 시간이 필요할 경우에도 우선적으로 국제연대의 창구를 효율성 있게 정리하는 것이 필요하다. 관심이 있는 개인이나 개별단체가 마치 우리나라의 입장을 전면적으로 대변하는 것처럼 잘못 전달된다든지 하는 경우에는 국제연대 자체가 무의미해질 수도 있기 때문이다.

○ 새로운 동북아 평화연대 창출 고려;

이미 형성되어 있는 네트워크를 보완, 개선, 강화해 나가면서 우리의 극단적인 상황을 해결해 나갈 수 있는 국제 연대틀의 형성에 대해 실질적 관점에서 창의적 구상과 실천이 필요한 것 같다(예: 남북한, 중국, 일본, 미국, 러시아 민간운동과의 연대틀).

— 1995년 6월

2005 NPT 재검토회의 참가 소감

2005년 NPT재검토회의에 '평화와 통일을 여는 사람들' (평통사)로서는 1995년에 이어 두 번째로 참가하였다. 10년 전과 달라진 점을 두 가지만 적어보면 국제적으로 NGO POWER가 매우 커졌다는 것과 우리 평통사의 실무력이 또한 매우 커져서 큰 성과를 거두었다는 것이다.

이번 회의는 이전과는 달리 유엔본부 외곽이 아니라 본부 건물 안에서 각종 회합이 진행되었고 세계 각국 NGO 측과 정부대표 측과의 합동 회합에서 "이제 NGO는 단지 세계 시민사회의 목소리를 반영하는데 그치는 것이 아니라 정부대표들보다도 더 전문성이 있고 지속적인(거의 평생 동안) 핵무기 철폐운동을 하므로 앞으로 어떤 정부대표간 회의이건 민간의 참여를 보장해야만 한다."는 주장, "NGO 활동경비를 정부측이 보장해야 한다."는 주장 등이 당연한 것으로 받아들여질 만큼 높아진 민간단체의 위상을 실감할 수 있었다.

'평통사'의 실무준비는 기간이 짧아 부족한 점이 있었음에도 현지에서 이런 대응이 필요하지 않을까 하면 바로 그 대안을 마련해 신속히 진행시킨 점, 실시간으로 보고서를 작성하고 홍보에 활용한 점, 현지

교포단체와 유기적으로 대처하고, 앞으로 연대할 만한 단체와 개인들을 직접 만나는 등 앞으로의 국제연대의 교두보를 확보한 점 등이 높이 평가받을 만하다 하겠다.

* 에피소드: 개인적으로 처음이 아니면서도 막상 짧은 영어실력에 우리가 유엔본부 안 회의실에서 직접 주최하는 워크샵 발표를 앞두고 긴장감이 이루 말할 수 없었다. 발표 전날 밤 나는 잠을 못 이루고 날밤을 세우다가 젓가락, 1회용 버터통, 커텐에서 뽑은 실, 동전과 열쇠를 이용해서 작은 저울을 만들었다. 발표 첫머리에 이를 시범하면서 내가 보는 NPT체제의 문제점을 설명하자 시청각 효과가 나타났다. 부담감이 오히려 좋은 결과로 역전된 에피소드이다.

— 2005년

무기도입 비리, 뿌리 뽑는 길은 있는가

들어가는 말

1998년도 국정감사에서도 예외 없이 국방부의 각종 비리가 공개, 폭로, 제기되었다. 그 중에서도 가장 어처구니없는 사례들은 우리 군대가 뭐하는 군대인가 하는 분통 터지는 한심한 작태들이었다. 무기를 도입하는 자체의 문제는 나중에 검토해보기로 하더라도 도대체 국민의 피땀으로 이루어진 세금을 이리도 방탕하게 내버려도 군대는 존재해야 하는지, IMF신탁통치 시대를 살며 비탄에 빠져 있는 국민 모두를 농락하는 작태에 군대를 혁파해야 한다는 분노의 목소리가 높아지고 있다.

무기도입비리는 대개 이런 식이다. 비싸게 사고, 바가지 쓰고, 떼어먹히고, 떼어먹고, 빼돌리고, 내팽개쳐버리는 식이다. 즉 터무니 없는 고가매입, 특정 업체 기종 구입, 뇌물수수, 착복과 횡령, 위약금 지불 또는 손해배상금 지불, 고액 수수료 지불 또는 고액 기술료 지불, 정보 기술 누출, 저성능 또는 무성능 무기 방치 또는 폐기 등이 그것이다.

어쩌면 떡이 있는 곳에 떡고물이 있다는 것은 만고의 사실인지도 모른다. 그래서 떡을 크게 그리고 많이 사거나 만들고, 떡고물을 슬쩍하거나 아예 떡 자체를 해치운다는 것도 만고의 사실인지도 모른다. 마찬가지로 군대가 존재하는 한 군대비리가 존재한다는 것도 만고의 사실일 것이다. 아니 이 나라 군대는 창군부터가 그 목적과 과정이 비정상적이었듯이 6·25전쟁 이래 부패의 온상이었고 나라와 국민은 가난해도 군대와 군인은 가난을 모르고 떵떵거리는 비정상적인 독보적 존재였고 그야말로 성역이었다.

그리하여 징병제로 억지 입영하는 민초들, 빽이 없어 면제는 고사하고 가장 힘든 근무환경에서 박박 기어야 하는 쫄병들 = 일반병사들은 이래저래 가슴아픈 심사를 노래로나 달래곤 해왔다. 그 노래들 중에 군대비리를 비꼬는 참담한 노래로 이런 것이 있다. "일등병 이등병은 건빵 도둑놈~, 소령 중령 대령은 짚차 도둑놈~~" 이 나라 군대 비리의 역사는 이 노래에 그대로 압축되어 있다. 이 노래가 차마 장군들을 포함하는 군 수뇌부까지는 건드리지 못하고 있는 그 엄중한 공포상황까지도.

무기도입 비리의 몇 가지 사례

이번 국정감사를 전후로 해서 제기, 공개, 폭로된 무기도입 비리의 실상 또는 의혹은 실상 이 나라 군대 비리의 '빙산의 일각'이다. 아니 '새발의 피'다.

하지만 드러난 비리만 보아도 국민은 분노로 치가 떨리고 허망함에 가슴이 썰렁할 수밖에 없다. 우선 1998년 국정감사에서 제기된 혈세낭비는 그 금액만으로도 천문학적이다. 터졌다 하면 억(億)이요 조(兆)인 군사비리 가운데 이번에 완전히 손실되었거나 손실될 것이 뻔한 비리 의혹 금액은 대략 1조 754억원이다.(*1) 참고로 이는 1999년도 국방예산 13조 7,490억 원의 7.82%에 해당한다. 여기에는 백두사업 재협상을 할 경우 미국 업체가 요구할 추가 요구액 1,540억 원 등은 포함되지 않은 것이다.

○ 백두사업 비리:

1991년부터 도입되기 시작한 백두사업(대북 통신감청용 정찰기 도입사업)은 1996년 신호정보 수집장비로 미국 E시스템사의 원격조종감시체계(RCSS), 정찰기로 미국 레이션 사의 호크 800기가 선정되었다.(*2)

이 정찰기는 멍청한 바가지 구입이라는 점이 밝혀졌으나 그것을 되돌려 받기는커녕 울며겨자먹기로 그냥 들여오거나 위약금을 물어야 할 판이다. 우선 미 정찰기는 지난 1998년 8~9월 국방부 특별평가 결과 성능에 중대한 문제가 발견되기도 했는데 도입가격은 1996년 6월 기종 결정 당시 경쟁기종에 가장 낮은 점수를 받고도 경쟁기종보다 3,000만 달러(420억 원)가 더 비싼 것으로 알려졌다.(*3)

이 정찰기는 국방부 국감자료에 따르면 1997년 6월 이 장비를 사용할 국방부 직할 00부대가 당시 통신장비 정보방탐정확도, 전자신호 정보방탐정확도, 데이터통신범위, 지방분석처리소, 온도 등 주요 4개 항목에서 문제가 있다고 인수거부 의사를 밝혔으나 김동진 당시 국방장관이 이를 무시하고 도입했다고 한다. 국방부 자체 특별평가 결과 위 4개 항목 이외에도 항공기 체류시간, 중계소 및 통신프로토콜, 후속지원 등에서 결함이 발견되었다.(*4)

그래서 이를 시정하기 위해 재협상을 할 경우에도 미국 업체가 1억 1천만 달러(1,540억 원)의 추가비용을 요구하고, 만일 장비 인수를 지연하면 하루에 7만 5천달러(하루에 1억 500만 원)의 위약금을 물어야 한다.(*4)

○ UH―60헬기 도입비리:

국방부는 지난 1990년 대통령 전용 UH-60헬기를 미국 시콜스키 사로부터 약 4천 8백만 달러(약 672억 원)에 상업구매 방식으로 도입했다. 계약 당시 이 미국 업체는 제3국 판매가보다 고가로 판매하지 않겠다고 보증했다.

그러나 국방부는 이 미국 업체가 미국 정부에 15% 비싸게 팔아왔다는 〈뉴욕타임스〉의 보도를 보고 조사에 나서 바가지 쓴 것을 알게 되었다. 동종 헬기를 이집트보다 무려 50% 이상 비싸게 사왔다는 사실을 뒤늦게 파악했다.(*2) 시콜스키 사의 S70A-모델들은 기본키트 구입가가 미 육군의 경우 470만 달러(65억 8000만 원), 이집트의 경우 518만 달러(72억 5,200만 원)인데 비해 우리는 766만 달러(107억 2,400만 원) 내지 999만 달러(139억 8,600만 원)를 주고 샀다는 것이다.(*5)

이동복 의원은 국감에서 UH-60헬기를 직구매와 면허생산을 하면서 약 4,000억 원의 국고를 낭비했다고 주장하였다. 그에 의하면 대한항공이 138대를 면허생산한 다목적 UH-60헬기는 미국과 이집트에 비해 대당 210만~250만 달러(29억 4,000만~35억원)나 비싸게 구입했으며, 직구매한 귀빈용 UH-60헬기도 미국과 이집트에 비해 240만~290만 달러(33억 6,000만원~40억 6,000만원) 비싸게 구입했다고 한다.(*6)

뒤늦게 허둥허둥 부당 이득금 환수를 위해 ICC에 중재신청을 했으나 패소, 되찾을 길이 막혀 버렸다.

○ 대잠수함 초계기(P-3C) 도입비리:

1990년 미국 록히드 마틴 사로부터 구입한 P-3C의 경우, 미국 록히드 마틴 사는 (주)대우에 2,975만 달러(416억 5,000만 원)의 커미션(총액의

5%. *2)을 지불하기로 해놓고 400만 달러(56억 원)만을 제공, 2,575만 달러(360억 5,000만 원)을 원가에 포함시켜 그만큼 비싸게 구입한 셈이 되었다고 한다.(*6) 커미션을 5%로 약정했다면 환산해 볼 경우 P-3C 구입금액은 5억 9,500만 달러다(8조 3,300억 원). 떡이 어마어마하니 떡고물도 어마어마하다? 그래서 서둘러 바가지를 자초했다?

이에 대해 1993년 10월 (주)대우가 사기계약 사실을 국방부에 알렸고, 그럼에도 불구하고 박상규 의원의 주장에 따르면 국방부는 록히드 사에 배상조치를 촉구하는 과정인데도 1995년 4월~12월 서둘러 납품받고 서둘러 대금을 완불했다는 것이다. 시정은커녕 바가지를 서둘러 자초한 것이다. 동시에 납품을 앞당김으로써 초도 부품을 조기에 확보하지 못함으로써 P-3C기의 가동률이 당초 목표치 70%에서 58%로 떨어지는 심각한 결함을 초래했다.(*4)

뿐만 아니라 뒤늦게 중재신청을 했으나 패소하여 청구금액 2,575만 달러(360억 5,000만 원)에다 록히드 사의 변호사 비용 60만 달러(8억 4,000만 원) 등 모두 365억 원이 넘는 손실을 초래했다.(*2)

○ 중형 잠수함 도입, 경전투헬기 구입 특혜 의혹:

1,500톤급 중형 잠수함 도입 사업은 2조 원이 넘는 사업으로 국방부 수뇌부가 국방부 규정까지 무시하면서 특정국가, 특정업체를 염두에 두고 수의계약 방식으로 추진했다.(*3)

잠수함 사업에 대해 의혹을 제기해온 군사평론가협회(회장: 박경석 육군 예비역 준장)는 "국방부가 차기 잠수함 사업(SSU)을 대우와 수의계약하기 위한 노력을 계속하고 있다"고 주장하였다. 동 협회는 이 수의계약 시도는 국방부내 모종의 커넥션이 존재하는 증거라고 주장한다. 군사평론가 지만원 씨는 "국방부가 2개 회사의 잠수함 건조능력을 실사해서 퇴출업체를 결정하겠다고 하지만 오는 2002년까지 수 척의 잠수함 건조사업을 맡기고 있는 대우를 퇴출시킬 리는 만무하기 때문에 구조조정은 결국 대우에 잠수함 사업 독점권을 주기 위한 수순에 불과하다"고 주장한다.(*2)

또한 국방부가 지난 해 전격 결정한 경전투헬기(KHL) 사업을 둘러싸고도 의혹이 제기되고 있다. 국방부는 대우중공업이 독일에서 기술도입해서 생산할 BO105 12대를 도입키로 결정했다. 그러나 이 기종은 이양호 당시 국방장관이 대우중공업으로부터 뇌물을 받아 문제가 된 데다 국방연구원은 다른 기종이 우수하다고 주장하고 있다.(*2)

○ 기타 각종 비리의혹:

판을 벌리면 건수를 올린다던가. 다종다양한 무기도입 계획을 둘러싼 의혹이 속속 뒤를 잇고 있다.

CN235 중형수송기 도입에 따른 손실 우려 1,300억 원. 휴대용 대공미사일 미스트랄 도입에 따른 환차손 2,400억 원. KF16 전투기 보상협상 난항으로 1,000억 원 손실 예상. 해군기지 건설 설계변경으로 757억 원 손실. 방산업체 노무비 과다 계상으로 300억 원, ……(*1)

게다가 김영삼정권 말기인 지난해 집중적으로 사업자 선정이 추진된 동부전선 전자전 장비 사업, 공중전투기 기동훈련장비(ACMI) 도입, 고등 훈련기도입사업(KTX2) 등은 대기 중인 비리 의혹 사업들이다.(*2)

무기도입 비리의 배경

여러 차례 비리사건으로 잘 알려진 '율곡사업'은 역대 군사독재정권의 비리이력서와도 같다. 1974년부터 시작된 방위력 증강 사업은 율곡 사업으로 불리다가 비리사건으로 악명이 높아지자 이제는 '방위력 개선사업' 이라는 미명의 가면을 뒤집어썼다. 이 '율곡사업' 은 올해까지 25년간 전체 국방비의 30~35%에 달하는 42조 원이 넘는 돈이 투입되었고 1999년도에도 4조 1,430억 원의 예산이 책정되었다.

이 무기도입 사업 중 1998년에만 15억 2,000만 달러(21조 2,800억 원)가 해외 무기 구입 예산으로 책정되었다.(*3) 이 중 2~8%가 중개 수수료로 평균 잡으면 약 7,600만 달러(1조 640억 원)가 나가게 된다.(*3)

한편 1996년 말 현재 해외구매 무기 중에서 미국산은 81%를 차지한다.(*3)

1999년도 국방예산은 13조 7,490억 원이 책정되어 있다. 이는 1999년도 전체 예산 85조 7,000여억 원의 약 15%를 웃돈다.(지난 20여 년간 국방예산은 전체 예산의 35%를 웃돌다 25%대로 떨어지고 이어서 15%대로 떨어졌다. 이는 국방예산의 감축에 따른 비중 저하가 아니라 전체예산 증가에 따른 상대적 비중 저하라는 점을 눈여겨보아야 한다.)

이같이 거대한 군사비 규모는 어쩌면 비리의 규모를 결정지어 주는 기초토대인지도 모른다. 지난 50여 년간 '중단 없는 전진' 을 거듭해온 군사비는 중단 없는 비리를 산출시켜 왔고, 그 규모는 점점 커왔다. 우리 군대와 군인들은 지난 50년간 반공 투쟁정신을 증대시키는 그만큼 비리 유혹도 키워온 것일 수 있다. 반공대결이 커지면 커질수록 군사비는 증대되어 왔고 그만큼 비리의 폭도 커왔다는 점은 이를 시사하고 있다.

실제로 한국군은 6 · 25전쟁이 발발한 직후인 1950년 7월 25일 이승만 대통령이 작전권을 미국에 이양해 버린 이래 내내 미국에 의존하는 군대이다. 여기서 의존이란 인력충원, 교육훈련, 물자조달, 지휘체계, 행정조직 등 전반적인 분야 모두에서 그러했다. 따라서 우리 군대가 할 수 있는 일은 미국 군대의 하위 부대로서의 역할이 주를 이루고 자주적 또는 독립적 작전행위는 거의 있을 수 없었다(예외가 있었다. 5.16쿠데 타, 12 · 12쿠데타, 5 · 18학살작전 같은 경우다).

이 의존의 심화 확대과정은 무기체계에서도 그대로 나타나 거의 몸 으로 때우는 재래식 각개전투 무기를 빼고는 미국 군대의 정보제공이 나 무기도입 없이는 전략적 차원의 작전을 수행할 수 없을 만큼 예속되 어 있다. 실제로 미국은 한국군을 지상병력 보충 개념으로만 활용하기 위해 한국군의 독자적인 무기 증강 사업들을 억제하는 정책을 취하고 있다.

한국군이 미국(또는 유엔군의 깃발을 달고 주둔하고 있는 미국 군대) 에 예속될 수밖에 없는 것은 여러 조약에 의해 규정되어 있다. 작전권 은 일찌감치 이양했거니와 1953년 한미방위조약(대한민국 정부와 북미 합중국 간의 상호방위협조조약), 1966년 한미행정협정, 1988년 한미연 합사 창설, 1990년 전시접수국 지원협정은 한국군이 미국(또는 미국 군 대)에 예속될 수밖에 없는 군사관계를 규정한 족쇄들이다. 특히 군사면 에 있어서 한미방위조약은 대한민국의 북미합중국에 대한 "무주권국 가"적 지위를 규정하고 있다. 그것은 "불평등 조약"보다 심한 내용이 다. 이 조약의 폐기 또는 근본적 개정 없이는 대한민국이 북한과의 관 계, 상호간 행위, 협상, 합의 또는 결정에 있어서 독립국가로서, 주권국 가로서, 자주성을 가지고 나서기 어렵다.(*7)

이와 같은 군사외교적 예속관계는 그 하위개념인 무기체계와 무기도입의 미국 예속을 필연적인 것으로 만들고 있다. 뿐만 아니라 미국이 아닌 다른 무기도입선을 모색한다 하더라도 그것은 미국에 의해 억제 당할 수밖에 없다. 미국으로부터 정보 제공을 받지 못하는 경우 등 간 접적인 압박이 가해질 경우 무기 도입 과정에서의 의사결정은 미국으 로부터 자유롭기 어려울 것이 분명하기 때문이다. 가장 단적인 예로 제 기되는 것 중에 하나가 박정희 대통령이 핵무기 도입을 기획하고 핵무 기급 우라늄 농축기술 이전을 기대하면서 핵발전소를 미국이 아닌 프 랑스로 바꾸었다가 미국에 의해 차단되었다는 의혹이다.

이런 극단적인 예가 아니더라도 한국군은 미국 군대의 편제와 궤를 같이 할 수밖에 없다. 조약으로 규정된 상태에서 한-미-일 군사공조체 제로 북한을 적으로 두고 포위하는 전략이 지속되는 한 한국군은 공조 체제 속에서 움직일 수밖에 없고 그만큼 한국군의 독자성은 제한받을 수밖에 없다. 예컨대 팀스피리트 기동훈련이나 림팩 훈련에서 한국군 이 맡는 역할이 무엇이든 간에 거기서는 공조체제 속의 지휘, 정보, 무 기체계로 가동하지 않을 수 없지 않은가. 그때 한국군이 과연 독자적인 무기체계를 가질 수 있을 것인가.

뿐만 아니라 미국의 세계 패권주의, 미국의 한국과 동남아에 대한 군 사지배 전략 속에서 한국군은 독자성을 갖기 어려울 뿐더러 미국 군대 의 편제 속에서 일부분으로서의 역할을 수행하는 지위에서 벗어나기가 힘들다고 보아야 할 것이다. 미국의 군사전략의 대종을 이루는 SDI(전 략방위주도계획, 일명 스타워즈계획), WWMCCS(세계군사지휘통제체 계), TMD(전역방위미사일계획), C4 I(지휘, 통제, 통신, 전자, 정보 통 합체계) 등의 거대한 구상의 하부에 한국군이 놓여 있다. 한국군의 이 거대한 구상의 일부분이거나 그렇지 않다고 하더라도 이 거대한 구상의 그물망에서 벗어나 있을 수 없다. 따라서 한국군의 무기체계는 한정된 범위에서만 독자성을 갖고 대부분은 미국 군대의 무기체계의 범주에서 편성되지 않을 수 없는 것이다.(*8)

무기 도입비리를 포함한 군사비리는 비단 주종적인 한미관계에만 있는 것은 아니다. 미국의 군산복합체가 쓰는 수법과 동일한 수법에 의해 구입자와 판매자 사이에는 밀거래가 이루어지고 있다. 그리고 이것은 정경유착, 정치자금 조달 의혹으로 해석될 수밖에 없다. 실제가격보다 고가, 여러 경쟁기종 가운데 고가기종이 선정되는 데는 커미션이나 리베이트라는 유혹이 도사리고 있고, 어쩌면 떡고물을 위해서 떡을 크게 많이 사는 측면도 엿보인다.

한국 현실, 도입 목적 등에 적절히 맞지도 않는 특정업체의 기종을 위에서 내정해놓고 선정절차를 요식행위로 진행하는 것은 결국 흑막 속에서 밀거래를 도모한다고 볼 수밖에 없는 것이다. 이런 수법은 비단 군사분야만이 아니라 우리 사회 모든 분야에서 일어나는 부패구조의 상례이기도 하지만 국가안보를 위한 사업이 부패구조에 휘말려 들어간다는 것은 앞뒤가 바뀌어도 한참 바뀐 것이다.

무기도입은 물론이고 국방비로 책정된 예산을 전용, 남용하는 행위는 그들이 내세우는 그 어떤 국가안보이든 그 국가안보 자체를 좀먹고 훼손하는 행위이다. 한마디로 군사비리는 반역행위이다. 그 자체가 반국가안보 행위 아닌가. 아니 그보다 더한 반국가안보 행위가 또 어디 있는가.

무기도입 비리의 해결방안— 미시적 방안

무기도입 비리와 관련하여 군사전문가들은 우선 관계 당사자의 전문성 제고를 주장한다. 아울러 국방장관을 포함한 군사 요직에 민간인 출신이 중용되어야 한다고 주장한다. 타당한 주장이다. 군대는 단순히 전쟁 수행능력이라는 기능적 측면보다도 더 중요하게는 정치, 외교적인 측면에서 건강하게 사고할 능력이 있는 인사가 지휘부에 위치해야만 한다. 여기서 건강한 사고능력이란 올바른 안보관, 평시 또는 전쟁시 국민과 국가에게 초래될 이해관계를 단순히 전투적 승리가 아닌 총체적 승리를 판단할 수 있는 능력을 말한다. 무기도입 비리방지라는 차원에서는 물론이고 이 나라의 군대 존재이유와 관련해서도 국방인사 개혁은 필수적인 것이다.

또 다른 처방은 무기도입선의 다양화를 들 수 있다. 이는 사실 기능적으로 무기도입 자체를 인정하는 한계 내에서의 처방이라고 할 수 있다. 지금 현재의 한반도 평화의 문제가 하루아침에 이루어지는 것이 아니라는 측면, 그리고 통일코리아가 가져야 할 방위력 등을 감안하는 측면에서 무기도입선의 다양화는 고려되어야만 하고, 당장 비리를 방지하기 위한 측면에서도 고려되어야만 할 것이다. 미국 무기, 특정업체의 무기이어야만 한다는 억지 논리는 경쟁관계에 있는 무기생산업체는 물론이고 실제 그 무기를 사용하는 군대 당사자들마저 납득할 수 없는 경우가 많기 때문이다.

좀 더 적극적으로는 무기체계 자체의 전환이다. 북쪽을 향한 공격력 증강이라는 방향과 목적이 달라진다면 무기체계는 완전히 재편성되어야 한다. 특히 공격용 무기가 아니라 방어용 무기를 주종으로 하는 재편성이 필요하다. 이 점은 국방연구원의 전문가들조차 주장하고 있는 바이다.(*9)

군사예산의 대폭적인 삭감으로 절약형 도입구조로 가는 것이 필요하다. 방만하고 낭비적인 도입이 가능한 데는 예산 자체의 과다 책정이 그 배경 역할을 하고 있다. 아예 최소 필요 충족이라는 각도에서 도입이 이루어질 경우 예산을 쓰기 위한 불필요한 무기 구입과 같은 낭비요소는 손쉽게 제거될 것이다.

아울러 예산 편성의 투명성이 제고되어야 한다. 이는 군부내에서 육군 따로 공군 따로 해군 따로 많으면 많을수록 좋다는 식의 무기 증강 계획을 내세워 전체 군사비용 자체가 늘어나는 점을 막기 위해서도 필요하며, 군부에 대한 국회의 통제를 강화하여 군사예산 자체의 오용, 남용을 원천봉쇄할 수 있는 구조로 바뀌어야 할 것이다.

비리 관련자의 엄벌은 필수적이다. 반국가행위를 저지르고도 가벼운 책임을 묻거나 혹은 책임 자체를 따지지 않는 풍조 속에서는 군인 수만명을 죽이는 끔찍한 행위에 해당하는 범죄를 다반사로 해치우고 오히려 우월감이나 특권의식으로 왜곡될 수밖에 없다. 민간인의 자유로운 의사표현조차 국가보안법이라는 무시무시한 법으로 엄벌하는 나라에서 반국가행위, 그것도 가장 극단적인 반국가안보행위를 저지르는 범죄자에게 관대하다면 그것은 나라의 존재 이유를 다시 물어야 하는 가치전도 상태에 다름 아닐 것이다. 비리 관련자는 전쟁 중에 이루어지는 중형으로 처벌해야 한다.

군사비리의 구조적 해결방안─ 거시적 방안

국가안보 개념이 재정립되어야 한다. 이미 세계사의 흐름은 탈냉전 시대에 자국 이익을 최우선하는 안보개념으로 바뀌었는데 왜 유독 우리는 전쟁주의적인 구시대 안보개념에 갇혀 있는가.

특히 북한을 주적으로 삼는 국방개념은 군부내에서조차 한반도 주변

강대국으로 주적 개념을 전환해야 한다는 견해가 나오고 있는데, 아직도 반공 반북 이데올로기에 매여 있는 것은 반민족적이고 반평화적이다, 동시에 반통일적이다.

군부 내에서만이 아니라 전국민적인 안보개념의 재정립은 21세기를 앞둔 이 시점에서 필수적이고, 그 방향은 "민족안보 인간안보"의 방향으로 가야만 한다. 이 길로 가기 위해서는 극단적인 반민족적, 반평화적, 반통일적, 반인간적인 악법인 국가보안법의 철폐는 필수불가결하다 할 것이다.

정치개혁이 필연이다. 정경유착, 정강정책이나 정치 자체의 기제로 작동되지 않고 돈에 의해, 그것도 검은 돈에 의해 작동되는 정치는 정치가 아니다. 이 검은 정치는 무기도입을 포함한 이 사회 비리구조의 출발점이자 종점이다. 이 부패의 용가리를 혁파하지 않고는 비리 방지는 공염불이다.

한-미 군사외교관계의 완전 재편은 필수불가결한 대원칙이다. 위에서도 한-미 불평등관계를 지적했지만 이를 개선하지 않는 군사관계 논의는 무의미하다. 세계 어느 지역, 어느 나라에도 유례가 없는 예속관계를 탈피하는 자주적 노력 없이는 그 어느 것도 이 땅에서 총구로부터 자유로울 수 없다. 각종 조약의 개정은 물론이거니와 주한미군의 주둔비용을 임대자가 임차자에게 거꾸로 물어주고 있는 어처구니없는 관계는 시급히 청산되어야 한다. 이미 필리핀에서조차 수빅만 해군기지와 클라크 공군기지에 대한 사용료를 부과하고 있는데 아직도 이를 바로잡지 못하고 있는 과연 우리는 자주 독립국가인가? 하고 묻지 않을 수 없게 만든다. 미국 군대가 유엔의 깃발을 달고 주둔한다 하더라도 철수하지 않고 주둔하는 한 비용은 당연히 주둔군이 부담해야 한다. 유엔본부도 미국 뉴욕시에 응당 비용을 물고 있지 않은가.

남북 평화체제 구축이 서둘러 실현되어야 한다. 아울러 상호군축을 과감히 시행하여야 한다. 경쟁적인 대결구조 속에서 무기 증강은 필연적이고 대결상황을 앞세운 전력증강론은 호랑이의 위세를 내세운 여우(狐假虎威)와도 같이 힘을 얻게 마련이기 때문이다.

남북기본합의서의 상호불가침을 포함한 합의내용이 구체적으로 시행된다면, 결국 이루어져야 할 정전협정의 평화협정으로의 전환이 늦어진다 하더라도 획기적인 평화체제로의 진전과 상호군축은 이루어낼 수 있을 것이다. 이를 이루기 위한 남북대화는 신속히 이루어져야 할 것이고, 그 전제로는 이른바 '햇볕정책'을 능가하는 전향적인 통일정책 기조가 형성되어야 할 것이다. 올바른 통일을 지향하는 평화체제 구축은 무기도입 비리의 부리를 뽑을 수 있는 유일한 총체적 방안이라 할 것이다.

(*1) 박재균, 뉴스플러스. 1998. 11. 26
(*2) 김영민, 문화일보. 1998.10. 21
(*3) 김도형, 한겨레. 1998. 10.22
(*4) 허민, 중앙일보. 1998. 10. 19
(*5) 윤승모, 뉴스플러스. 1998. 11. 26
(*6) 유용원, 조선일보. 1998. 11. 16
(*7) 리영희, 민주당 정책토론회 토론자료. 1994. 3. 15
(*8) 김진균, 홍성태, 『군신과 현대사회』(문화과학사, 1996)를 참조할 것.
　　　이것은 앞의 7개 자료가 대부분 인용인데 비해 총괄적인 참고자료로 예시한 것임.
(*9) 차영구, 「남북한 군축과 국가자원의 효율적 배분」, 민주당 정책토론회. 1994. 3.15

— 1998년 11월

'국제비폭력평화연대' 창설회의 참가기

2002년 11월 28일부터 12월 3일까지 인도 뉴델리 근교의 한 호텔에서 '국제비폭력평화연대' 창설회의가 열렸다. 이 회의에 나는 '평화와 통일을 여는 사람들(약칭: 평통사)' 이 파견하는 대표 자격으로 참가하였다. 이 회의에는 47개국에서 온 약 150여 명의 대표들이 참가하였다.

'국제비폭력평화연대' 창설회의는 세계 여러 평화운동 단체들 가운데서도 무엇보다 '직접행동' 을 주요한 운동방식으로 삼고 있는 단체들의 집합체를 만드는 것, 그리고 첫 활동지역을 선정하는 것을 주요 의제로 개최되었다.

주최 측인 '임시조정위원회' 에서 처음 참가를 제안할 때는 자매단체로 대표를 파견해 주면 좋겠다는 것이었으나 서신을 주고받으면서 아예 회원단체로 참가해달라고 요청의 수위가 높아졌다. 우리 '평통사' 에서는 운영위원회에서 이 문제를 논의하여 회원단체로 참가하기로 결정하였다. 물론 우리가 이런 평화운동의 흐름에 충분한 경험과 역량을 갖고 있지 못하므로 우선 "참관"하는 자세로 참가하기로 결정하였다. 따라서 나는 이 회의에 견학하는 기분을 가지고 갔다.

매우 중요한 회합인데 가벼운 마음으로 갔다면 좀 어울리지 않는 태도일 수도 있겠지만, 이 같은 국제 평화운동에 대해 우리나라 평화운동 진영은 사실 거의 무경험 상태였으므로 "한수 배운다"는 마음이 가장 진솔한 것이 아니었나 생각하게 된다. 실제로 우리나라에서 언제 평화운동이 주요한 운동 의제였던가. 민주화운동, 통일운동, 노동운동, 환경운동에 비하여 평화운동이 상대적으로 소원했고 '평통사'가 외롭다시피 "평화운동"을 해온 것이 사실 아니던가. 요즈음 '반전평화'가 주요 이슈로 대두된 것은 격세지감을 느낀다.

우리나라에서는 세 단체가 참가하였다. '평통사'와 '비폭력평화연대' 한국지부, '평화를 만드는 여성회'의 대표들이 참가했는데 현지에 가기 전에 사전모임이라도 한번쯤 하고 가고 싶었지만 여의치 않아 현지에서 수시로 의견을 나눌 수밖에 없었다. 회의가 열린 호텔 회랑에는 참가자나 참가단체들을 소개하는 자료들을 비치하곤 했는데 나는 평통사 소개문과 효순이 미선이 살해 관련 포스터와 전단을 가져가 비치했고, 평화를 만드는 여성회에서 효순이, 미선이 사진을 가져와 함께 비치했다.

이런 국제회의에 가면 대개 여유 일정에 현지 관광도 하게 마련이지만 나는 지지리 복도 없다고 할까. 그런 기회를 갖지 못했다. 평통사에서 회의 참가를 결정했지만 회의 1주일 전까지도 주최측 실무자로부터 정확한 참가 확인을 해주지 않았기 때문이었다. 현지에 가서 보니 이해가 갔다. 150여 명에 대해 일일이 챙기기가 어려웠을 것이라는 걸 금방 알 수 있었다. 미국 미네소타에 있는 실무팀과 인도 현지에 있는 실무팀 사이에 진행에 따른 이런저런 어려운 문제들이 있었던 것으로 보인다. 아마도 이 점은 우리에게 타산지석이 되어야 할 것 같다. 우리도 회합을 준비하면서 실무착오를 많이 하는데, 국제적인 행사를 치르면서 자잘한 착오가 어찌 없겠는가.

처음 가보는 도시 뉴델리. 밤 늦은 시간(11시경)에 도착하니 현지 주관단체에서 일하는 실무팀 학생들이 마중을 나와 있었다. 나는 인도를 다녀왔다고는 하지만 사실 인도에 갔었다고 말하기가 민망하다. 밤길에 소형버스를 타고 회의장소인 뉴델리 근교 수라즈쿤드라는 시골에 있는 호텔(라즈한스호텔)로 직행해서 내내 거기 있다가 왔으니 말이다. 행사일정 중 저녁나절에 간디가 암살당한 거처를 들렀던 것을 빼고는 시내 구경도 못했고 공항으로 오는 길에 뉴델리 외곽의 거리를 차 속에서 본 것이 전부이니 그 넓은 인도에서 한 달이나 1년씩 머물면서 인도 공부를 하는 사람들에 비하면 얼마나 짧은 찰나였던가.

하지만 수라즈쿤드의 회의 장소는 참으로 평화운동 단체 창설회의에 어울리는 장소였다고 생각된다. 인근에 아예 작은 상점 하나 없는 곳에 자리잡고 있는 그 호텔은 작은 호수를 끼고 있고, 시설도 그럭저럭 괜찮았다. 행사기간 내내 우리 참가자들 말고는 다른 손님을 받지 않았다. 말하자면 전세를 낸 셈이었다. 비용 절약하고, 어수선할 것 없고, 정해진 일정에 충실할 수 있는 그야말로 적소였다. 돌아다니라고 했어도 그런 사람은 별로 없었겠지만, 어디 가고 싶어도 갈 수 없는 곳에서 본래 회합 목적에 충실할 수 있는 좋은 장소였다. 우리가 큰 회의나 수련회를 할 때 마땅한 장소가 없어서 난처할 경우가 많은데 우리나라에도 이런 장소들이 많았으면 하는 바람까지 생겼다.

행사는 개막 첫날부터 마지막 날까지 겸허하고 일종의 종교집회 같은 경건함이 느껴지는 분위기에서 진행되었다. 그도 그럴 것이 '비폭력'의 원조라 할 간디와 마틴 루터 킹의 정신을 이어받는 사람들이 모였으니 그럴 법도 하지 않은가. 또 참가자들 중에는 퀘이커 교도들이 많았다. 세계 각국의 가지각색 종교를 믿는 사람들이 다 모였지만 나는 유독 비기독교도들에 눈길이 갔다(나에게는 아프리카 기독교도들이 이상스럽게 느껴지기도 했다). 전체적으로는 미국 유럽 등지에서 온 기독교도가 많았다. 하지만 힌두교, 이슬람교, 불교를 믿는 인도와 동남아 사람들이 나의 눈길을 끌었다. 고기가 전혀 없는 매 끼니 식사, 150여 명 중에서 술이나 담배를 하는 사람들이 20명 정도였으니 짐작이 갈 터이다. 10명 정도 담배 피우는 친구들은 건물 밖 뜨락에 나와 옹기종기 둘러 모여 소외감(?)을 한껏 나누었다.

종교적인 분위기는 사실 단지 분위기라기보다는 매우 중요한 정서였다고 생각된다. 간디 암살현장에서 돌아가며 기도를 하는데 세계 각국의 종교란 종교는 다 모인 셈이었다. 각자 자기 종교식대로 평화를 기원하는 모습들이 그 어떤 의식보다도 경건했고 자기 가슴에 평화를 향한 실천의지를 다지는 모습이 역력했다. 평화란 무엇인가. 결국은 사상과 종교가 다름을 인정하는 데서부터 시작되지 않는가. '이교도'란 말이 생겨난 자체가 중세 기독교 독재가 트이기 시작했다는 반증이기도 하듯이. '다르다'는 것을 '틀리다'라고 억지를 부리는 데서 분쟁은 싹트는 것이다. 다른 종교를 가진 사람들이 어우러져 오직 '평화'에 집중하는 모임, "종교적인 분위기"가 아니라 "모든 종교의 합동기도"란 표현이 더 적절할 것 같았다.

'비폭력평화연대'. 번역이 딱 맞는 것은 아니다. 우리 정서에 맞게 의역한 것이다. 'NONVIOLENT PEACE FORCE'. 직역하자면 '비폭력평화역량', '비폭력평화세력' 또는 '비폭력평화군대' 쯤이 맞을 것이다. 그러나 평화와 군대란 어감이 상치되지 않을까. 어떤 참가자의 자기소개 글에 "수퍼스타보다는 평범한 사람들의 평화운동"을 지향해야 한다는 말처럼 으스대는 사람들이 아니라 그저 그런 사람들이 조용한 평화를 일구어내자는 취지를 보면 '군대' 라는 번역은 어울리지 않는 것 같다.(단체 명칭을 정하는 데 'Peace force' 라는 낱말을 결정하기까지도 많은 고심이 있었던 것으로 보인다. 'Peace brigade', 'Peace army' 같은 이름을 쓰는 단체도 있는데 국제적인 연대단체의 이름을 정하는데 있어서 적절한 용어를 찾는 것이 쉬운 일은 아닐 것이다. 뿐만 아니라 그런 아이디어나 개념을 한 낱말로 정리하는데도 어려움이 있었을 것이다.)

하지만 이 새로운 국제평화운동 단체는 그 어떤 단체보다도 강력하다. 그 힘은 무엇인가. '신념' 이다. 평화를 여는 의지와 실천이다. 철저히 폭력적인 현장에서 철저히 비폭력으로 맞설 각오를 한 사람들이니 오죽하겠는가. 이 단체의 주 활동방식이 '직접개입' 이다. 그러면서도 '비폭력' 이다. 어찌 보면 참으로 비현실적으로 들릴 수도 있겠는데 실제로 그동안 분쟁현장에서 몸으로 실천한 경험들을 가진 사람들이 주축이 되어 새로운 평화운동 단체를 결성하기에 이른 것이다.

이 단체의 창설을 주도한 것은 미국의 평화운동가 데이비드 핫소 등인데 그와 함께 활동하는 실무자들은 대개 50~60살로 나이가 많은 사람들이었다. 1960년대 베트남전쟁 반대 평화운동을 했던 사람들이 일생동안 계속해서 평화운동을 해온 경험을 토대로 '직접 개입' 이라는 활동방식을 창안한 것이다.

'국제비폭력평화연대' 는 3년 전 개최된 '헤이그평화회의' 에서 국제적인 '비폭력 직접행동 방식의 평화운동' 에 공감하여 창설 논의가 시작되었다. 이들은 3년 동안 한편으로는 그동안의 경험들을 정리하고,

한편으로는 첫 회의에서 첫 활동지역을 결정하기 위한 사전 현지조사를 하면서 창설회의를 준비해 왔다.

창설회의에서는 두 가지 중요한 결정이 이루어졌다. 하나는 집행부 구성, 하나는 첫 활동지역 선정이었다.

우선 집행부는 총회가 열리지 않을 때의 최고 의사결정기구인 '운영위원회'(Governance committee; 관리위원회) 위원을 선출했다. 각 대륙별로 3~4인씩 약 18명이 선출되었다. 아시아에서는 한국의 '비폭력 평화연대 한국지부'의 김영 목사님을 포함하여 일본인, 인도인, 태국인이 선출되었다. 이 운영위원회 산하에 집행단위가 구성되고 실무팀이 꾸려지게 된다.

두 번째로는 첫 활동지역 선정이 이루어졌다. 사전조사를 통해 우선 선정된 후보지역은 이스라엘—팔레스타인, 과테말라, 스리랑카 등 3곳이었다. 이 가운데 한 곳을 선정하는 토론이 거의 이틀간 벌어져 스리랑카로 결정되었다.

참가자들의 백출하는 의견들을 후보지마다 장점, 단점을 칠판에 대비표를 만들어가며 벌인 토론은 가히 민주적 의사결정이 무엇인가 하고 실감하게 하였다.

우리의 첫 느낌으로는 이스라엘—팔레스타인일 것 같은데 스리랑카로 결정된 것은 이 단체가 창설되자마자 첫 활동지를 부담이 큰 곳으로 정하면 처음부터 실패할 수도 있다는 우려가 참가자들에게 크게 작용한 것으로 보인다. 표결이 있기까지는 서로 휴식시간을 이용하여 개별 토론을 하곤 했다. 토론 중에 팔레스타인 참가자 여성이 눈물을 보이며 비장하게 자기 의견을 말할 때는 모든 사람들이 숙연해졌다. 그런데 그 여성은 자기 나라를 선택하지 않는 게 좋겠다고 했다. 현지에서 '현장

활동'을 잘 조정해낼 자신이 없다는 것이 주된 이유였다.

코리아, 이라크가 후보지에도 들지 못한 것이 아쉬웠다. 실제 조사팀에 참가했던 실무자 한 사람은 개별적으로 나에게 "미안한 일"이라고 말했다. 그러나 우선순위는 당장 분쟁이 진행중인 곳에 두어질 수밖에 없었다는 것이다. 첫 활동지역이라고 했지만 이 단체의 본격적인 활동지역은 아니기도 했기 때문에 스리랑카로 낙착된 측면도 있다. 이른바 '시범 활동'(Pilot Projet)이기 때문에 이 단체의 활동이 본 궤도에 오르려면 어느 정도 시간이 필요하기도 하고, 시범활동을 통해 활동방식과 방침을 정하는 토대를 만든다는 의미도 있다 하겠다. 나는 이 참가기를 회의 참석 후 석 달 반 후에 쓰게 되었는데, 만일 지금 이 시점에서 결정한다면 이라크가 최우선 결정되었으리라. 실제로 이 국제단체에 참가한 개별적인 국제단체들은 이미 이라크에서 '인간방패'로 참가하고 있다. '국제비폭력평화연대'가 그 전에도 이미 '현장활동'을 해온 단체들이 주축이 되어 창설된 것을 보면 알 수 있을 것이다.

'국제비폭력평화연대'에는 세계 각국 특히 미국 유럽 등지의 여러 평화운동단체들이 대부분 참가하고 있기도 하지만 많은 저명인사들이 후원하고 있다. 노벨평화상 수상자들인 달라이 라마(티베트 지도자), 오스카 아리아스(코스타리카 전 대통령), 메어리드 매과이어(북아일랜드), 호세 라모스 오르타(동티모르 대통령), 리고베르타 멘추 툼(과테말라), 아돌포 페레즈 에스퀴벨(아르헨티나), 레흐 바웬사(폴란드 전 대통령) 등과 오반산호(나이지리아 대통령), 세이크 하시나(방글라데시 전 대통령) 등이 그들이다. 헤이그평화회의, 2000유엔포럼 참가자들 등이 추천하였다. 인도에서 개최되기도 했고, 간디 정신을 승계하는 단체이기도 해서 남아프리카공화국의 국회의원인 간디의 손녀 엘라 간디와 그 남동생도 참가하여 눈길을 끌었다.

'국제비폭력평화연대'는 기본정책을 이렇게 정하고 있다.

1. 임무: 잘 훈련된 국제적인 민간 비폭력 평화세력의 창출을 촉진한다. 분쟁지역에 비폭력 평화활동 역량을 파견하여 죽음과 파괴를 막고, 인권을 보호하며, 현지 집단에게 비폭력적으로 투쟁하고, 대화를 개시하고, 평화적 해결을 모색할 수 있는 여지를 만들어낸다.

2. 비폭력 원칙: '비폭력평화연대'를 위하여 대표하거나 활동하는 사람(들)은 비폭력적으로 행동하도록 약속되어야 한다.

3. 무당파 원칙: '비폭력평화연대'는 분쟁에 개입하는 동안 무당파(무소속)로 활동한다. 정의와 지속적인 평화가 이루어지기까지 폭력의 사용을 거부하고 스스로 모두의 안전에 헌신한다.

이 같은 단체는 아마도 "민간인 유엔"과도 같은 역할을 하게 될 것이다. 비록 아직은 초기단계이지만 참가자들의 면면을 볼 때 앞으로 성과 있는 활동을 기대한다. 그러나 다만 평화운동은 여러 내용, 여러 방식이 있으므로 국제적으로 분쟁지역 직접개입만이 전부는 아니다. 그렇다 하더라도 우리 평통사도 회원단체로서 그 소임을 충실히 해야 할 것이다. 특히 우리 코리아반도에서 전쟁이 터질 경우 우리는 당사자이면서 도움을 받아야 하는 형편이다. 이미 북핵소동을 일으켜 전쟁을 시작하려는 미국에 대항하는 '인간방패'와 '평화역량 직접활동'의 필요성은 코앞의 현실로 다가와 있다.

— 〈국제비폭력평화연대〉 참가기(2003년 4월)

종속적 한-미 관계,
이제는 정리할 때가 되었다

2003년은 한미상호방위조약 체결 50년이 되는 해로 이를 두고 "한미동맹 50년"이라고들 한다. 그러면서 따라붙는 말은 "영원한 우방"이라느니 "혈맹"이라느니 하는 말이다.

세상에! 이 지구상에서 인류 역사상 영원한 우방이 있었던가. 글쎄, 몇백 년 선린관계인 나라들은 있었지만, 그 나라들도 다툼과 전쟁을 마다 않았다. 유럽의 역사가 그렇고 아시아의 역사가 그렇지 않은가.

혈맹이라면 어떤 혈맹? 미국에 빌붙어 이익을 누리는 소수 친미 매국자들의 혈맹? 군-신 혈맹? 부-자 혈맹? 형-제 혈맹? 세상에! 백인종(무색인종 또는 탈색인종)과 황인종(유색인종 또는 착색인종) 사이에 피를 나눈 동맹관계라니 그 무슨 말인가? 아마도 6·25한국전쟁 때 북한 인민군을 상대로 전투하면서 피를 나누었다는 뜻인가. 아니면 베트남전쟁 때 밀림에서 전투하면서 피를 나누었다는 뜻인가.

문제는 이 "영원한 우방"이니 "혈맹"이니 하는 망언이 금과옥조를 넘어서 거의 신앙고백보다도 더 강력한 신성불가침이어서 이 낱말에

해하여 비판하는 것조차 금기시되고 있다는 것이다. 이 망언에 마춰된 부류들에겐 이를 건드리면 부정(不淨) 타는 걸로, 그리하여 급살이라도 맞아 급사할 것처럼 펄펄 뛰는 것이다.

아니다! 친미사대주의자들은 50년이 되는 올해에 대오각성해야 한다. 공자님 말씀에 "나이 오십이면 지천명(知天命: 하늘의 뜻을 안다)" 이라고 하지 않았던가. 정말 하늘의 뜻을 헤아릴 때가 되었다. 진실을 깨우칠 때가 되었다.

정신 나간 친미매국 대통령 이승만이 미국에 우리나라 주권을 갖다 바친 지 50년! 50년 동안 미국은 우리에게 얼마나 많은 악행을 저지르고 무소불위의 일방적 군사권을 행사해 왔던가. 우리 땅 코리아반도를 두 동강 내고 세계에서 군사밀도(또는 무기밀도)가 가장 높게 빽빽하게 박아놓고 있지 않은가. 무기강매는 그 얼마인가!

서울 한복판을 포함한 무수한 군사기지와 쓸 만한 아름다운 산꼭대기마다 박아놓은 미사일기지, 매향리폭격장을 포함한 군사훈련장 등 얼마나 맘판으로 점령하고 있는가. 작전권을 갖고 있으니 군사훈련이든 전쟁이든 자기네 마음대로라곤 하지만 그 수하 군대가 되어 50년간 우리는 얼마나 곤욕을 치러왔던가.

그런데 이제 "미래동맹구상"이라는 이름의 회의를 통해 자기들이 하고 싶은 모든 것을 일방적으로 관철시키려 하고 있다. 영구주둔 또는 영구지배를 노리고 있으면서도 미사여구는 잘도 갖다 붙인다. 주한미군 재배치, 용산미군기지 이전은 전적으로 자기네 군사전략을 재편성하기 위한 목적에서 시작한 것이면서도 마치 우리나라가 원하는 것을 큰 선심 써서 해주는 것처럼 온갖 부당한 요구들을 늘어놓고 있다. 안된다! 가라! 우리 민족은 너희들을 오라고 한 적 없다. 아니면, 지금 쓰고 있는 땅값 당장 내놔라! 그도 아니면 땅세라도 당장 내놔라! 새로 500만 평을 내놓으라고? 기가 막히는 일이다. 그리고 너희들이 이사 가는데 왜 우리가 그 돈을 대줘? 땅 한 평도 내주기 싫은데 시설비 대라, 주민 무마비도 대라? 참으로 어처구니가 없는 일이다.

한-미 사이의 군사관계는 멀수록 좋다. 그런데 지금 이라크에 전투사단 파병을 기정사실화해 가고 있는 꿍꿍이들을 보면 또다시 월남전쟁에 질질 끌려들어갔던 전철을 밟고야 말 것이 뻔해서 통탄할 일이다.

이제 한-미 관계가 영원한 우방은 아니라도 "정말 오랜 우방"이 되려면, 또는 혈맹은 아니라도 "정말 좋은 동맹"이 되려면 한-미 상호방위조약은 개폐되어야 한다. 이제는 군사동맹관계를 청산하고 우호협력관계로 바꾸어야 한다.

그럼에도 불구하고 친미외교에 나서는 일부 몰지각한 관료들—글쎄 대통령도 의심을 떨칠 수가 없고—이 설치며 나대는 모습이 보면 볼수록 저리도 경망스러운가 한탄이 절로 나온다. 이제는 아니다. 노무현 대통령이 나서서 미국에게 단호하게 노(No!) 해야 한다. 미국의 무대뽀 깡패식 일방주의에 대해 '반미'가 안된다고 우기려면 비미(批美) 또는 비미(非美: "NO, USA!")라도 해야 하지 않는가.

50년이면 됐다. 영화 〈친구〉에서 조폭도 말하지 않던가, "마이 무것다 그마 해라"라고. 한-미 관계는 견줄 일도 아니다. 비참하고 참담하지 않은가! 이제 종속적 굴욕적 한-미 관계를 그만 끝내야 한다. 그러기 위해서는 이제 우리 국민들이 제대로 가려볼 수 있어야 한다. 그리고 진정한 우호 선린관계를 만드는 데 함께 나서야 한다. 그 관건은 우리가 자주권을 확고히 틀어쥐고 당당하게 호혜평등을 요구하는 것뿐이다.

— 2003년 8월

주한미군과 민족통일

— 미국과 코리아를 위해 미군은 돌아가라

여는 말

지난 2002년 6월 13일, 어린 여중생 신효순과 심미선이 경기도 양주군 광적면 효촌리에서 미군 장갑차에 처참하게 깔려죽은 그날 이후 우리 국민들은 미군과 미국에 대하여 새로운 눈을 뜨게 되었다. 그 고귀한 희생은 우리 민족이 놓인 역사적 현실, 외세에 얽매인 사실, 약소민족의 비애와 강대국가의 횡포를 깨닫게 해 주었다. 그리하여 2002년 12월 추운 겨울, 촛불들이 광화문을 뜨겁게 달구었다. 우리 민족 분노의 불꽃으로, 우리 민족 자주의 불꽃으로 바다를 이루었다. 그 목소리는 "살인미군 처벌", "부시 직접 공개사과", "소파 전면개정"으로 압축되어 터져 나왔다. 문화공연에서는 "미군과 맞짱 뜨는 나라"를 염원하는 노래가 나왔다.

하지만 현실은 낭만적인 것이 아니다. 우리 가슴속에 양심과 양식, 정의와 진실이 살아 있다 하여도 역사의 반동은 늘 있게 마련인 것이다. 촛불시위에 대해 이런저런 트집을 잡던 극우수구, 맹목적 친미주의자들은 조직적인 저항을 서슴지 않았다. 시청 앞 광장에서 대규모 친미

반북시위를 벌였다. 그들에게 촛불시위는 간담이 서늘한 위협이었기 때문이다. 그들에게 50년이 넘도록 대를 이어 지켜온 친미 기득권이 송두리째 날아갈 위기감이란 얼마나 큰 것이겠는가. 그들은 노골적으로, 그리고 자존심이고 뭐고 다 내팽개치고 우겨댔다. "반김정일", "주한미군철수 반대"를 내걸고 핏대를 세웠다.

어찌 보면 두 장면은 주장만 다른 비슷한 모습처럼 잘못 볼 수도 있겠다. 심지어 못된 신문은 "남-남 대결"이라고 왜곡하며 대결을 선동하기까지 한다. 그러나 사실과 진실은 분명하다. "일부"라고 깎아내리지만 촛불은 7천만 겨레 "다수"이며, "지도층"이라는 친미시위는 그야말로 극소수 "기득권층"일 뿐이다.

우리에게 '반미'는 자주의 출발점이며, 진정한 친미의 길

여기서 우리는 친미수구세력이 한사코 반대하고 으름장을 놓는 '반미감정'에 대해 정리해둘 필요가 있다. 그렇다. "반미감정"은 안된다. "반미지성"이어야 한다. 말 그대로 "반미감정"이란 울컥하고 치미는 일시적인 "감정"에 불과하다. 미군과 미국이 저지른 부당한 행동들이 우리에게 반미감정을 불러일으키고 있지만 감정에 머물러서는 문제를 해결할 수 없다. 진정 필요한 것은 "반미지성"이다. "반미지성"이란 지혜와 지식을 바탕으로 생각하고 실천하는 지속적인 행동이다. 이것이 필요하다. ("지성"이란 지식인의 것으로 한정되는 것이 아니다. 전봉준 장군을 비롯한 우리 민중의 지혜는 지식을 뛰어넘는 지성의 토양이 되고 있다.)

그렇다면 '반미'란 어떤 것인가. 우리는 친미냐 반미냐 이전에 우리 자신의 민족적 자주와 국가적 주권에 우선 기초하고 있다. 그러므로 미국이 우리에게 진정 호혜평등한 '우방'이라면 반미는 필요 없다. 그리고 우리의 반미는 전적인 반미가 아니며 미국 국민들 모두에게 반대하는 것이 아니다. 미국과 선린할 수 있는 부분은 친미하고 각각 자주적인 처지에서 호혜평등으로 나아가는 것은 너무도 당연하기 때문이다.

그러나 우리는 역사적으로나 현실적으로나 반미일 수밖에 없다. 미국이 우리에게 '우방'이기보다는 '지배자'로 군림하고, 우리에게는 필요 없고 그들에게만 필요한 것을 강요하고 있기 때문이다. 미국의 권력이 일방적인 패권주의를 들이대고 전쟁주의 권력자들이 우리 민족을 전쟁의 볼모로 잡고 제물로 삼는 한 우리는 결단코 반미일 수밖에 없다.

또한 진정한 의미에서 친미는 반미에서 시작될 수밖에 없다. 미국이 지구상에서 세계 각국에 위해를 끼치는 존재가 아니라 친선하는 존재로 거듭나도록 각성하고 촉구하는 것은 여전히 반미 이외에 달리 길이 없기 때문이다. 미국이 건강한 국가로 거듭나고, 미국 국민들이 전쟁주의로부터 자유로울 수 있을 때까지는 반미해야 할 것이다. 우리에게 친미할 기회를 앞당기는 것은 결국 미국의 몫이다.

미군은 처음부터 '분단점령군'으로 왔다

1945년 미군은 당당하게 우리 코리아반도 38도 이남에 진주해 왔다. 일제 강점에 시달려온 우리 민족은 미군을 마치 구세주처럼 맞이하였다. 거리거리에서 만세를 부르며 환영하였다. 그러나 그들에게는 그들의 목적이 있을 뿐이었다. 그들의 목적은 조선 점령이었다. 8 · 15 해방 이후인 1945년 9월 8일 태평양 방면 미국 육군부대 총사령부(맥아더 사령부)가 인천으로 들어오면서 발표한 포고 제1호를 보자. 그들을 환영하던 당시 순박한 우리 민중들은 얼마나 황당했을까?

〈태평양 방면 미국 육군 부대 총사령부 포고 제1호〉

조선인민에게 고함

태평양 방면 미국 육군 부대 총사령관으로서 나는 이에 다음과 같이 포고함.

본관의 지휘하에 있는 승리에 빛나는 군대는 금일 북위 38도 이남의 조선 영토를 점령한다.

태평양 방면 미국 육군부대 총사령관인 나에게 부여된 권한에 의하여 나는 이에 북위 38도 이남의 조선과 조선 주민에 대하야 군사적 관리를 하고자 다음과 같은 점령조건을 발표한다.

제1조 북위 38도 이남이 조선 영토와 조선 인민에 대한 통치의 전 권한은 당분간 나의 권한하에서 시행한다.

제2조 정부의 전 공공 및 명예 직원과 사용인 및 고용복지와 공공위생을 포함한 전 공공사업기관의 유급(有給) 혹은 무급(無給) 직원 및 사용인과 중요한 사업에 종사하는 기타의 모든 사람은 새로운 명령이 있을 때까지 그의 정당한 기능과 의무를 실행하고 모든 기록과 재산을 보존 보호하여야 한다.

제3조 모든 사람은 나의 모든 명령과 나의 권한하에서 발포한 일체의 명령에 즉각 복종하여야 한다. 점령 부대에 대한 모든 반항행위 혹은 공공 안녕을 문란케 하는 모든 행위에 대하여는 엄중한 처벌이 있을 것이다.

제4조 주민의 재산소유 권리는 존중하겠다. 주민은 내가 명령할 때까지 일상의 직업에 종사하라.

제5조 군사적 관리를 하는 동안에는 모든 목적을 위하여서 영어가

공식 언어이다. 영어 원문과 조선어 혹은 일본어 원문 간에 해석 혹은 정의에 관하야 어떤 애매한 점이 있거나 부동(不同)한 점이 있을 때에는 영어 원문이 적용된다.

제6조 새로운 포고(布告), 포고규정(布告規定) 공고, 지령 및 법령은 나 혹은 나의 권한하에서 발포될 것이며, 주민이 이행하여야 할 사항들을 지정할 것이다.

1945년 9월 9일
태평양 방면 미국 육군부대 총사령관 더글라스 맥아더

이같이 무례하고 엄혹하게 진주한 이래 자주 독립국가를 준비하는 우리 민족역량에 가한 방해공작과 이승만 반쪽정부 옹립을 위한 여러 정치공작들에 대해서는 여기서 굳이 쓰지 않겠지만, 그들은 철저히 그들의 목적에 충실하였다 할 것이다.

6·25전쟁과 함께 미군은 코리아반도에 다시 진주하였다. 이때는 2차 세계대전 '연합군' 자격이 아닌 '유엔군'의 일원으로서였다. 여기서 전쟁의 과정은 논외로 한다. 다만 미군은 유엔군으로서 체결한 정전협정을 그 잉크가 마르기도 전에 위반하기 시작하였다. 정전협정을 위반한 것은 물론이거니와 유엔군이면서 유엔의 결의를 서슴없이 위배하였다.

1953년 8월 28일자 〈한국 휴전협정에 의거한 정치회담 소집에 관한 국제연합 총회의 결의〉에 의하면 "…쌍방 군사령관은 휴전협정이 서명되어 발효된 후 3개월 내에 한국으로부터 전 외국군대 철수와 한국문제의 평화적 해결 등의 문제를 교섭을 통하여 해결하기 위하여 쌍방 정치회담을 관계 각국 정부에 건의한다는 휴전협정에 포함된 권고에 유의

하며… 미국 정부는 1953년 10월 28일 이전 회담개최를 협의하도록 권
고한다.” (필자 요약)

그러나 미국은 이와 같은 휴전협정에서의 권고나 유엔총회 결의에서
의 권고를 철저히 무시해버렸다. 그러고는 1953년 10월 1일 ‘대한민국
과 미합중국 간의 상호방위조약’을 체결해 버린다. 조약의 부당성은 말
할 것도 없지만 이런 조약의 체결을 강행한 의도는 무엇이었겠는가. 뻔
한 일이다. 조약의 시한이 “무기한으로 유효하다”고 한 것처럼 우리 땅
에 “무기한”으로 주둔하려는 것이었고, 현재도 그러하다.

미국이 수많은 국제적 약속들— 조약, 협정, 협약, 공동성명 등등—
을 달면 삼키고 쓰면 뱉어온 것을 이미 알고는 있지만 해도 너무 하는
것이 아닌가. 그들은 필요하면 다자간 합의를 내세우고, 반대로 불리하
면 양자간 합의를 내세운다. 다자간 합의사항인 휴전협정과 유엔총회
결의를 내팽개치고 한—미 양자간 합의를 내세워 현재까지 주둔하고
있는 것이다.

모든 외국군대는 철수했는데, 왜 미군만 남아 있나?

6 · 25한국전쟁에 참전한 외국군대, 휴전협정에 참여한 나라들의 군
대들이 모두 코리아반도에서 철수하였다. 하지만 미국 군대는 여전히
남아 있다. 이미 자신들이 그 유효성을 배척한 유엔의 깃발을 앞세우고.

미국에게 있어 국제적인 약속이나 법규, 조약, 협정 등은 언제든 무
시할 수 있는 휴지조각이거나 애초부터 부도난 어음에 불과하다. 이 글
을 쓰고 있는 동안 미국은 유엔 안보리 결정을 무시하고 또한 유엔안보
리 결정을 회피하고, 일방적으로 이라크를 침공하였다. 교토의정서나
유네스코협약, 국제전파협약 등을 뭉개버리고, 또한 50여 년간 한국에

서 그러하였듯이. 유엔 창설을 주도한 미국이 유엔을 '껍질'로 만들고 있는 사례를 우리는 그동안 수없이 보고 있다.

이제 우리는 미군이 왜 그토록 코리아반도에 한사코 주둔하려는가를 다시 되새겨볼 필요가 있겠다. 미국은 2백년 된 신생국가다. 2차대전 이전에는 덩치만 큰 변방국가였다. 그러나 20세기 후반부터 미국은 세계 강대국의 반열에 들어섰고, 그것을 지키기 위해 2차대전 승전국으로서의 전리품으로 독일, 일본과 한국 등지에 기지를 확보하였다.

진주의 명분이 무엇이든 한번 진주하면 패퇴할 때까지 주둔하곤 했던 세계 역사가 말해주듯, 미국이 패권국가로 군림하게 되고, 소련이 해체되면서부터는 세계 유일의 단일 패권국가로 우뚝 선 지금 미국의 오만은 하늘을 찌르고 있다. 미군은 하고 싶은 목적 이외에 그 어떤 주둔지에서도 물러갈 턱이 없다고나 해야 할 것이다.

미국은 과거 로마제국이나 징기스칸 몽골제국처럼 세계를 지배하는 패권국가로서 세계를 지배할 군사구도를 구축하고 유지해야 할 목적을 갖고 있다. 동북아시아에서는 중국과 러시아, 코리아(북한과 한국), 일본, 대만을 '관리'(control: 조절, 통제)해야 하는 임무가 미군에게는 있는 것이다. 잠재적 경쟁국가인 중국을 막는 최전선으로서의 코리아반도는 얼마나 유용한 군사지정학적 공간인가.

뿐만 아니다. 미군은 "군수산업형 국가"(미국 여성 평화운동가의 말)의 군대로서 군수산업의 시장을 확대하고 '관리'(manage: 경영)하여야 할 임무를 동시에 가지고 있다. 새로운 무기를 판매하고, 묵은 무기를 처분하여 시장이 활기차게 돌아감으로써 이윤이 확대 재생산되도록 하는 임무 말이다.

코리아는 미국 경제와 무기장사의 봉인가?

미국은 코리아에 자기 군대의 전략적 근거지를 유지 관리하는 것만
이 아니라 코리아라고 하는 시장을 활용하기 위해 팔 것은 강매하고 막
을 것은 철저히 막는 경제침탈 행위를 서슴지 않고 있다. 미국이 한국
에 가하고 있는 불공정 무역행위들에 대해서는 여기서 길게 쓸 필요는
없겠다. 하지만 6·25전쟁 이후 '전후 복구'를 명분으로 우리 경제를
자국의 주변시장으로 만드는 과정에서의 교활함은 한번쯤 더 되새겨볼
필요가 있다.

"우리를 돕는 유엔"이라는 밀가루 포대를 포함한 이른바 '원조물자'
들은 원조가 아니라 '시장 만들기'의 방편일 뿐이었다. 우리가 언제부
터 밀가루 음식에 익숙했던가, 우리가 언제부터 초콜렛을 먹었던가. 원
조라는 명목으로 불요불급한 물자들을 들여와 시범사용하게 함으로써
'낯선 것 길들이기'를 하고는 다시 '약 올려 사게 만들기' 수법을 써먹
은 것에 다름 아니다. '에스키모인에게 냉장고 팔기'처럼. 그 대표적인
것이 밀가루, 설탕, 농약에서부터 자동차, 무기 등이 아닌가. 미국식 경
제체제에 편입시키기 위해 갖가지 물자를 도입시키고 초기엔 원조로,
나중에는 판매로, 그리하여 강매로 발전시키고 있는 것이다. 이제는 쌀
과 고기까지 미국산을 사라고 하는 지경이니 우리는 얼마나 길들여진
것일까. 웃지 못할 이야기지만 우리는 일제의 잔재대로 '좌측통행'을
하는데 자동차는 미국식으로 '우측통행'한다. 이는 일본과 미국이라는
외세가 만든 시장화 사회로 전락한, 황폐한 생활문화의 단면 가운데 하
나일 것이다.

또한 북한에 대한 미국의 '경제봉쇄'를 상기해야 할 것이다. 미국은
1950년 '적대국 교역법'으로 북한 경제를 봉쇄하기 시작하였다. 1994

년 10월 21일 타결된 '북-미 기본합의문'에 따라 일부 완화되기는 하였지만 아직도 북한은 미국에 의해 무역 등 경제활동이 말 그대로 '봉쇄' 되어 있다. 북녘 동포들의 경제난이 북한 내적인 점이 있다 하더라도 미국의 책임을 물어야 할 것이다. 1950년부터 군사적으로 압박하고 경제적으로 봉쇄하면서 미국 대통령이 "국민을 굶기는 나라"라고 말할 자격이 있는지 반문할 수밖에 없다.

미국은 미군의 주둔 비용을 우리 국민의 혈세로 충당하고 있다. 미군이 점령하고 있는 땅값은 고사하고도 매년 3천억 원 이상을 우리가 부담하고 있는 것은 참으로 어처구니가 없는 일이다. 물론 약소국의 엉터리 대통령이었던 이승만의 넋 나간 양도로 미군이 마음대로 ("미군이 필요로 하면 한국은 이를 허여하여야" 하는 조약에 따라) 사용하고 있고 또한 그 이후 정부의 굴욕적 자세 때문이라 할 것이다.

미국은 자신들의 전략 전술적 필요에 따른 것임에도 불구하고 한국군의 구시대적 사고에 물든 친미군부를 통해 미국산 무기 판매를 강요하고 있다. 최근 새롭게 제기하기 시작한 평화군축운동으로 예전처럼 무사통과식은 아니지만 여전히 한국은 신무기 판매시장으로 미국의 주요 무기수입국의 상위에 올라 있다. '공격용 헬리콥터'(AHX), '차세대전투기'(FX), '차세대전투함'(KDX) 등에 무려 10조원 상당의 혈세를 쏟아 붓도록 강요하고 있고, 어리석게도 우리 친미 군부는 이를 필요불가결한 것처럼 강변하고 있다.

문제는 여기서 그치지 않는다. 미국은 미군의 향후 세계 군사전략에 따라 추진하는 '미사일계획'(MD)을 시행하기 위하여 우리 정부와 군부를 압박하고 있다. 아직까지는 '거부하는 몸짓'을 하고는 있지만, 우리 정부와 군부가 미국과 미군의 압박을 뿌리치고 자주적인 '민족안보’로 나아갈 희망은 별로 보이지 않고 있다. 오히려 ‘이지스 전투함’ (차세대전투함 사업)의 도입을 서두르는 것이 바로 은근슬쩍 발을 딛음 으로써 기정사실화하는 수법으로 미사일계획에 접근하고 있는 증표라 하겠다.

이제 우리는 다시 물어야 한다. 코리아는 미군의 봉인가? 아니다. 그 리고 대통령부터 군부, 온 국민이 “아니다”라고 말하고 실천할 수 있어 야 한다. 도대체 무기가 왜 필요한가, 우리가 추구할 평화의 모습은 어 떤 것인가, 그 평화를 위하여 무엇을 어떻게 해야 하는가, 민족의 평화 와 통일을 위하여 어떠한 안보를 추구해야 하는가, 코리아반도를 둘러 싼 미-일-중-러 외세와의 관계를 어떻게 재정립해야 하는가 등을 새롭 게 물어야 하고 그 답을 마련해야 한다.

미군은 아직도 전쟁을 끝내기보다 시작하고 싶어 한다

어떤 일본 학자는 북한을 ‘유격대 국가’라고 한다. 사실 북쪽 동포들 은 “아직도 전쟁중”이다. 북쪽 동포들은 6·25전쟁 50여 년이 지난 지 금까지도 전쟁상태에서의 의식을 갖고 있을 수밖에 없는 것이다. 미군 이 코리아반도에 진주해온 이래 북한을 군사적으로 동시에 경제적으로 포위 압박하고, 해마다 전쟁훈련을 강행하면서 총구를 자신들에게 향 하고 있는 현실이 계속되고 있기 때문에 북쪽 동포들은 한시도 긴장을 늦추지 못하고 전쟁에 대비한 상시 대기상태로 생활을 하고 있다. “생 활도 학습도 유격대식으로”와 같이 구호간판들이 온통 전투용어로 만 들어지는 것도 미군과 전쟁중이라는 인식을 거둘 수 없기 때문이리라.

북한이 호전적이라서 이를 “방어”하기 위해 “연례” 전쟁훈련을 한다 는 미군과 한국군의 명분은 참으로 어색하다. 공격연습이면서 방어연습이라니! 석유가 모자라 쩔쩔매고 군사력이 절대 열세인 북한이 호전적이란 말을 누구더러 믿으란 말인가. 미군의 군사력 말고도 남쪽에서 매년 100억 달러(12조 원 상당) 이상의 군사비를 쓰고 있는데 이에 대응도 힘든 북한이 선제공격을 해온다는 주장을 어떻게 믿으라는 말인가. 서해교전과 같은 '몸싸움' 도 결국은 북쪽이 밀려나는 양상으로 매듭지어지곤 하지 않는가.

어쨌든지 미군은 자신들의 목적에 따라 이런 저런 전쟁명분을 만들고 전쟁계획과 실전연습, 군사훈련을 강행하고 있다.

대표적인 전쟁계획들을 보면, 우선 '작전계획 5027' 을 꼽아야겠다. 이는 격년으로 업그레이드된다고 한다. 1998년판은 대북 선제공격과 평양 점령계획을 담고 있고, 2000년판은 전쟁 90일내에 60만 군대와 160대 전함, 1600대 전투기 배치를 계획하고 있으며, 2002년판에는 김정일 위원장 제거계획을 담고 있다. 이렇게 착착 전쟁으로 나아가고 있으면서 그들은 항상 숨기거나 변명한다.

이른바 '핵태세 보고서' 는 북한에 대한 핵무기 공격 계획을 담고 있고, 최근판 '우발계획' 은 전쟁발발시 자동적으로 주요시설에 정밀 선제공격하는 계획을 짜놓고 있는 것으로 알려져 있다. 최근 북핵소동을 벌이면서 대북공격을 노골화하고 있는 미국은 국방성이 북한 핵시설에 대한 군사공격을 위하여 "가장 비밀스럽고 공포스러운 작업"(most secret and scarest work)을 진행하고 있다고 〈뉴욕타임스〉는 보도와 칼럼을 통해 밝히고 있다. 이 계획에는 '쪽집게 공격' (Pin-point strike), '외과수술식 공격' (Surgical strike), '떡메치기 폭격' (Sledgehammer bombing), '전술핵무기 사용' (using tactical nuclear weapon) 등이 포함되어 있다. 참으로 오싹한 일이다. 코리아반도에 전쟁이 터지면 어디 북이 따로 있고 남이 따로 있는가.

이와 같은 공격계획에 따라 1970년대에는 이른바 '팀스피리트 훈련'을 계속해 왔고, 최근에는 '독수리훈련'과 '전시증원연습'(RSOI)으로 대체되었으나 올해 다시금 '팀스피리트 훈련'을 부활시킨 대대적인 공격물량을 동원하고 있다. 그 중에서 가장 특기할 일은 '항공모함'을 배치하고 레이다망을 피하는 기능을 가진 위장 전폭기 '스텔스전투기'를 동원하고 있는 것이다. 이는 완연한 전면전 준비에 다름 아니다. 그것도 온 국민의 눈이 이라크전쟁에 쏠려있는 와중에 도둑고양이처럼.

코리아반도의 남쪽 전역에서 자행하는 전쟁훈련과 함께 우리가 반드시 척결해야 할 과제는 50년 동안 계속 점령하고 있는 사격장 문제이다. 파주 스토리 사격장이 육군용이라면 매향리 사격장은 공군용이다. 사실 이들 사격장들은 실제로는 '폭격장'이다. 매향리의 경우는 주한 미군만이 아니라 코리아반도 주변 미군(오끼나와, 괌 등지 공군)의 국제폭격장이다. 여기서는 신병 훈련, 고참 재훈련과 신무기 실험부터 재고처리까지 미국 군수산업체들의 개발현장이자 소비현장이기도 하다.

미군은 재배치, 재편성이 아니라 귀환하여야 한다

미군은 명실공히 세계 유일의 군사대국으로서 세계 군사지도를 다시 그리기 시작하였다. 주한미군 철수론이나 재배치론, 한강이남 이전론 등은 바로 세계재편 전략의 부분적인 방안이다.

럼스펠드 미국 국방장관은 "부시대통령이 나에게 장관직을 제의하면서 세계방위체제에 대한 재검토를 요구했다"고 밝힌 바 있다. 그리고 '동북아사령부' 창설을 공개하기 시작했다. 또한 독일 주둔 미군을 폴란드, 헝가리 등에 재배치하는 등의 유럽 주둔 미군 재배치 계획에 대해서도 공개하기 시작하였다. 이는 아버지 부시 대통령 때부터 추진해 온 것으로 알려져 있다.

'주한미군 철수론'은 주로 미국의 공화당 정치인과 강경 전쟁주의자들에게서 먼저 나오고 있다. 그럼에도 불구하고 요즘 촛불시위를 핑계 삼아 마치 우리가 나가라니까 나간다는 식으로 자국의 협상전술을 강화하고 있다. "전혀 아니올시다!"라 하겠다. 들어올 때도 멋대로 했고 주둔할 때도 멋대로 했고, 옮길 때도 멋대로 할 것이면서 이제 옮기는 비용을 떠넘기기 위해 구차한 명분을 만들어 들이대기 시작한 것이다. 필자의 경험으로도 1995년 유엔본부 앞에서 열린 반핵 캠페인에 참가했을 때, 공화당 의원 보좌관들이 자기 '의원님'을 만나겠느냐면서 "미국 납세자를 위해서 주한미군은 철수해야 한다"는 것이었다. 지금 미군의 재배치계획은 전적으로 그들의 목적 때문이다.

그런데 한심한 것은 우리 한국군 친미군부 장교들이다. 국방부 고위 간부는 "용산 미군기지 이전은 미군의 필요에 따른 것이라기보다 우리 국민의 요구에 대해 미국이 이를 수용하는 것이기 때문에 우리가 부담하는 것이 맞다고 본다"라는 망발을 하고 있다. 1970년대 미군이 철수를 내비치자 "로저스가 예산문제로 감군한다지만 주한미군의 연간 비용 10억 달러는 극소액이다"라고 운운하면서 미군철수를 만류하려 했던 공화당 국회의원의 발언과 어쩌면 발상이 같은지. 친미의식에 마취된 자에겐 차라리 당연한 발상이라고나 해야 할까.

미군이 자신들의 목적에 따라 재배치하려고 하는데, 지금 우리가 요구할 것은 '재배치'가 아니라 '철수'이어야 한다. 또한 '이전'이 아니라 '반환'이어야 한다. 그리고 우리는 차제에 분명히 요구해야 할 것이 있다. 철수에 따른 기지의 '완전 원상복구'가 그것이다. 이미 한강 독극

물 방류 사건 등에서 확인하였거니와 미군기지 환경오염은 미군이 책임지고 원상복구해야 한다.

또다시 효순이, 미선이 같은 죽음은 안된다

2002년 6월 13일, 참으로 꽃다운 목숨이자 순진무구한 두 영혼이 처참한 죽음으로 세상을 떠났다. 그러나 이런 죽음은 미군이 이 땅에 진주한 이래 무수히도 많아서 이루 헤아릴 수도 없을 지경이다. 제주에서, 신천리에서, 지리산에서, 노근리에서, 이리에서, 파주에서, 코리아반도의 도처에서 자행한 미군의 양민학살을 어찌 이루 다 말하랴.

'미군범죄 근절운동본부'에서 미군범죄에 관하여 종합적인 자료들을 수집한 바 있지만, 필자는 우리 민족의 가슴을 치는 미군범죄 가운데 세 가지 사례를 들고 싶다.

하나는 나무꾼 살해사건이다. 1960년대 우리 생활에서 주된 연료는 장작이었다. 파주의 한 농민이 산에 나무를 하러 갔는데 미군이 "그냥" 총을 쏘아 살해한 것이다. 나무꾼 오발사고는 심심치 않게 많기도 했지만 "장난삼아" 죽이는 미군의 정신상태는 무엇을 말하는가. 그들의 정신병이자, 우리 민족에 대한 정신적 도발인 것이다.

또 하나는 매향리 새댁의 죽음이다. 시아버님 제사를 지내기 위해 갯벌에 조개잡이를 나갔다가 미군 폭격기의 폭탄('방맹이탄')이 등을 뚫어 임신중인 뱃속의 아기와 함께 죽은 것이다. 비행기 위에서 보면 그저 연습용 표적일지는 몰라도 소중한 생명들은 영문도 모른 채 죽어간 것이다. 엄마는 등 뒤에서 폭탄이 날아오리란 것을 전혀 몰랐고, 아기는 뱃속에서 어찌 죽음을 알았으랴.

또 다른 하나는 윤금이 살해사건이다. 강간도 너무하고, 살인도 너무

하다. 그런데 죽은 여성의 자궁에 콜라병을 우겨 넣다니! 미국의 상징이라는 코카콜라로 우리 코리아 민족의 자궁을 요절낸 것인가!

미군이 저지르는 범죄의 비인간적인 측면 말고도 우리는 미군의 환경범죄와 문화적 범죄를 유의해야 할 것이다. 우선 환경범죄는 직접적인 생명침해 행위이다. 그것도 집단적인 침해행위이다. 모든 미군 환경범죄를 근절해야 한다는 점, 더 말할 필요가 없을 것이다.

필자는 문화적인 범죄가 미칠 영향을 꼭 짚어두고 싶다. 건강한 미국 문화는 우리와 교류해야 할 문화일 것이다. 그러나 범죄와 다름없는 문화적 오염은 반드시 척결해야 할 것이다. 숱한 미군범죄가 바로 군대문화의 산물인 것은 물론이고 양키 군대문화는 전쟁문화이자 퇴폐문화이며 생산보다는 파괴로 나아가고, 그 해독은 일시적이기보다는 지속적이어서 몇 대를 계속해서 우리 건강한 민족문화를 오염시키는 것이므로 각별한 유의가 필요하다 하겠다.

미군 범죄는 결국 우리 민족에게 분노의 불꽃을 피워 올리게 하는 불똥과도 같은 것이다. 평소 둔감했던 사람들까지도 촛불을 들게 만든 것은 바로 미군이다. 반미의 원천은 미국이고 미군이며, 미군 범죄이므로 반미를 거둬들여야 하는 것도 바로 그들의 책무이다.

미군철수는 코리아 민족자주, 통일과 평화의 관건이다

2003년은 이른바 '한-미 동맹' 50년이 되는 해이다. 이제 정말 필요한 것은 무엇인가. 미국과 코리아가 호혜평등의 '친구'가 되는 것이다. 그러기 위해서는 코리아반도의 통일과 평화의 걸림돌인 주한미군이 본국으로 귀환하는 것이다. 그리고 북-미 사이에 휴지처럼 남아있는 '정전협정'을 '불가침 평화협정'으로 새롭게 체결하고, 한-미 사이에 불평등하게 남아있는 '상호방위조약'을 '상호평화협력조약'으로 바꾸어야 하고, '주둔군지위협정'(SOFA)은 미군이 철수하여 폐기할 때까지라도 전면 개정하여 합리화해야 할 것이다.

이미 유엔의 권위를 파괴한 미국은 찢어진 유엔의 깃발을 들고 눈가림하기보다 정식으로 '점령군'이라는 양심고백을 하고 떠나야 한다. 그리고 미국이 멸망한 제국의 전철을 밟지 않으려면, 전 세계에서 미군을 소환하고 평화주의로 재편성하는 길로 접어들어야 한다. 한 현자의 말처럼 미국은 '초강력 군사대국'(Military Super-Power)에서 '초강력 인간대국(Humanitarian Super-Power)으로 거듭나야 한다. 그때 우리 자주 평화 통일국가 코리아는 진정한 우방 미국을 "아름다운 나라"(美國)이라 부르게 될 것이다.

우리는 7천만 코리아 민족의 이름으로 말해야 한다.

"미군이여, 고향으로 돌아가라."

― 2003년

미국의 코리아반도 전쟁책동을
막아내기 위하여(연설)

이 자리를 빌어 꼭 짚어두고 싶은 말이 있습니다. **'반미만이 진정한 친미'**입니다. 미국이 건강한 국가로 거듭나고 미국인이 진정한 인간성을 회복하는 길은 미국의 탈미국화로서만 가능합니다. 지금의 병든 미국, 전쟁주의 권력으로는 미국에게 황폐해지는 길 이외에 딴 길이 없습니다. 우리가 미국처럼 강대국도 아닌데 우리가 미국을 반대한다고 해서 미국을 선제공격하겠습니까, 무엇을 하겠습니까? 반미만이 미국이 바른 길로 가게 하는 친미입니다.

우리가 하는 것은 '말'입니다. 충고입니다. 바른 말은 귀에 거슬린다고 했죠? 네, 귀에 거슬리겠죠. 좋은 약은 쓰다고 했죠? 네, 맛이 쓰겠죠. 우리가 하는 것은 약도 못됩니다. 우리가 먹여줄 수 있는 힘을 갖고 있지 않으니까요. 단지 "약 먹어라"라고 충고하는 정도입니다. 병든 사람에게 약을 먹여주어야 하는데 먹여줄 수 없으니 약 먹으라고 말해주는 것, 이것이 우리의 반미입니다. "약 먹어라"라고 충고하는데 되레 욕을 해대니 광화문 촛불들은 다시 말합니다. "엿 먹어라!'라고 말입니다.

미국 권력 핵심을 장악한 전쟁주의자들의 눈빛들이 늑대들처럼 분주하기 짝이 없습니다. 자주 들었던 군대 노래가 생각납니다. "오늘은 어디 가서 땡깡을 놓고 내일은 어디 가서 한판을 붙나…? 하는 어떤 전투 군대 노래 말입니다. 그들은 그런 노래를 부르며 전투의지를 고취시키고 스스로 위악적인 인간으로 바뀌어 가곤 했습니다. 군인에겐 아마도 전투의식이 필수적이겠지요. 원했든 않았든 군인이 된 순간 이미 전쟁의 도구가 된 것이니까요.

부시와 그 깡패들은, 서부의 깡패 정도를 이미 지나 있습니다. 어제는 아프간, 오늘은 이라크, 내일은 북한… 전쟁만이 권력자로서의 존재 이유인 양 전쟁을 찾아 분주하게 허둥대고 있습니다. 프랑스, 독일 등 세계 각국의 지도자들이 공공연히 전쟁을 반대하고, 지구촌 도처에서 수백만이 모여 전쟁반대를 외쳐대고 있는데도 안하무인으로 이를 무시하면서 말입니다.

도대체 지금 북한에 핵무기가 있을까요? 미국 CIA는 왜 존재하지요? 아니 존재하기 위해 무얼 해야 하지요? 그들이 할 일은 폭력과 전쟁을 막는 일이라고 합니다. 그런데 폭력과 전쟁이 없으면 어떻게 합니까? 있는 것처럼 부풀려야 합니다. 아니나 다를까. 묵은 칼을 다시 꺼냅니다. 북한에 핵무기가 두어서너 개 있다는 겁니다. 저는 북한에 핵무기가 없다고 믿고 있습니다. 왜? 북한의 최고 권력자인 김정일 위원장이 아버지의 유훈을 거스를 것이라고 보지 않기 때문입니다. 김일성 주석은 살아있을 때 핵무기를 가져선 절대 안된다고 했고, 한반도 비핵화선언까지 했습니다. 지금 북쪽에서 절박한 것은 핵무기가 아닙니다. 전기입니다. 하루에도 네다섯 번 씩 정전이 되는 실정에서 영변 핵발전소 대신 짓고 있는 경수로는 늦어지고 미국이 약속한 중유를 끊어버리는 데 어찌 하겠습니까?

켈리 미국 국무부 차관보란 자가 평양에 특사로 방문하고는 "북한이 핵무기를 만든다고 했다아~!"라고 거짓말쟁이 양치기소년처럼 외쳤습니다. 그가 만난 북쪽 당국자는 강석주입니다. 강석주 외무성 부부장은 1994년 북미회담에서 제네바협정을 만든 사람입니다. 강석주 부부장은 "당신들이 그렇게 나오면 우리는 핵 아니라 그 무엇도 가지게 되어 있다"라고 말했답니다. 이는 주권국가의 외교 책임자로서 자주권을 밝히고 적대적으로 나오면 그 어떤 방법으로도 맞서겠다는 의지의 표현으로 보입니다. 자기 나라를 지키기 위해 핵 아니라 그 무엇이라도 가질 권리가 있다고 한 말을 자기네 편리한 대로 왜곡하고는 전쟁으로 몰아가고 있는 미국의 전쟁 망나니들의 억지 생떼가 소름 끼칩니다.

미국은 전쟁을 하고 싶어 몸이 근질근질하기 때문에 전쟁을 할 구실을 찾아야만 합니다. 없으면 만들어야 합니다. 부시가 대통령이 되는 데 큰 공을 세운 미국 비정부단체 중에 총기협회가 있는데 그들의 주장이 무어죠? 살인을 막기 위해 총을 쏘아야 한다는 겁니다. 이들이 부시 선거운동 했죠. 거기다 무기장사꾼들, 군수자본가들이 부시 밀어줬죠? 그러니 부시가 본래 아버지부터 대를 이어 전쟁체질 유전자를 갖고 태어난 데다 이런 전쟁업자들의 도움을 받았으니 전쟁 안하고 배길 수 있나요. 그러니 "살인을 막기 위해 총을 쏘아야 한다"는 청맹과니 억지와 마찬가지로 "전쟁을 막기 위해 전쟁을 일으켜야 한다"고 설치는 거지요.

미국이 우리 코리아 반도에서 전쟁을 일으킨 것은 1950년 6·25전쟁만이 아니죠. 이미 6·25전쟁 중에도 맥아더란 점령군 사령관이 핵무기를 쓰고 싶어 난리치다, 기어코 저지르지는 못했지요. 맥아더는 그때 오만함 때문에 해임되었지요. 1994년에 그랬고, 호시탐탐 전쟁할 기회를 노리고 노리다, 노리다 안되니까 만드는 거죠.

〈작전계획 5027〉을 매년 업그레이드 시켜가면서 전쟁준비를 해오고 있는 미국이 이제는 말장난도 잘하는데 "우발계획"이라나요. 미국이 우리 코리아반도에서 전쟁을 일으키려는 것은 결코 우발적인 것이 아닙니다. 미리 계획되고 준비하고 훈련하고 시뮬레이션 한 것을 실행하는 것입니다.

"우발계획"이라구요. 미국이 전쟁과 관련해서 거짓말 만드는 것은 어제 오늘의 일이 아니죠? 페르시아만전쟁을 걸프전쟁이라고 돌려댄 것은 얌전하다고나 할까요. 공격을 방어라고 하는 MD는 미국 전쟁주의자들의 거짓말을 압축한 것이지요. 미국의 태평양사령부를 둘로 나누어 동북아시아사령부를 신설할 계획이라는데 여기에 한-일-대만을 엮어서 북-중-러와 대치시키는 구도 속에서 '미사일 공격계획'을 세우면서 이를 '미사일방어'라고 포장을 하고 있습니다. 양의 탈을 쓴 이리의 적반하장이지요.

(참고로 말 공부 좀 하지요. 앞으로도 기회가 생기면 말 공부 같이 하기로 하지요. 오노스럽다는 야비한 오노처럼 행동한다라는 말이지요? 히딩크 같다는 말은 당당하고 자신감이 있다는 말이라면서요? 그러면 부시스럽다, 부시 같다는 말은 우리말로 어떤 뜻을 가질까요? 여러분들이 그 뜻을 잘 풀이해서 인터넷에 올려주시고 토론해보면 재미있을 것 같지요? 해주세요. 그런데 부시는 잡목숲이란 뜻이지요. 저는 성이 수풀 림씨인데 부시 같은 잡목숲이 아니고 크고작은 나무들이 어우러진 평화로운 숲이란 뜻이라서 천만다행입니다. 모욕적이게 부시와 종씨였으면 어쩔 뻔했겠어요. 성을 갈아야지. 그런데 오늘 진짜로 여러분과 공부하려는 말은 '조폭스럽다' '조폭하다'라는 말입니다. 본래 뜻을

살펴보기 전에 어떤 느낌이 듭니까? 조직폭력배같다, 라는 느낌이 들지요? 네 그렇습니다. 부시가 바로 조폭스럽습니다. 조폭깡패 같으니까요. 그런데 조폭스럽다는 말의 본래 뜻은 조급하고 포악하다는 뜻입니다. 그러니까 부시가 조폭스럽다, 라고 말하면 부시가 조급하고 포악하며 조폭깡패 같다라는 뜻이 되지요? 부시에게는 조폭스럽다, 라고 하면 말을 잘못 쓰는 게 됩니다. 부시는 조폭스런 게 아니고 조폭하니까요. 부시는 조급하고 폭악한 것 같은 것이 아니라 조폭한 그 자체이지요. 또 부시는 조폭깡패 같은 게 아니라 조폭깡패 그 자체이니까요. 부시는 전쟁 하고 싶어 조폭하게 안달이 났다. 이렇게 말하면 제대로 잘 말하는 게 되겠지요?)

미국이 만일 평양을 선제공격한다면, 이는 우리 코리아반도 전체의 전쟁이 됩니다. 우리 7천만 민족의 생명과 그 모든 것이 송두리째 파괴되는 사태가 일어납니다. 6·25전쟁과는 비교도 되지 않을 참화를 겪게 됩니다. 그때 6·25전쟁 때 평양에 2층짜리 건물이 하나도 남지 않았고 서울이 처참하게 파괴되었던 것을 상기해 보면 앞으로 전쟁이 일어났을 때 우리가 겪을 참상을 느낄 수 있을 것입니다. 이것만은 막아야 합니다. 우리가 올해 할 일은 전쟁만은 기필코 막아내는 일입니다. 7천만 겨레의 생명과 재산을 지키는 일입니다.

'평통사' 총회에서도 의견이 나왔는데 우리는 지금부터 시작해야 할 일이 있습니다. '한반도 전쟁저지 인간방패 실천단' 이 되고 많은 참가자를 모아야 합니다. 이는 단지 서명운동 하는 것보다 참가자의 의지를 강하게 확인하는 것이 될 것이며, 수만 명 참가자를 모은다면 이를 바탕으로 국제적인 연대활동도 강화하고 실제 실천을 통하여 미국의 전쟁주의자들을 막아냄으로써 우리 코리아반도에서의 전쟁을 막는 길이 될 것입니다. — 2006년

'페리 보고서'와 코리아반도

1999년, 코리아반도의 시계가 빠르게 돌아가고 있다. 남-북-미-중 4자 회담이 진행되고 있는 가운데, 페리 전 미국 국방장관이 대북 조정관에 임명되어 '보고서'를 준비하고 있다. 이 보고서는 단순한 보고서가 아니기 때문에 우리는 촉각을 곤두세우고 이를 주시하고 있다. 대북 조정관이란 직책을 새로 만든 것, 하필 페리라는 강성 인사가 조정관에 임명된 것, 그리고 '보고서'가 준비되고 있는 것은 지금 21세기를 앞두고 앞으로 미국의 코리아반도에 대한 정책기조가 "새롭게" 잡힌다는 것을 의미한다고 볼 수 있을 것이다.

여기서 새로운 정책기조라고 했지만 그것은 결론적으로 보면 전혀 새롭지 않을 수도 있다. 한마디로 강성기조의 확인으로 회귀할 것이기 때문이다. 지금의 흐름은 클린턴 행정부와 김일성 주석 사이에 '핵문제'의 타결로 코리아에너지개발기구(KEDO)가 창설되고 북-미 관계가 온건기조로 돌아가자 이로 인해 기득권을 손실 당하고 있는(또는 손실 당하고 있다고 생각하는) 매파들의 역전공세가 세를 얻어가는 형국이라고 보아야 한다.

조셉 나이의 '보고서' 가 1990년대 초반부터 근 10년간 미국의 코리아반도에 대한 정책기조를 형성해 왔던 것을 반추해보면 그것은 압박과 고립의 강성기조였다. 그러다가 1994년 북측이 "NPT 탈퇴불사" 에서 "사찰 수용" 으로 절묘하게 돌려치기를 시도함으로써 미국은 전쟁명분을 잃고 '북폭 버튼' 을 '협상테이블' 로 바꾸고 북-미 관계는 순조롭게 풀려가는 모습을 보였다. 그러나 미국 군사패권주의자들의 기본입장에는 전혀 변화가 없었다는 점은 계속 확인되고 있다.

어쩌면 지금 이른바 '금창리 군사시설 의혹' 은 미국의 김정일 정권 길들이기의 빌미일 수도 있다. 새로 들어선 권력에 처음부터 기선을 제압하면서 앞으로의 핸들링을 순조롭게 해나가자는 '의도' 가 깔린 것이 아닌가 계속 관찰할 필요가 있다. 한편으론 고립과 군사위협이라는 압박공세를 가하면서 한편으론 식량지원과 경제봉쇄완화라는 유화 제스처를 쓰면서 궁극적으로는 이른바 '소프트랜딩' (연착륙 = 완만한 붕괴)을 유도하려는 의도 말이다.

페리는 그가 '보고서' 에 담을 내용이 무엇인가 지켜보는 모든 사람들에게 교묘한 말장난을 계속하고 있다. 그는 한국에 오기 전에 그의 보고서 작성팀과 공동저술한 저서 『예방적 방위Preventive Defense』에서 강성기조의 주장을 늘어놓고는 해석의 차이인 것처럼 변명하고, 한국에 와서는 한국의 정책기조를 동의하는 것처럼 말하고는 다시 일본에 가서는 강성기조 역점을 두는 발언을 했다. (페리는 잠깐 한국을 방문해서 김대중 대통령의 이른바 '햇볕정책' 이라는 '대북포용정책' 의 큰 틀에 동조한다고 말했다. 그러나 그는 일본에 가서는 '포용' 보다는 '제재' 에 강조점을 두는 발언을 했다.)

페리는 결국 강성기조의 보고서를 제출할 것으로 예견된다. 첫째로는 그 자신이 그렇고, 미국의회의 공화당이 그렇기 때문이다. 물론 미국의 모든 매파들(전쟁주의자들)이 그렇기 때문이기도 하다. 페리는 국방장관 재임 중에 〈작전계획5027〉을 실행하여 북쪽을 폭격하려 했던 장본인이거니와 당시 한국을 방문하면서 자기 수준에서 최선의 임무를 수행하였다. 전쟁은 발발시키지 않더라도 긴장은 지속시키고 무기장사는 계속하는 그런 최선의 노력 말이다. (잠깐 여담 아닌 여담을 소개하고 싶다. 필자가 1994년 6월초 약국을 새로 개설하기 위해 내부수리를 하는 날, 방송에서 페리가 "나는 무기를 팔려고 한국에 온 것이 아니다"라는 말을 보도하고 있었다. 그러자 수도꼭지를 고치고 있던 동네 수리공 청년이 한마디 내뱉었다. "이빨 까고 있네, 지가 무기 팔러 오지 않았으면 왜 왔어?"라고. 아! 놀라운 민중의 직관! 페리는 그때 자기 임무를 충분히 마치고 돌아갔다. 즉 한국의 무기증강사업에 아무런 변화도 없었다.)

미국의 매파들은 코리아반도에 대한 강성기조를 고수하기 위해 부단히 노력할 것이다. 이른바 '나이보고서'를 작성했던 조셉 나이(1994~95년 미국 국방부 국제안보 차관보)는 조선일보에 기고한 글에서 "북한 핵 경고는 단순한 도덕적 훈계가 아니다. 군사적 억지력은 여전히 필요하다"라고 말하고 있다. 또한 존 틸럴리 주한미군 사령관은 페리 조정관의 1999년 3월 4일 한국 방문 직전인 지난 3일 미국 하원 군사위원회에 출석해 "북한은 가까운 장래에 미국이 전면전을 치를 가능성이 가장 큰 나라"라고 말했다.

물론 이들의 발언만이 아니라 미국의 군사패권주의 흐름은 미시적인 조정을 할 뿐이지 거시적으로 변경되지 않는다. 이는 미국 국방부의 〈동아시아 전략보고서(EASR)〉에서도 확인된다. 미국 국방부는 지난 1998

년 11월 23일 발표한 보고서에서 "북한 핵의혹 해소 강-온 양면 압박" 전술을 유지하면서 "한반도 유사시 즉시 전면개입('포괄적 개입=Comprehensive Engagement')"과 "주둔미군 10만 명 선 유지 재확인"한다는 기본계획을 밝혔다(조선일보 1998. 11. 25 보도). 이 국방부 전략보고서는 〈작전계획5027〉과 마찬가지로 '업데이트'(시기별 부분적 조정)하는 '백서'이므로 이 같은 기조는 계속된다고 보아야 할 것이다.

미국 매파들은 결국 제시 잭슨 같은 비둘기파의 의견들을 묵살할 것이다. 제시 잭슨(목사, 미국 흑인 인권운동가)은 국민일보에 연재하는 기고를 통해 미국 공화당의 "상식 벗어난 국방예산 요구"를 이렇게 비판하고 있다.

"내년 국방예산은 무려 2천7백억 달러. 어떤 나라도 감히 미국의 도전세력이 될 수 없는 시점에 그런 거액을 쓰는 것이다. 잠재적 위협세력이 될 이라크 이란 북한 쿠바 시리아 리비아 같은 '깡패국가'들도 국방비가 고작 30억 달러를 밑도는데 말이다. 게다가 그 나라들 모두는 경제난을 겪고 있다."(국민일보 1999. 2. 9)

제시 잭슨의 글을 더 인용해본다. 그는 「미사일 방어 너무 비싸다」는 글에서 "미국은 지난 40여 년 동안 미사일 방어에 1천2백억 달러를 지출했다. 특히 로널드 레이건이 미국 상공에 우주 방어막(SDI=스타워즈계획)을 구축한다는 공상과학소설 같은 할리우드식 환상을 발표한 지난 1983년 이후 7백억 달러 가량을 썼다. (중략) 미국을 향해 미사일을 쏘는 것은 사형집행 명령서에 서명하는 것과 같다… 심려가 지나친 일부에서는 북한 이라크 리비아 등 불한당 국가에 대해 우려한다. 그러나 이들 중

실제로 미국의 해안에 도달할 수 있는 탄도 미사일을 보유하고 있는 곳은 없다. 설사 갖고 있다고 하더라도 그것은 별 문제가 되지 않는다. 그들은 이미 그와는 다른 수단들을 갖고 있다. 그들이 그쪽을 선택만 한다면 미국을 칠 가능성이 훨씬 더 큰 수단들이다. 도쿄 지하철역의 가스공격이나 오클라호마와 세계무역센터 폭파사건 때처럼 테러리스트들은 폭탄을 운반하는데 트럭이나 여행용 가방을 이용하지 미사일을 쓰지 않는다."(국민일보 1999. 2.23)

페리가 보고서를 준비하는 기간 동안에 최근 대한민국의 국방장관이 밝힌 놀라운 견해를 환영하면서 한마디 덧붙이고 싶다. 보도에 의하면 천용택 국방장관은 1999년 3월 5일 서울 주재 외신기자들과의 간담회에서 일본의 북한에 대한 선제공격 가능성 발언에 대해 "한-미-일 3국의 정책조율이 없는 일본의 선제공격에는 반대한다"고 밝히면서 놀라운 발언을 했다. "미-일 양국이 북한 미사일 위협에 대비해 추진중인 전역미사일방어체제(TMD)에 참여할 경제력도 기술력도 없다"고 말해 TMD 참여계획이 없음을 분명히 했다고 한다(유용원 기자, 조선일보 1999. 3. 6). 이는 참으로 대한민국 국방장관이 제자리를 찾아가는 발언이라고 본다. 장관이 이 정도 발언을 할 수 있다면 이 발언이 갖는 대한민국의 입장을 고수하고 실현하기 위해 대한민국 정부 모두가 노력해서 실천선언을 해야 할 것이다. 이것은 아주 크지 않을 수도 있지만 매우 의미있는 군사자주권 선언이라 할 수 있기 때문이다. 과문한 탓인지 모르나 이제까지 군사패권주의에 가담할 수 없는 현실적인 이유를 이만큼 잘 요약한 군사당국자의 발언을 아직 듣지 못했다. 제발 이 발언이 한 번 해본 그런 차원에서 끝나지 않기를 바란다. 언젠가 이를 뒤집는 발언이나 행태를 보인다든지 하면 그 실망을 무엇으로 감당하겠는가. 그 누구도 이런 방향의 정책과 견해 때문에 내몰리거나 퇴출되지 않을 때 우리는 비로소 민족의 자주와 평화와 통일의 올바른 한걸음 한걸음을 내딛을 수 있지 않겠는가. 지금이라도 우리 국방 당국자들이 진정한 민족안보, 민족평화의 방안을 찾기를 당부하면서 천용택 국방장관의 TMD 참여불가 발언에 박수를 보낸다.

북-미 협상이 타결되었다는 보도가 나온다. 북측은 '금창리' 사찰을 허용하고 미국측은 60만 톤의 식량을 지원하는 골자가 그것이다. 이에 페리보고서는 유연한 내용을 담게 될 것이라는 덧붙임도 따르고 있다. 그러나 이는 작은 구획의 한 단면이 될 것이다. 미국이 북측을 완전히 무장해제시키거나 무력화시켰다고 판단하지 않는 한, 미국은 항상 '방어' 해야 한다는 명분을 걸고 군비를 증강할 것이기 때문이다. 지금까지 미국은 없으면 있는 것처럼, 조금 움직이면 아예 원천봉쇄하는 식으로 '방어' 해 왔다. 만일 있는 것처럼 보이면? 말할 것도 없다. 그 크기에 관계없이 '파괴' 한다. 그 단적인 예가 이라크 공격 아닌가. 지금 북-미 관계가 아직 "포탄은 쏘지 않고 협상이라는 전쟁을 계속하는 관계"인 것도 북측에 그만한 힘이 있다고 확인되지 않았기 때문이 아닌가 하는 역설을 생각하게 하는 것이다. 늘 '가상의 적' 은 힘이 강하다. 그래서 위기는 증폭된다(실상은 위기의식을 증폭시키는 것이지만).

미국의 코리아반도 정책기조가 그렇고, 세계 지배 전략이 그러할진대 미국의 전쟁주의자들은 군사무기의 확대 재생산을 위한 노력을 중단하지 않을 것이다. 자국 내 생산의 길을 넓히거나, 그렇지 못하면 우회하고, 그것도 여의치 않으면 기술과 원료를 수출하여 간접확산하는 길을 열어갈 것이다. 그 과정에서 코리아반도는 냉전 이후에도 유일한

분단국가라는 점이 코리아 민족에게는 불행의 자물쇠요 미국 전쟁주의
자에게는 행복의 열쇠이다. 이 점이 코리아반도가 세계에서 가장 군사
밀도가 높은 지점으로 남아 있는(아니면 새로운 시작점인) 이유이다.

휴전선 '비무장지대' 가 가장 '중무장지대' 이듯 코리아반도는 군사
밀도가 높고 따라서 전쟁주의자 무기장사꾼에겐 신바람나는 곳이다.
이들에겐 이 명분 말고도 자랑스런 우군을 갖고 있다. 그 하나는 코리
아반도 내에 있는 군사기득권자들과 반공을 내세운 반북주의자들이다.
이들은 미국측이 기침을 하면 각혈을 하면서까지 전쟁위기를 말하고
북쪽의 군사력을 걱정하고 '오판' 까지도 염려하면서 남쪽의 군사력 강
화를 주장하고 실제로 강화시켜가고 있다. 고립과 압박 속에서 빈사지
경에 이른 경제로 정신을 못 차릴 북측에 대고 "옷을 벗어라"고 강박하
고 있다. 총칼을 들이대면서 또는 햇볕을 쪼여가면서. 물론 총칼을 들
이대는 쪽보다는 햇볕을 쪼여가는 쪽이 따스하긴 하지만 벌거벗기는
매한가지라는 점에서 북측은 남측과 미국을 불신하고, 미사일 개발 등
의 자구책을 찾고 있는 것으로 보인다.

이른바 "희망의 21세기" 또는 "새로운 밀레니엄"을 앞둔 지금, 남쪽
의 반북주의자들에게 한마디 하고 싶다. 북쪽이 통일된 미래를 함께 살
아갈 동포이고, 싫어도 함께 살아갈 수밖에 없는 것이 엄연한 현실이고
필연적인 미래라면 최소한 한 가지만 확인하자. 북쪽의 2천5백만 동포
를 바다에 쳐 밀어 던지거나 땅속에 파묻거나 우주로 날려 보낼 것이
아니라면 말이다.

미워하지 말자. 제발 사랑하지 않아도 좋다. 아니 미워해도 좋다. 하
지만 미워하기 위해서 피땀 흘린 재화를 죽이는 데 쓰지는 말자. 아니
그것이 온전이 그대들만의 것이라면 그래도 참을 수 있다. 하지만 이

땅에서 만들어진 그 모든 재화가 누구의 피땀으로 만들어진 것이며 만들어지고 있는 것인가. 그대들의 그 미움 때문에 사람 살리는 데 써야 할 재화를 사람 죽이는 데 쓰는 것은 결단코 참을 수 없지 않은가. 그것도 1년에 15조 원씩이나! 남쪽 인구 1인당 37만 원, 4인 가구당 150만 원을 왜 군사비에 처넣어야 하는지 그대들의 그 미움말고 무엇으로 설명할 수 있는가.

이제 남북 코리아민족의 전체가 살 길을 찾아야 한다. 그것은 바로 코리아반도 내외의 군사밀도를 줄이는 길이다. 코리아반도의 남에서 북으로 향한 한국군과 주한미군의 군사밀도를 줄여야 하고, 북에서 남으로 향한 인민군의 군사밀도를 줄여야 한다. 물론 아메리카에서 코리아로 향하는 그 엄청난 군사밀도를 줄여야 한다. 아울러 일본열도에서 코리아로 향하여 팽창되고 있는 군사밀도를 줄여야 한다. 거기다가 중국과 러시아를 포함한 아시아 지역 전체의 군사밀도를 줄여야 한다.

'평화군축'은 코리아민족의 현재적 경제위기를 타개하는 길이자 민족통일을 이루어가는 과정에서 필연의 경로이다. 평화군축만이 말 그대로의 평화로운 통일을 이루는 길이며, 분단비용을 줄이고 통일비용을 늘려나갈 수 있는 길이다. 페리 보고서에 '평화군축'이 담기지 않는다면 그것은 여전히 미국의, 미국에 의한, 미국만을 위한 군사패권주의 전쟁지침서일 뿐이다. 구체적으로는 이미 가면일 뿐인 유엔 깃발을 내건 주한미군의 철수방안이 나와야 한다. 아니면 최소한 대한민국 주권 임대비용이라도 납부하겠다는 전향적인 자세가 필요하다. 그런 자세만이라도 취한다면 최소한 미국이 코리아반도의 소중한 영토를 영구점령하려는 것은 아니라는 양심고백이 될 터이고, 코리아에서 언젠가는 나가야 할 외국군대의 점진적인 철수라도 기약할 수 있을 터이니까.

우리 코리아민족이 그리는 평화로운 세상, 그 세상은 결국 우리 코리아민족이 스스로 열어가야 할 터이지만 이를 막는 모든 세력은 코리아민족의 적이 될 터이므로 미국이 우리의 우방이 되려면 이번 페리 보고서에 진정 전쟁지침이 아니라 코리아반도의 평화를 위한 **〈평화청사진〉**을 담아야 한다. 물론 페리보고서와 상관없이 코리아의 평화보고서는 계속 써질 것이고 우리는 마침내 평화로운 통일민족의 길로 갈 것이다.

—1999년 3월

평화군축과 민중복지를 위하여

10년 전 평화군축운동이 활발했던 시절과 지금을 새삼 돌이켜 보게 된다. 10년 전 반핵군축운동은 울진, 영광, 안면도, 매향리 등 전국 각지에서, 그리고 '반핵평화운동연합'을 비롯하여 '평화연구소', '여성평화연구회' 등 부문단체 조직운동, "반핵군축 보건의료인대회"에 이르기까지 각계각층의 중요한 운동과제로 대두되어 활발한 실천운동이 전개되었다. 반핵군축운동은 민주화운동(반독재운동, 노동운동 등), 통일운동과 함께 '평화운동'이라는 한 축을 형성하는 양상을 보였었다. 그러나 시대적 변화와 운동의 퇴조가 물 스며들 듯 운동진영에 퍼지면서 평화운동(또는 평화군축운동)은 운동의 전면적인 과제라기보다는 부수적인 것으로 인식되는 수준으로까지 낙하되었다.

그러나 10년 전과 지금 달라진 것은 무엇인가. 평화군축의 필요성은 오히려 더욱더 확대 심화되지 않았는가. 10년 전 출간된 『한반도의 군축과 사회복지』(평화연구소, 중앙대 사회와복지연구회 지음, 한울출판사 발행)의 연구자들은 이렇게 밝히고 있다.

"군축의 당위성은 기본적으로 군비가 전체 사회의 삶의 질을 향상
시키는 생산적인 성격과는 전혀 무관하며 오히려 한 사회의 물질적
생산물을 비생산적으로 소비시켜 버린다는 데 있다. (중략) 남한의
경우 과도한 국방지 지출이 사회복지비용을 현저하게 제약했기 때문
에, 남한에서의 군축이 현실화될 경우 그 군축에 따른 경제 잉여분의
상당부분을 당연히 사회복지 부분 쪽으로 돌려져야 한다는 점은 재
론의 여지가 없을 것이다."

위와 같은 연구 결과는 지금 현재도 유효한 견해이다. 아니 지금이야
말로 더욱더 절절한 연구과제이면서 실천과제이다.

10년 전에 비하여 한반도 정세는 오히려 악화되는 측면이 강화되고
있다. 2000년 6·15 남북공동선언의 소중한 성과를 토대로 더욱 발전시
켜 나가야 할 평화통일의 도정은 미국의 부시정권 등장과 함께 NMD를
비롯한 패권주의 군사대결정책의 강화로 인하여 난관을 우려할 수밖에
없는 상황이다. 미국은 클린턴정부가 추진했던 북-미 관계 개선의 방향
자체를 흔들고 대북 강경 대결정책을 밀어붙일 기세다.

이 같은 군사패권주의는 결국 세계 질서를 군사중심구조로 몰아감으
로써 필연적으로 민중복지를 파괴하는 결과를 초래하게 될 것이다. 세
계경제는 신자유주의라는 반민중적 대세를 형성해 나가는 가운데 결국
금융자본, 에너지자본과 함께 군수자본이 순환적으로 어우러지면서 자
본운동만이 확대발전하는 악순환을 거듭하게 될 것이다.

그동안 북(조선)은 미국의 경제봉쇄와 군비부담에다 자연재해, 내부
동력의 이완 등으로 심각한 식량난과 경제난으로 민중의 삶이 피폐해

진 상태이며, 남(한국)은 IMF와 구조조정, 대량실업 등 총체적 경제난으로 역시 민중의 삶이 피폐해지고 있는 상황이다. 이를 타개하는 방안 중에 '군축'은 단순한 산술적 계산만이 아니라 파괴를 생산으로 전환시키는 경제구조의 근본적 변혁으로까지 나아가는 중요한 방안이 될 것이다. 남북한을 합쳐서 매년 200억 달러(약 25조 원)가 넘는 군사비를 줄일 수만 있다면 민중복지의 활로는 열리는 것이다.

여기서 우리는 이런 각도에서도 주한미군이 한반도(조선반도)의 민중복지에 미치는 문제를 재검토할 필요가 있고, 평화군축운동의 주요한 해결과제임을 재인식할 필요가 생긴다. 한반도(조선반도)의 군사적 대결구조의 중심고리인 주한미군은 미국의 군사패권주의 구도에서 매우 긴요한 그만큼 코리아민중의 복지를 위해서도 반드시 퇴출되어야 할 것이다. 따라서 주한미군 문제를 해결하는 길은 코리아민중의 대단결에 있고, 남-북 관계도 이에 기초해야만 한다. 즉 한-미 공조를 남-북 공조로 전환하는 대전환만이 분단 50년을 해결하고 분단비용(군사비용)을 통일비용(복지비용)으로 전환시키는 길이라 하겠다.

그러면 이러한 과제를 실현하기 위한 내적 조건은 어떠한가. 앞에서 언급한 것처럼 비록 평화군축운동은 많이 쇠락한 것이 사실이지만 운동은 말 그대로 운동이다. 정태적으로 보면 운동은 없다. 그러나 사회와 역사는 항상 동태적이다. 퇴조했던 평화군축운동은 이미 되살아날 정도를 넘어 민중운동의 발전과 더불어 매우 활발하게 약진하고 있다. 매향리 폭격장 폐쇄투쟁, 군산 미군기지 반환투쟁, 소파개정 범국민투쟁 등 반미자주화운동의 큰 흐름 속에서 강렬하게 실천적으로 성장하고 있다.

2001년 평화군축운동은 소파개정운동, 매향리 폭격장 폐쇄투쟁과 함께 공격용 헬기 도입 저지운동, NMD 반대운동, 국방비 삭감운동 등을 통해 운동진영 전체의 실천과제로 대두되고 있다.

공격용 헬기 도입은 국방부의 차세대 무기체계라는 청사진의 한 부분이지만 그 규모가 4조원에 이를 만큼 거대하고 그 방향이 전적으로 잘못되었다는 점에서 전면 재검토되어야 한다. 율곡비리를 포함한 크고 작은 무기도입 비리도 문제이거니와 남-북 분단구조를 기조로 민족을 적으로 규정하고 민족을 살멸하는 국방정책, 신무기 도입정책은 전면 재검토되어야 하는 것이다. 지금 필요한 것은 남-북 공조를 기본으로 '민족안보'의 청사진을 시급히 마련하는 일이다. 그리하여 세계질서와 한반도(조선반도)의 질서를 핵전쟁 위기로 몰아가는 미국의 NMD 책동을 저지하는 일이다. (*덧붙임: 세계사의 흐름과 민족사의 흐름을 제대로 읽는 지혜는 운동진영에게 필요할 뿐만이 아니라 군사당국자들에게는 더욱 필요하다. 진정 적에게 향해야 할 총부리를 동포를 향해 꼿꼿이 세우는 맹목주의는 필멸의 길뿐이기 때문이다. 지금이야말로 적을 알고 나를 알아야 필승할 수 있는 시대이다. 자, 진정 우리의 적은 누구이며, 어떠한 적인가.)

— 2001년 3월

아미티지 방한과 북-미 관계 전망

미국의 정권교체가 부시정권처럼 혼란스런 때도 별로 없었던 것 같다. 술자리에서 "고어가 당선되었어도 이럴까?" 하는 우문을 주고받곤 할 정도다. 미국 국무부장관이 평양을 방문하고, 북(조선)의 인민무력부장이 워싱턴을 방문하는가 하면, 비록 무산되긴 했지만 미국 클린턴 대통령의 평양 방문계획이 실행 직전까지 갔었으니 정권교체가 가져온 변화의 크기를 실감하지 않을 수 없다 할 것이다.

사실 미국이라는 군사패권주의 국가를 보면 미시적인 변동일 뿐일 터이다. 하지만 이번 클린턴정권에서 부시정권으로의 교체는 정책의 계속성을 의심케 할 만큼 혼란스럽다. 새 정권은 당연히 전임 정권의 정책을 점검하고 보완하게 마련이고 그런 점에서 미국의 새 대통령이 자국의 이익을 위해, 자신의 공약을 이행하기 위해 군사외교정책을 재검토하는 것은 당연한 일일 것이다.

그럼에도 불구하고 많은 사람들이 미국의 군사외교정책에 혼란을 느끼는 것은 전임정권의 정책에서 후임정권으로 이양되는 과정에서 커다란 변화가 감지되기 때문일 것이다. 부시정권은 미사일정책을 포함한 세계군사정책 전체를 재검토하고 있는 것으로 관측되고, 우리가 특별히 관심을 늦출 수 없는 코리아반도 군사정책과 동북아시아 전략의 재편도 아직은 안개 속에 있다. 서서히 윤곽이 드러나고 있긴 하지만 아직 부시정권의 새 정책은 MD정책을 부시 대통령이 공개적으로 천명한 것 말고는 "검토중"이라는 커텐 속에 감추어져 있다.

다만 "검토중"인 시간이 긴 만큼 그 검토중인 시나리오를 세계 각국이 검토해야 하는 시간이 길어지고 있다는 점, "검토중" 그 자체가 미국의 군사외교 기술(술책)이기도 하다는 점, 그 지연되는 시간만큼 관심이 고조되고, 긴장이 고조되고, 강성기조가 강화될 것이라는 우려가 고조되고, 실제로 대화보다는 단절이 길어지고 평화보다는 전쟁이 고조되고 있다는 점 등은 분명해지고 있다.

우리는 여기서 잠깐 '정권교체'에서 좀 떨어진 시각에서 미국을 관찰할 필요가 있다. 어쩌면 이 거시적 시각만이 미시적 시각의 오류를 방지하는 방법일지도 모른다. 베트남전쟁을 둘러싸고 존 케네디 대통령과 로버트 케네디 대통령후보, 그리고 마틴 루터 킹 목사가 암살되었던 시기의 매우 극적인 반전의 기운 말고는 20세기 미국의 군사외교정책은 '방어라는 가면을 둘러쓴 공격' 일변도였다는 것을 반추해볼 필요가 있다. 아니 미국 역사에서 '독립전쟁'이라는 방어전쟁(?) 이래 한번이라도 '공격이 아닌 방어'가 있었던가 하고 되짚어볼 필요가 있다.

이런 식으로 거시적인 관점에서 보면, 미국의 군사외교정책의 핵심은 "전쟁기조"였다. 이런 전쟁기조에는 미국이라는 국가의 탄생역사, 인디안 학살과 멕시코 영토 점령 및 남북전쟁 등을 통한 국가형성과정, 세계패권 강대국으로의 부상과 군사패권주의 구축, 신자유주의를 내세운 세계지배 및 자본주의 패권의 확대라는 흐름 속에서 자기 이익을 취득하는 특정세력의 힘이 작동하고 있다. 그 핵심집단은 바로 군수자본이다. 전쟁을 통해 무기를 팔고, 무기를 팔기 위해 전쟁을 만드는 군수자본 앞에서 미국의 정권은 매우 허약했고 허약하다는 것은 이미 잘 알려진 사실이다. 부시정권도 예외가 아니다. 부시대통령이 소속된 공화당에 유명 군수업체인 보잉, 록히드 등이 밀어 넣은 떡밥(정치자금과 로비자금)이 지난 4년 동안에만도 1억 달러에 이를 것으로 추산하는 분석가도 있다. 아마도 이 정도의 검은 돈은 민주당에도 건네졌을 것이다. 미국의 군수자본에게 있어 여당—야당의 구분은 무의미하기 때문이다. 그것은 이른바 순환보직, 재취임 등으로 군사외교 책략가를 활용해온 역대정권과 군수자본의 밀착이 상례에 불과하기도 하다는 점에서도 그렇다.

자, 부시정권의 군사외교 고위관료들의 면면을 한번 보자.(앞으로도 이들을 유의해서 보기로 하자. 이들은 한국과 달라서 한번 임명되면 정권 내내 심지어 정권교체 이후에도 보직을 갖기도 하니까.)

체니 부통령=부시(아버지)정권 국방장관 출신.

럼즈펠드 국방장관=레이건정권 국방장관 출신. 체니의 사부.

콜린 파월 국무장관=걸프전쟁 총사령관 출신.

여기에 전직을 추적해보면 합리성(?)이라곤 찾아보기 어려운 강경파들인 곤돌리자 라이스 백악관 국가안보 보좌관, 폴 월포위츠 국방부 부장관, 리처드 아미티지 국무부 부장관, 제임스 켈리 동아태담당 차관보가 포진해 있다. 역대 주한 미국대사는 대개 CIA 경력자들인데 새 주한 미국대사(총독?)는 누구?

그리고 주목해야 할 인물. 앤드류 마샬(79세). 마샬은 군사분야 경력 50년, 장기 보직하면서 역대 대통령을 주물렀던 FBI 만년국장 에드가 후버를 연상시키는 인물. 마샬은 1949년 랜드연구소에서 시작하여 역대정권의 군사외교정책에 개입해 온 것으로 알려지고 있으며, 럼즈펠드 국방장관과 함께 부시정권의 군사전략을 입안하는 핵심 책략가로 정체가 드러났다.

이런 미국의 군사외교정책의 전쟁기조와 새 정권의 정책 집행책임자들의 면면을 보면 앞으로의 흐름을 예견할 수도 있을 것이다. 하지만 거시적으로 전체적인 흐름을 보면 파고가 높다 낮다 하는 구별은 무의미한 것일 터이다.

그럼에도 부시정권이 들어선 이래 우리는 한(한국)-미 관계, 북(조선)-미 관계가 정체 내지는 경색되어 있는 데 주목하지 않을 수 없다.

우선 김대중 대통령은 부시 대통령 취임을 축하하는 워싱턴 방문에서 망신을 당했다. 부시는 "노벨상 당선자이신 대통령과 만나게 된 것은 영광"이라는 입에 발린 찬사에 이어 평소의 그 자신답게 "이 친구" 또는 "이 사람"이라고 번역될 "This man"이라는 호칭을 써가며 한국 정부의 최고 통치자를 모욕하였다. 모욕은 언사에만 있었던 것이 아니라 내정간섭에서 더 컸다. 워싱턴 방문 직전 러시아 푸틴 대통령과 가진 한-러 회담에서 "ABM 협정 준수"를 합의한 것을 두고 "NMD반대 아니냐"는 식으로 몰아가며 한국의 입장을 추궁했고, 남-북 화해 추진에 대해 "일단정지!" 또는 "우향 우!"를 강박하였다. 왜 이런 모욕이 있었나. 한마디로 우리는 약소국, 미국은 강대국이니까. 맞는 말이다. 그러나 정답이 아니다. 정답은 "우리는 자주국가가 아니기 때문"이다.

부시정권은 자기 정권의 목적을 위해 한국의 정책을 간섭 내지 강압하기 시작했다. 그 요구의 핵심은 MD참여, 재래식무기 재고정리에 동참, 남-북 관계에서 미국정책기조 준수, 경제통상분야 무조건 추종 등이다. 이런 억지 강압에 김대중정부가 어떻게 대처하는지 잘 살펴보자. 그리고 우리 민중들과 더불어 대응방안을 찾고 실천해나가자.

본론으로 들어가 보자. 부시정권은 북(조선)과 어떤 관계를 설정하려고 하는가. 우선 그들의 입을 통해 드러난 단초들을 보면서 글들의 밑그림을 먼저 알아보자.

우선 부시는 MD추진을 공표하였다.(MD에 대해서는 이 글에서는 생략한다. 다만 〈뉴욕타임스〉의 토머스 프리드먼은 "진짜 미친 것은 불량국가 지도자가 아니라 부시"라고 비판하고 있다.)

그리고 지금 "검토중"이라는 단서를 붙인 새로운 군사전략이 서서히 드러나고 있다. 지구와 우주적 차원의 새로운 핵무기전략을 바탕에 깔고, 지구적 지역적 차원에서 아시아지역 군사전략을 강화하는 구상이 그것이다. "윈-윈전략"을 폐기한다는 구상은 아시아지역 중점전략의 다른 모습이다.

〈랜드연구소 보고서〉는 무기체계를 장거리 비밀무기(Stealthy Arms)를 무기체계의 골간으로 하면서 군사력 배치를 재편하는 것으로 요약되고 있다. 랜드보고서에서 주목할 것은 중국을 동반자관계에서 경쟁자관계로 설정하는 부시정권의 기조가 동북아시아에 신냉전의 전쟁위기를 불러오고 있다는 점이다. 여기다가 코리아반도 지상군을 일부 감축하는 대신 '신속배치군'을 활용하고 해군, 공군병력을 증강한다는 방안을 토머스 슈워츠 주한미군 사령관은 미국 의회 청문회에서 밝히고 있다. 이 방안에는 북(조선) 영해 바로 인접지역(원산 앞바다)에 북(조선)-중국-러시아 미사일 대응 항공모함을 상주시키는 것도 포함되어 있는 것으로 알려지고 있다.

아미티지가 '통보와 강요'를 위해 한국을 방문한 것과 병행하여 백악관의 곤돌리자 라이스 국가안보 보좌관은 "김정일 위원장이 불량하게 행동하면 보상받지 못할 것이며 그가 선량하게 행동하면 보상받을 것이라는 게 부시 대통령의 확고한 입장"이라고 대변하고 "감시와 검증"(Monitoring and Verification)을 중점적으로 강조하였다.

이제 미국의 '신국방정책' 밑그림은 이런 정도로 드러났다. 이걸 들고 아미티지 국무부 부장관이 한국을 방문하였다. 그는 이 밑그림을 '전략적 기본틀'(Strategic framework)이라고 말한다. 이 밑그림은 아미티지의 말에 의하면 "몇 주 안에 검토가 완료될 것"이라고 한다. 그는 한국을 방문하여 이런 새 군사정책을 설명하고, 듣고, 압박하였다.

이 같은 일련의 발표와 발언 등으로 미국의 정책 윤곽을 어느 정도는 알 만하게 되었다.

한번 정리해보면, 미국은 새로운 세계군사정책을 추진한다, 거기에는 MD와 신무기체계를 포함하고 전략요충지 설정을 재편성한다, 대북관계는 클린턴 정권 때보다 더 강경하게 될 것이다, 거기에는 불량국가 규정 유지와 의심(Skepticism)을 바탕으로 '감시와 검증'을 강화하는 '엄격한 상호주의'로 간다는 것이다.

그러면 클린턴정권과 부시정권의 대북정책에서 중요한 정책기조였던 '페리 프로세스'는 어떻게 되는가. 현재까지는 유지를 말하고 있다. 다시 말해서 "페리 프로세스를 유지하되 까다롭고 엄격하게 한다"는 것으로 요약된다. (즉 '경착륙도 마다 않는 연착륙 유도'라고 압축할 수 있을 것이다.) 여기서 "까다롭고 엄격하게" 한다는 구체적인 내용과 북(조선)의 대응을 살펴보자.

우선 '핵문제'에서 1994년 '제네바 합의'의 조건을 까다롭게 새로 붙이고, 그 이행을 엄격하게 요구하겠다는 것이다. 거기에는 협박도 있다. 새로운 조건을 북(조선)이 수용하지 않으면 파기도 불사한다는 것이다. 부시는 핵사찰을 강화하고 새로 짓고 있는 경수로에 대해서도 원부자재 공급을 천천히 또는 조건부 공급, 경수로 건설 속도의 조절과 건설 이후 플루토늄 관리에서의 미국 개입 보장을 주장하고 있다.

이에 대해 북(조선)은 조선중앙통신을 통해 "경수로 완공 지연에 따른 보상을 하지 않는다면 핵동결 해제로 대응하지 않을 수 없다"고 밝히고 있다. 이같은 북(조선)의 대응은 "우리는 제네바 합의를 준수할 것이다. 미국도 준수 이행하라"는 요구라 하겠다. 다시 말해 이미 체결한 합의는 미국의 정권교체와 상관없이 북(조선)의 기조로 하겠다는 것이다. 제네바 합의의 유지냐 변경이냐가 북-미 협상의 중한 의제가 될 것이다. 그에 따른 부속문제들을 밀고 당기는 시간이 일정하게 필요할 것이다.

또한 '미사일문제'와 '재래식 무기 감축문제'에 대해 미국은 MD강행, 북(조선) 근접거리 대미사일 항공모함 배치와 동북아시아 병력 재편성을 책략의 근저에 두면서 북(조선)의 미사일 개발 중지 및 판매금지, 재래식 무기와 병력 감축을 요구하고 있다.

이에 대해 김정일 국방위원장은 페르손 유럽연합 대표와의 평양회담에서 "미사일 발사 2003년까지 유예"를 천명하였다. 이는 '핵문제'와 마찬가지로 기존 미국과의 합의 내지는 협상에서 밝힌 입장을 유지하면서 미국의 상응하는 조치를 촉구하고 미국과의 대화 재개 의사를 시사한 것이다.

또한 북(조선)은 노동신문을 통해 "미제 침략군의 위협을 받는 조건에서는 무력감축을 할 수 없다. 미국은 감축문제를 논의하기 전 미군부터 철수해야 한다"고 밝혔다. 이것도 북(조선)의 기본 입장을 다시 밝힌 것이다. 6.15 남북정상회담에서 김정일 위원장이 주한미군 철수를 주장하지 않았다고 해서 주한미군 문제에 대한 북(조선)의 입장이 바뀐 것으로 관측하던 의견들은 타당하지 않았다고 보아야 할 것이다. 주한미군 문제를 남-북간 문제가 아닌 북-미간 문제로 보고 있는 북(조선)이 굳이 남(한국)과 이 문제를 거론하지 않은 것은 당연한 일로 보아야 할 것이다.

이제 북-미간 직접적인 의제로 되고 있지는 않지만 매우 중요한 쟁점인 '경제문제'는 어떠한가. 미국은 이미 식량 10만 톤 지원을 밝혔다. 그러면서도 봉쇄조치의 핵심을 유지함으로써 북(조선)을 경제적으로 고립시키고 있다. 그러나 북(조선)은 경제-외교 분야에서 미국의 고립을 타개하는 커다란 발걸음을 옮겨놓기 시작했다. 김정일 국방위원장의 중국 방문, 특히 상하이 방문은 경제문제를 포함한 "조선식 사회주의"의 새로운 길을 모색하기 시작한 것이다. 여기다 외교분야에서 세계 여러 나라와의 외교관계 정상화, 새로운 수교관계 수립을 진행하는 가운데 마침내 유럽연합은 북(조선)과의 수교를 결정하였다.

미국의 경제봉쇄망은 이미 구멍이 나기 시작했고 북(조선)은 경제난 극복의 길을 열어나가고 있는 것이다. 지금 북(조선)이 가장 어려움을 겪고 있어 "고난의 행군"이라고 스스로 규정하는 난국을 타개하는 길을 열면서(또는 길이 열리면서) 북(조선)은 "주체조선"이라는 자주국가의 기치를 계속 세워 나갈 것이다.

이제 우리민족의 과제는 '북-미 관계'를 원만히 해결하고, 이를 위해 '남-북 관계'를 통일 지향의 창의적 관계로 풀어나가고, '한-미 관계'를 자주적인 입장에서 호혜평등의 관계로 재설정해 나가는 데 있다. 이런 전제 아래 '북-미 관계'를 간단히 전망해 보자. 그 답은 역시 거시적인 관점에서 볼 때 찾아질 것이다.

1994년 클린턴정권 때 영변 핵시설을 둘러싼 전쟁위기가 제네바합의로 극적 전환을 이룬 것을 참고할 필요가 있을 것이다. 클린턴정권은 집권 1기 때는 북(조선)에 대해 매우 조심스러웠고 전쟁위기까지 몰고 가는 최악의 관계도 마다하지 않았었다. 그러나 2기부터는 북(조선)과 대화를 더 진전시키는 쪽으로 방향을 잡았고 그 속도마저 새 정권이 딴지를 걸만큼 빠른 것이었다. 그러므로 부시정권이 지금은 "재검토" 하는 그 모든 것들을 바탕으로 대북관계를 재정립하려 하겠지만 외교란 일방만의 의사결정으로 이루어지는 것이 아니지 않은가. 북(조선)의 대응이 언제 녹녹했던 적이 있는가. 제국주의에 대한 항전이라는 큰 방향만이 아니라 개개의 사안들에 대한 전술적 대응이 얼마나 당당했던지 되돌아보면 알게 될 것이다.

페리 프로세스의 입안자인 페리 자신이 "믿되 검증하라"고 레이건의 말을 인용하는 것을 보면 미국의 정권교체와 상관없이 미국의 기조는 미시적인 또는 일정기간의 변동이 있겠지만, 변하지 않을 것이다. 미국을 바꾸는 것은 미국 자신이 아니다, 라고 단정해도 좋을 것이다. 미국을 바꾸는 것은 우리 민족의 공동대응과 세계 민중의 연대에서부터 시작될 것이다.

덧붙이자면, 북(조선)에게는 '북-미 관계'의 진척 여부와 구애받지 않고 '남-북 관계'를 속도감 있게 진행시키는 좀더 과감한 결단과 지혜가 필요하다고 말하고 싶다. 그 단적인 예로 김정일 국방위원장의 서울 방문은 조속히 이루어져야 할 것이다. 북쪽 입장에서는 남쪽에서 취득할 것이 무엇인가 하는 타산보다는 통일이라는 큰 줄기를 기본으로 하고, 미국과 반북세력의 책략을 오히려 역이용하기 위해서도 '남-북 관계' 진전은 신속해야 한다고 생각한다.

—2001년 5월

'평통사' 재창립의 의의와 향후 과제

어느새 여기까지 왔구나, 하는 감회가 먼저 떠오릅니다. 10년 전 논의가 시작되어 '새로운 평화운동단체 준비위원회'와 '평화통일 연대회의'가 통합하여 1994년 창립한 '평화와 통일을 여는 사람들(평통사)'이 당당하게 전국에 지부 조직을 갖는 대중단체로 재창립한 것입니다.

1986년 김세진, 이재호 열사가 "양키 용병 거부! 반전반핵!"을 외치며 분신한 이래 반핵평화운동이 고양되어 '반핵평화운동연합'이 결성되고 각계각층의 조직적 활동들이 활발하게 전개되다가 1990년대 들어 여러 조건으로 답보하게 되고 급기야 단체를 해산하는 어려운 지경에 이르러 이를 계승 발전시키자는 논의가 '평화와 통일을 여는 사람들'로 결집되었던 것입니다.

하지만 의욕을 가지고 출범한 '평통사'도 조직적으로 대중적 토대를 구축하지 못해 소수 선진활동가의 단체로 머물러 왔습니다. 그러던 것이 근 10년에 가까운 활동들이 누적되고 열성적인 실무일꾼들의 노력으로 '평화군축운동'을 대중적인 의제이자 실천과제로 떠오를 수 있게 만들었습니다. 국방부 앞 평화군축집회를 매월 개최하고, 각종 평화, 통일 관련 사안들에 실천적으로 결합하기 시작한 것이 대중적인 관심을 불러 모으기 시작했습니다.

특별히 "공격용 헬리콥터 도입 저지 활동", "차세대 전투기 도입 백지화 활동" 등은 평통사가 주요하게 이끌어낸 사업이라고 할 수 있을 것입니다. 게다가 꾸준한 실천활동과 사안에 기민하게 대처하는 실무 일꾼들의 철저한 임무수행이 "미선이 효순이 압살만행"을 전국민적인 관심사로 확산시키고 광대한 촛불시위로 발전시켰습니다. 이는 이제 평통사가 대중조직으로 확대발전할 토대로 되었으면서 동시에 그렇게 해야 할 과제가 되었다고 봅니다.

이제 평통사가 재창립하면서 전국에 지부를 확대해 나가는 것은 바로 이 같은 시대적 역사적 민족적 부름에 호응하는 당연한 발걸음이라 하겠습니다. 이를 위해 열심히 뛰고 있는 모든 일꾼들에게 힘찬 박수를 보냅니다. 이번 재창립을 계기로 홍근수 문규현 상임대표님을 우리 운동의 지도자로 모시면서 회원들 한 사람 한 사람의 에너지가 총화되어 명실공히 탄탄한 대중조직으로 나아가야 할 것입니다.

그러면서 우리는 우리 내적으로 민주적 원칙을 잘 지키면서 동지애를 갖는 활동 자세가 필요하다고 생각합니다. 각자 맡은 임무에 충실하면서 총역량을 확장시키는 신나는 운동으로 발전시켜 나가야겠지요. 나 혼자만이 아니라 여럿의 생각, 우리만이 아니라 대중들의 마음, 민족의 뜻과 꿈을 아우르면서 말입니다.

우리는 "기다리는 사람들"이 아니라 "여는 사람들"입니다. 전문화! 전국화! 대중화!라는 활동방침을 잘 지켜나가면서 "평화군축 자주통일의 길"을 활짝 열어나갑시다. 평화는 통일을 여는 길이며, 동시에 통일은 평화를 여는 길입니다. 그 길에, 온 민족과 함께 하여 힘차게 나아갑시다.

—2003년 6월

반전반미 평화군축은
평화와 통일의 지름길이다
―무기도입 저지와 평화군축 투쟁의 새로운 지평을 열기 위한 제언

정세 개관; "코리아반도는 아직도 전쟁지역"

분단 50년이 넘는 장구한 시간이 우리 코리아반도에서 계속되고 있다. 아직도 끝나지 않은 분단과 전쟁의 역사 속에서 올해도 어김없이 외세 미국은 코리아반도에 대한 전쟁책동과 군사패권주의를 들이대고 있다.

우리 민족이 분단을 극복하고 평화와 통일로 가기 위해 부단히 노력해 왔고 그 성과들이 이제 결정적인 평화와 통일의 고빗길을 넘어가려는 오늘도 위협과 장애물은 쉽게 걷히지 않고 있다. 2002년은 6.15 남북공동선언과 함께 터진 평화와 통일의 물줄기가 도도하게 흐른 한 해였다. 그럼에도 불구하고 미국은 부시정권 집권 이래 코리아반도에 대한 지배를 노골화하고 북한에 대하여는 노골적인 적대정책을 넘어 선제 공격의 기회만을 노리고 있다. 그리하여 우리 코리아반도는 미국이 단추만 누르면 전쟁의 지옥으로 떨어질 위기에 처해 있다.

미국이 소동을 벌이고 있고 이른바 '북한 핵 개발 문제'가 대두되어

그런대로 잘 풀려나가던 남-북 관계 일정들이 반북-전쟁주의자들에 의해 제동이 걸리고 있다. 이는 올해 2002년 대선의 향방과 미국-이라크 향방 등에 따라서는 2003년의 최대의 쟁점이자 난제가 될 우려가 증대되고 있다.

그런 가운데 국방부 등 군사주의자들은 군사비 확대와 무기도입 강행으로 대미 군사예속과 민족 대결전쟁의 위기를 자초하고 있다. 이에 대해 부단히 맞서온 '평통사'를 포함한 평화, 통일 반미자주화운동은 어려운 여건 속에서도 힘찬 투쟁으로 일정한 성과를 이루어내고 평화운동의 새로운 지평을 열어가기 위한 새로운 전진을 모색하고 있다.

이제 우리에게는 이러한 정세 속에서 "숲을 보고 나무를 보는" 지혜와 "내일 전쟁이 터질지라도 한 그루 나무를 심는" 실천이 필요하다. 그 구체적인 실천방안을 위한 단초를 제시하고자 한다.

무기도입 저지 실천투쟁의 경과

애초에 '평통사'가 국방부 앞 월례집회를 시작하기 전에 많은 우려가 있었다. 그것은 단적으로 참가자가 극히 적을 것이라는 점 때문이었다. 실제로 그랬다. 그러나 꾸준히 계속함으로써 국방부가 AHX, FX, KDX 사업을 예전처럼 무작정 밀고 나갈 수 없게 만들었다. 이제는 국방부가 국회나 언론만 무마하면 된다는 식으로 마구 밀어붙일 수는 없게 되었다. 그들에게 방해자가 대두된 것이다. 그러나 아직은 "성가신 존재" 수준이라고 보아야 한다. 그들의 교활한 따돌리기를 막아낼 만큼 "유력한 존재"는 아직 아니다. 이제 우리의 과제는 국방정책의 입안에서부터 집행에 이르기까지 민간의 의견을 듣지 않고는 안되는 지점까지 가야 한다. (그것도 사실은 부족하다. 미국이 "열린 정부"라면서 정례 민간 브리핑, 각종 위원회 민간 참여 등을 하지만 어디 군사주의자들이 제 할 짓을 안하던가!) 지미 카터 같은 명망가의 발언권이 우리에게 없고, 궁극적으로 민주의 힘으로 역사를 이끌어 가야 한다는 대원칙으로 볼 때도 우리는 '위력적인 발언권'을 스스로 만들어 나가야 한다.

평화군축운동의 의의

평화군축이 우리 민중, 우리 민족이 벌여야 할 운동 과제의 모든 것은 아니다. 그러나 그동안 평화군축이 운동 과제로서 소홀히 다루어져 왔던 점은 우리 운동 진영에 반성이 필요하다.

평화군축운동은 1980년대 후반에서 1990년대 초까지만 운동의 위상을 가졌었다고 해도 과언이 아니다. 1990년대 10년간 부침이 있었지만 전체 운동의 부침과 동시에 그 위상이 낮았던 것이 사실이다. 이른바 민족운동(통일운동)과 민중운동 어느 진영에서도 유의미한 과제로 설정하지 않았다. 그것이 1990년대 말부터 민중진영 10대 개혁과제 등에 대두되고, 통일운동진영에서도 통일운동의 중요한 과제이자 통일과정으로서의 평화에 대한 인식이 높아지면서 평화군축운동은 중요한 운동의 위상을 갖기 시작했다.

하지만 무기도입 반대, 평화군축이라는 주제는 여전히 매향리 투쟁, 소파 투쟁 등 반미자주화 투쟁과는 좀 다른 "덜 중요한 사안"처럼 여겨지기도 했다. 그러나 이제 지난 2년간 '평통사' 등의 투쟁으로 평화군축은 중요한 운동 과제로 자리 잡았다.

그렇다면 우리에게 평화군축운동은 어떤 의미를 갖는가.

지구상 유일한 냉전체제 분단국가, 전쟁이 상존하는 지역, 무기밀도가 가장 높은 비무장지대… 남북 민중에게 동시에 부담이 되고 있는 군사비용을 줄이고 전쟁으로부터 평화로 가는 길은 하나뿐이다. 평화군축뿐이다.

우리에게 평화군축운동은 민족자주운동, 평화적 통일운동이다. 외세 미국이 분단과 전쟁의 주범으로 코리아반도를 지배하는 한, 민족자주도 평화적인 통일도 없다.

평화군축운동은 당연히 분단비용, 전쟁비용을 통일비용, 평화비용으로 전환시키는 운동이다. 군축으로 보전되는 평화배당금은 민생복지 비용으로 전환시킬 수 있다. 군축은 남·북 경제의 악화를 해결하는 매우 중요한 방안이자 필수적인 방안이다.

평화군축운동은 군수경제를 민수경제로 바꾸는 운동이기도 하다("총칼을 녹여서 보습으로"). 평화군축운동은 군사문화를 평화문화로 바꾸는 운동이다(예; 임옥상의 작품). 평화군축운동은 휴머니즘운동이다.

평화군축운동의 기조와 목표

지금 코리아반도의 전쟁위기를 완전히 해결하기 위해서는 세계 여러 나라에서 평화운동가들이 벌이는 코스모폴리탄 평화운동과의 공통성만이 아니라 코리아반도의 특수성을 함께 고려하는 운동 기조와 목표 설정이 절대 필요하다. 예컨대 일본 평화운동에서 제기하는 핵문제는 우리에게도 똑같은 문제이면서도 투쟁대상이나 경로는 다를 수밖에 없다. 또 다른 예로 미국 반전운동과 우리의 반전운동은 반드시 연대해야 하지만 미국 운동가들이 우리와 공간적으로 같은 처지에 있는 것은 아니다(이라크전쟁 반대, 아프간전쟁 반대, 체첸 침공 반대; 품앗이 국제연대).

바로 분단과 전쟁의 원인인 외세 미국에 반대하고, 코리아반도의 평화적인 통일을 이루고, 궁극적으로 코리아를 둘러싼 4대 강대국으로부터 항구적인 평화를 보장해낼 평화체제 구축이 그것이다. 2003년도 평화군축운동의 당면 실천과제는 내 생각으로 다음과 같다.

o 미국 전쟁주의 반대와 코리아반도 전쟁저지운동; "골리앗아, 다윗의 돌팔매까지 막겠다고?"
1) 미국 군사패권주의 반대.
2) 한반도 핵문제 본질 폭로; 미국 핵공격 음모와 북한 핵개발 소동.
3) 평화협정(불가침조약) 체결 촉구.
4) "전쟁은 안대! 절대 안돼!" 캠페인 구상.

o 군사비 삭감운동;
1) 군사비 확대론 비판: 북한 주적론 비판, 미래 주변국 위협론 비판.
2) 국방비 삭감운동의 한계: 간헐적, 분산적, 쟁점화 실패.
3) 군사비 삭감 영역: 전체 국방비 삭감, 신규 무기도입비 삭감, 주한 미군 주둔비 삭감.
4) "전쟁비용을 평화비용으로!" 캠페인 구상.

o 주한미군 반대운동;
1) 소파개정 운동.
2) 범죄규탄 — 재판권반환 운동.
3) 미군기지, 폭격장 폐쇄 운동.
4) "미군은 미국으로!" 캠페인 구상.

평화군축운동의 조직적 과제; 연대와 집중, 그리고 대중 참여

1990년도 '반핵평화운동연합'으로 기폭제가 된 평화운동은 그동안 부침을 거듭해 왔지만 매향리 폭격장 반대운동, 소파 개정운동, 미군기지 이전운동, 여중생 압살 규탄— 재판권반환운동, 무기도입 저지운동, 국방비 삭감운동 등 본격적인 운동 주제로 전개되고 있다. 평화운동이 통일운동의 한 부분으로서만 그 위상이 인식되던 것과는 매우 큰 진전이라 할 수 있다. 이제는 반전반미 평화군축운동이 통일운동 민중운동에서 매우 중요한 중심과제라는 점을 부인하는 사람은 그리 많지 않다. 이런 국면에서 중요한 것은 선진 활동가들이 좀더 대중운동으로 확대하려는 목적의식적 노력을 가지는 것이라 할 것이다.

따라서 이제 조직적으로 연대와 집중, 대중이 참여할 공간을 넓히는 일이 시급하다. 의례적인 연대, 반짝하는 집중, 말로만 하는 대중투쟁이 아니라 "이것만은 결단코 해내자"라는 불길을 피워 올려야 할 것이다. 그러기 위해서는 우선 작은 차이를 넘어서는 사안별, 시기별, 투쟁 대상별 연대와 집중을 기획하고 실현시켜 나가야 한다. 기조와 목표가 훼손되지 않는 한, 수위와 속도는 조절하면서 나가야 한다.

예컨대 국방비 삭감운동에 참여연대의 경우는 당연히 자기 단체의 주요 사업으로 설정할 것이라고 생각되는데 그럴 가능성도 없는 단체는 연대틀에 참여할 수 없는 것이 또한 당연한 것과 마찬가지로 참여연대는 연대 틀에 적극 참여해야 할 것이다.

이 기회에 고언을 한 마디 하자면 작은 차이가 있다고 그것에 집착해서 작은 구멍가게 차리는 행태나 작은 차이를 이유로 배척하는 자세는 불식되어야 할 것이다.

그리고 매우 중요한 대중투쟁에 대한 발상을 말하고 싶다. 이제 '투

쟁’을 우국지사처럼 ‘나 홀로’ 하는 고립 자초식의 관행적 발상을 주의
해야 한다. 이제 그야말로 말 없이 “그래. 저 사람들이 옳아. 저런 사람
들이 있어야 해”라면서 참여는 않는, ‘비참여 지지대중’이 참여할 수
있는 프로그램을 적극 개발해야 한다. 다시 말해서 반대세력(전쟁―분
단주의 세력)을 고립시키고 광범위한 대중이 이를 포위하는 구도를 만
들어 나가야 한다. 그러기 위해서는 우리 운동의 도덕성, 합법칙성, 합
리성, 당위성 등을 견지하면서도 대중이 “그래. 나도 할래. 이거라도 해
야지.” 하며 참여할 만한 프로그램들이 제출되어야 한다.(시청 앞 광장
이 온통 붉은 물결이던 6월과 여중생 추모행사 참여자의 규모는 우리가
고민해야 할 거리다. 단순 비교를 하자는 것이 아니다. 분명히 지지는
있는데 참여 통로를 우리 스스로가 만들지 못한 것이 아닌지 반성할 필
요가 있다. 지금 세계의 반전평화운동, 반세계화운동 집회 참가자들이
1960년대 말 수준으로 부상하는 걸 참고하면 좋을 것이다.)

― 2002년 11월

전쟁의 세계화 시대에 평화의 세계화는?

이제 20세기가 저물어가고 있다. 이즈음 사람들은 입을 열면 밀레니엄과 찬란한 21세기를 말하곤 한다. 그리고 대개 그 화두는 '세계화'이다. 그 길만이 인류의 길인 것처럼.

한데 돌아보면 20세기는 두 차례의 세계대전과 전자전쟁을 통해 이미 전쟁의 세계화를 거대하게 전진시킨 세기이다. 뿐만 아니라 경제의 세계화도 이미 금세기 중반에 세계금융경제체제가 굳어지면서 이미 이루어져 버렸다. 문화는 어떠한가. 그것도 이미 코카콜라, 햄버거, 할리우드, 그리고 올림픽을 통해 상업주의 문화의 세계화가 전면화되어 있다.

그렇다면 왜 '세계화'가 강조되는가? 세계(Globe)란 말에서 세계적(Global)이란 말로 발전시키고도 모자라 세계화(Globalization)라는 언술을 구사하는 것은 모든 것이 '세계적'인 것이 되었지만 그것은 현상으로 그렇게 된 것이지 진정한 세계화는 아니라는 의도가 숨겨져 있다는 뜻이 아닐까. 세계화를 낱말풀이 해보면 "세계적인 것으로 만든다"는 것일텐데 이미 세계적인 것을 다시 세계적인 것으로 만든다면 단순한 의미중첩인가. 아닐 터이다. 굳이 세계화한다는 것은 목적의식적으로 세계적인 것을 재편성한다는 의미일 터이다.

그렇다면 누가, 왜, 어떻게 세계화한다는 것인가? 그것은 이 지상에 형성된 지 200년 남짓한 미국이라는 국가가 세계적인 국가로 부상한 20세기 중반 이후부터 지금까지 이루어진 것을 향후에도 더욱더 공고히 하여 명실공히 세계의 지배자로 군림하기 위한 세계화라고 해도 과언이 아닐 것이다. 미국은 군사적으로, 경제적으로, 그리고 문화적으로 세계의 유일 패권국으로서의 위세를 굳히기 위해 '세계화'를 정착시키려 하고 있는 것이다. 세계화가 정착되면? 미국은 앞으로 그 나라의 역사보다 더 길게 세계를 지배할는지도 모른다. 미국 아닌 나라로서는 끔찍한 일이지만 말이다.

소련이 몰락한 것을 두고 "사회주의의 몰락"이라고 환치시키는 논리가 횡행하고 있다. 그리고 더 나아가 "자본주의의 승리"라고까지 밀어붙이고 있다. 아니다. 그렇지 않다. 이는 단지 강자의 편향이거나 해석 과장일 뿐이다. 새로운 밀레니엄은 몰라도 지난 밀레니엄을 돌아보면 흔히 군사력과 경제력이 강한 측은 자기 논리를 밀어붙여 왔었다. 따라서 동구권의 몰락은 자본주의의 승리라기보다는 사회주의 국가의 몰락 또는 사회주의 권력의 실패일 뿐이다.

이제 양극체제 해체라고 말할 수도 있는 군사력의 적대적 균형이 무너진 세계 군사판도에서 여전히 일극인 미국은 군사력의 '세계화'를 공고히 굳히기에 나서고 이를 견제하려는 하위 4대 핵 강대국과 핵 능력 보유국들 간의 판짜기가 다시 진행되고 있다. 경제적으로는 뉴라운드가 그것을 뒷받침하기 위해 진행되고 있다. 새로운 세기가 이런 패권경쟁으로만 치닫는다면 세계는 더욱더 심각한 '전쟁의 세계화'로 나아갈 것이다.

하지만 그것은 길이 아니다. 길은 다른 곳에 있을 것이다. 약화되어 의례화되어 버린 '비동맹운동'이나 멕시코 사파티스타, 이슬람 국가들, 중남미 국가들 등등 세계 도처에서 일어나고 있는 자주권 수호와 민주주의 인권 신장을 위한 제3세계 민중운동이 어떻게 세력을 형성하고 패권주의 경쟁에서 살아 남느냐에서 시사점을 찾아야 하지 않을까?

여기서 "평화란 무엇인가?" 다시 묻는 것이 새로운 세기의 화두가 되어야 한다고 생각된다. 세계 패권주의의 횡행에 맞서서 찾아야 할 평화란 과연 무엇일까? 구도의 길로서의 비폭력 불복종인가? 아니면 개구리가 소와 경쟁하는 몸집 부풀리기일까? 이것은 나 개인으로서의 화두이지만 누구나 이 화두를 잡고 답을 찾는 길에 함께 나섰으면 하는 바람을 이 세기말 우울한 저녁에 가져본다. 전쟁의 세계화 시대에 평화의 세계화를 이루는 길은 어디에 있는가?

— 1999년

통일의 큰길을 열어가려면
감옥 문부터 활짝 열어야

　정부는 김대중 대통령 취임에 즈음한 경축사면을 단행하였고, 이를 "건국 이래 최대의 사면"이라고 발표하였다. 이번 사면 석방조치로 작가 황석영과 박영희 시인, 범민련 남측본부 강희남 목사, 진관 스님, 방북으로 구속되었던 서경원 전 의원, 31년 복역 장기수 신인영 선생, 김구 암살범을 응징 살해한 박기서 씨 등이 감옥에서 풀려났다. 이들 석방된 분들 모두가 역사 앞에 자기 생을 던진 고귀한 분들임은 두말 할 필요가 없겠고 이 분들의 석방은 무어라 말할 수 없이 기쁜 일이다.

　하지만 정부의 이번 사면조치를 보면서 매우 깊은 실망을 느끼지 않을 수 없다. 국민 모두가 새 정부 출범에 맞춘 이번 사면은 이전의 그 어떤 경우와 비교할 수 없이 대폭적일 것으로 예상하고 있었음에도 불구하고 결국 구태의연한 사면기준에 얽매여 그저 그런 정도에 그치고 말았기 때문이다. 양적으로는 법무부장관의 표현대로 "경축사면 사상 최대규모"인지는 몰라도 교통법규 벌점 해제까지를 끼워 넣은 것은 누가 보아도 '풍선 부풀리기'일 뿐이다. 사면의 핵심인 양심수 석방이 체면

치레에 그쳤다고 느끼지 않을 수 없다.

국가와 민족의 현재와 미래를 위한 의견(갇힌 자의 경우 자기 양심의 명령에 따른 확신)의 차이를 양해하고 대화의 가치를 인정하며 그 모든 의견들이 역사 발전의 에너지가 되도록 합심한다는 의미가 담길 때 비로소 사면의 참뜻이 살아날 터이다. 사면권이 대통령의 고유 권한으로 위임되어 있는 것도 대통령 개인의 견해만을 위해서가 아니라 국민의 권한을 대리 행사하라는 뜻이 담겨 있는 것이고, 따라서 이번 정권교체를 이루어낸 국민의 뜻을 새 정부가 충실히 반영하는 것은 '은전'이 아니라 '의무'일 터이다.

김대중 정부의 출범은 단순한 지역패권의 교체가 아니다. 김대중 정부의 출범은 실로 특정 지역이나 계층, 또는 특정 정치세력의 집권이라는 한계에 머물러서는 안된다는 것이 대다수 국민들의 염원인 것이다. 비록 선거 당시 지지율이 40퍼센트 수준이었다고 하여도 당선이 확정된 순간부터 지지율이 급상승한 것은 김대중 대통령이 지금 이 시기에 난국을 극복하고 우리나라 우리민족을 위해 획기적인 대전환을 이루어낼 것이라는 기대감을 반영하고 있는 것이다. 그것이 정권교체를 이루어낸 국민정서의 근저일 것이다.

지금 국민들이 김대중 정부에 거는 기대가 단지 IMF환난 해결에만 머물고 있지 않다는 것은 분명히 김대중 정부의 요직을 맡은 개혁의 주체들이 그 누구보다도 더 잘 알고 있는 사실일 터이다. 그런데 왜 '국민 대화합'을 내걸고 출범한 김대중 정부의 첫 사면조치가 이 정도에 그치고 말았는지 반문하지 않을 수 없다.

진정 국민이 기대한 것은 당선 직후 김영삼 전 대통령과 전두환, 노태우 석방을 합의한 그 파격에 상응하거나 그것을 능가하는 "더 큰 대화합"이라는 것이다. 지금 우리에게 필요한 것은 지역화합을 뛰어넘는 '국민대화합', 국민대화합에 기초한 '민족대화합'이다. 광주학살과 국정파괴, 인륜파괴의 원흉들마저 과감히 석방할 수 있는 결단력이라면 대통령의 통큰 정치를 보여줄 만큼 대폭적인 사면 석방이 이루어져야 한다는 것이다.

김대중 대통령은 민주주의와 인권, 통일에 대한 확고한 신념과 실천으로 8차례에 걸쳐 노벨평화상 후보로 추천되기도 했거니와 취임과 함께 대통령 자신이 남북관계를 획기적으로 진전시킬 조치를 재천명한 바 있다. 그것은 바로 '남북기본합의서'의 실제 이행이다.

김대중 대통령이 당시 야당의 지도자로서 그 누구보다도 중요성을 강조하고 국회 비준을 통해 그 위상을 격상시키고 실질적인 시행의 근거를 확보해야한다고 주장했고, 이제 대통령으로서 '남북기본합의서'의 실천을 무엇보다 강조하고 있는 것은 남북관계를 풀어나가는 큰 맥락을 정확하게 포착한 것으로 본다. 이것이 대통령의 확고한 신념이라면, 그리고 이를 북쪽의 지도자 김정일과 함께 이를 실제로 실천해낸다면, 우리 민족의 역사는 평화와 통일의 길로 성큼 들어서게 될 것이다.

기본합의서를 실행하고 남북정상회담을 추진하겠다는 김대중 대통령의 의지가 번복될 것이 아니라면, 기본합의서와 정면 배치되고 대화의 상대를 적으로 규정한 국가보안법은 당연히 폐기되고 진정한 국가보안을 위한 새로운 법으로 대체되어야 할 것이다. 그리고 동시에 과거 반공법을 위시한 남북대결법규 분단고착법규에 의해 단죄된 평화통일운동 관련 인사와 장기수, 한총련 관계 학생, 수많은 노동자 등 모든 양심수의 '제한 없는 전원석방'은 당연한 것이다.

정부는 이번 사면, 석방에서 제외시킨 또 다른 양심수들을 제한 없이 서둘러 사면, 석방해야 할 것이다. 단순히 법의 테두리에 얽매이기 보다는 김대중 대통령의 통치이념을 내외에 증거할 만한 대폭적인 조치가 필요하다. 평화통일을 위해 앞장섰다는 역사적 행동 때문에 옥고를 치르고 있는 김낙중 선생을 포함한 평화통일운동 관련 인사와 분단의 피해자인 장기수, 실수가 있었을지라도 젊은이의 충정으로 민주주의와 통일을 외쳤다는 이유만으로 무더기로 갇혀 있는 학생들, 진정한 민주주의와 노동인권을 위한 그 확고한 신념과 실천 때문에 구시대적인 악법에 묶인 박노해, 백태웅 등 이른바 '조직사건' 관계자들과 노동자들을 즉각 추가 석방하고 사면해야 한다.

법무부장관은 이번 사면조치를 발표하면서 "재범의 우려가 있는 자, 앞으로도 체제전복 활동을 할 우려가 있는 자는 제외했다"고 덧붙였다. 그러나 정부당국에 다시 묻고 싶다. 지금 옥중에 있는 양심수 중에 과연 "체제전복을 재범"할만한 사람이 정말 있는가. 만일 이른바 '체제전복'이라는 명목을 씌워서 제외할 그 어떤 양심수가 있다고 주장한다 하더라도 그가 꿈꾸고 실현하려는 것은 실로 '체제전복'이 아니라 민주화의 대폭적인 진전 즉 "민주대개혁"일 터이며 우리 민족의 통일 즉 "민족대화합"일 터이다. 이 같은 '시대의 양심'을 사면 석방에서 제외한다면 이는 "과거의 사고에 갇힌 과거의 통치" "대화합 대진전 의지 결여"의 증거라고 짐작할 수밖에 없을 터이다.

예컨대 김낙중 선생, 손병선 선생 같은 이들은 이른바 "이선실 간첩단사건"에 연루되어 옥고를 치르고 있다. 이 두 분은 평생을 이 땅의 평화와 평화로운 통일을 위해 몸 바쳐 온 분들이다. 김낙중 선생은 우리 '평통사'의 전신인 '평화통일연구회'의 대표로, 손병선 선생은 역시 우리 평통사의 전신이라고 할 '반핵평화운동연합' 의 대표로 활동해 오신 분들이다. 이 두 분이 활동의 중심을 민중당이라는 정치운동으로 옮기신 후 이른바 간첩사건에 '연루' 되었다는 발표에 많은 사람들이 의문을 품어왔던 바인데 이번 '북풍수사' 와 함께 그동안 전가의 보도처럼 휘둘러왔던 국가안전기획부의 "국가불안기획" 의 하나였을 가능성이 농후해졌다.

국가안전기획보다도 간첩이나 국가보안법 위반자의 존재가 국가안전기획부의 더 안전한 존재 근거였기에 없으면 만들기라도 해야 자기 존재 근거가 만들어졌다는 반증들이 속속 드러나고 있다. 활동의 양태는 다를지라도 여당 야당 등 국회의원을 포함한 다수의 정치인들이 이 사건의 연루자들이다. 두 분과 이들 정치인의 차이는 '과거 정권의 법테두리' 를 벗어나 있느냐 아니냐 뿐이다. 따라서 각종 '조작사건' 들에 대한 새 정부의 과감한 결단이 필요하다는 점을 강조하고 싶다.

또한 노동해방시인 박노해, 사노맹 백태웅씨 같은 경우를 포함한 노동운동, 민주화운동 관련자들의 석방되지 않은 것도 구시대적인 발상의 한계라는 점을 지적하고 싶다. 알려진 바로는 이번 사면이 구 정부의 법무관료들이 작성한 초안을 거의 그대로 시행했다고 한다. 그리고 이들에게 '사상전향' 을 요구한 것은 "부끄러운 일제의 유산" 이라고 〈한겨레〉 사설은 짚고 있다. 우리는 1970년대 양심수에 대한 끔찍한 사상전향 테러를 알고 있다(이를 작품으로 형상화했던 작가 김하기씨도 취중방북으로 구속되었다가 이번에 석방되었다). 도대체 무엇을 바라고 있는 것인가. 구시대 '반공, 독재세력' 에게 항복문서를 내주지 않고는 노동인권 민주주의 진보적 양심은 석방될 수 없다는 말인가.

백태웅 씨는 담담히 말하고 있다. '나라를 바로세우는 일에 진보의 창조적 에너지를 적극적으로 활용할 줄 아는 대통령이 되어 달라"고. 나는 남쪽의 민주적 진보야말로 통일로 가는 참다운 도정이라고 믿는다. 아울러 통일 이후의 민주복지국가를 이루는 필연적 토대라고 생각한다. 흔히 1980년대에 '민주' 와 '통일' 을 순서라고 보았던 관점들은 이미 극복된 지 오래다. 그것은 동시적인 것이다. 나는 박노해 시인 같은 진정성, 시대의 양심이 자유로울 때 비로소 민주주의도 발전하고 통일도 이루어진다고 믿는다. 아니 백태웅 같은 젊은 지도자가 일하지 않고는 그 모든 것이 답보할 것이라고 생각한다.

참으로 따스한 사람의 향기를 가진 이 모든 양심수들이 '사람 사는 아름다운 사람의 나라' 를 만들어갈 힘을 모을 수 있도록, 열띤 토론도 하고 뜨거운 단결로 새로운 미래를 열어나갈 수 있도록 감옥 문을 활짝 열어야 한다. 지금처럼 민족 전체가 위난에 처한 때에는 그어느 때보다도 민족역량의 총 결집이 절실하다. 실로 남쪽의 외화국난, 북쪽의 식량국난을 극복하고 민주주의 진전과 평화적인 민족통일의 큰 길을 열어나가려면 감옥문부터 활짝 열어야 한다. 휴전선에 가로놓인 분단장벽, 사람들 사이에 가로놓인 갈등의 장벽을 헐어내기 위해선 마음속에 있는 분단 장벽부터 헐어내야 한다.

'과거의 논리' '과거의 법' 에 의한 피해자였던 대통령 자신이 이제 통치자가 된 만큼 민주주의와 인권, 통일의 동지들을 '과거의 테두리' 에 매여 있도록 방치한다면 어떻게 과거로부터 자유로울 수 있으며 미래로의 전진이 있을 수 있겠는가. 다시 한 번 생각의 폭을 넓히길 촉구한다. 이번 사면조치에서 제외된 양심수를 전원 제한 없이 석방하여 대통령의 확고한 국민대화합, 민족대화합 의지를 확고히 증명해야 할 것이다. 법무부장관이 말한 다음번 "8 · 15 추가사면"을 지켜보고 싶다.

8·15 그날, 일제로부터 해방된 그날의 감격처럼 모든 양심수들이 구시
대로부터 해방되는 감격을 가슴에 안고 싶다.

— 1998년 3월

국가보안의 지름길은
국가보안법 철폐로부터 열린다

1.

권력은 달콤하다. 벌꿀을 훔쳐 먹다가 온통 밤송이가 되어도 그 달콤함을 참을 수 없어서 곰은 미련퉁이가 되고야 만다. 단순한 기억력의 문제가 아니다. 권력은 처참하므로 더 달콤하다. 한 번 권력을 잡자면 아버지든 어머니든 형제든 아내든 자식이든 "적"이다. 그러므로 권력 주변에는 항상 웃음이 그치지 않는다. 그 피 비린내 나는 싸움의 음모를 감추기 위한 웃음이 권력인간의 얼굴을 포커페이스로 만들어 버린다. 이것이 권력이 인간을 파괴하여 정신분열로 몰아가는 권력 자체의 마력이다. 이것은 호랑이가 발톱을 숨기는 것보다도 훨씬 자기 정체성 파괴이다. 호랑이는 본능에 따라 사냥의 지혜를 발휘하는 것으로도 해석할 수 있지만 인간도 그렇다고 할 수는 없지 않은가.

권력을 탐내는 인간은 수백만 수천만 수억 분의 일에 불과하니 말이다. 권력은 자기 정신과 자기 전체를 파괴함에도 불구하고 권력자는 끊임없이 권력을 탐닉한다. 그러면 권력은 마약과도 같은 것인가. 아니다. 마약은 다만 물리화학적일 뿐이다. 권력과 마약의 차이는 마약중독자는 약에 취해 살인을 저지를지라도 적이기 때문에 죽이는 것이 아닌데 비하여 권력중독자는 권력에 취해 살인을 저지를 때 적이기 때문에 죽인다는 것이다. 이것이 국가보안법의 탄생과 존재 이유이다.

나라가 반쪽이 나고 형제를 전쟁터로 몰아넣고 형제의 가슴에 총을 쏘아대면서라도 권력을 잡으려는 욕심은 50여 년 전 이 땅에 반쪽 정권, 정신적으로 육체적으로 병신인 정권을 만들고야 말았다. 그리고 자동적으로 다른 반쪽을 적으로 규정하는 법을 만들고, 마녀사냥을 해서라도 법의 존재를 과시하고 법의 힘을 키움으로써 권력을 키웠다. 그것이 결국은 부메랑이며 자기 파괴의 길임에도 그것조차 미화시켜가면서, 절대권력을 키워가다 보니 그들은 절대고독에 빠지고야 말았다.

권력자가 방귀를 끼니 "시원하시겠습니다"라는 아부가 결국은 아부자와 권력자의 인간성을 모멸적으로 파괴함으로써 자기로부터의 소외로 접어드는 것을 그들 권력중독자들은 몰랐다. 심복의 총에 맞아 죽고야말고도 "난 괜찮아"를 유언으로 남긴 그 권력중독자와 추종자들…… 그 후로도 권력은 권력자를 중독시켜 왔다.

그들은 끝내 '권력보안법'을 놓지 못했고, 못하고 있다. 자기 패거리들 아니면 적으로 몰아대는 법 말이다. 그리하여 정권이 바뀔수록 국가보안법으로 감옥에 갇히는 진짜 사람의 숫자는 늘어갔다. 군부정권에서 문민정권으로 바뀌고 늘어났고, "문민정권"에서 "국민의 정권"으로 바뀌고 늘어났다.

2.

냉전구조 분단체제의 가장 상징적인 무기요 가장 구체적인 총구인

국가보안법은 북쪽을 "적"으로 규정하고 있다. 그러나 그 "적"은 북쪽만이 아니다. 권력자에 대한 비판자나 반대자는 모두 이 법에 의해 적이므로 남쪽의 민중들은 모두 "적"이거나 또는 적이 될 수 있거나 되게끔 되어 있는 "적 후보자"이다.

이것이 국가보안법의 독소이다. 실제로 이 법으로 얼마나 많은 민중들이 "만들어진 적"이 되어 희생되어 왔던가. 정말 쥐도 새도 모르게 죽어가서 그 법으로부터 자유로워진 의문의 죽음들, 이 법에 의해 사법살인을 당한 죽음들은 이 땅의 원혼으로 떠돌고, 이 법에 의해 평생 갇힌 억울한 양심들은 아직도 차가운 감방에서 또는 수배의 뒷골목에서 푸른 하늘을 꿈꾸며 자유의 날을 손꼽고 있지 않은가.

참으로 이 법이 얼마나 엉터리 "코걸이 귀걸이 법"인지는 우스꽝스런 한 마디로 입증되었다. "막걸리 국보". 그 억울함의 크기를 알면서도 우리는 웃어왔다. 우리의 그 웃음은 이 법과 이 법을 둘러싼 모든 위선(爲善)과 위악(僞惡)과 모순과 비리에 대한 냉소였다. 우리는 이 웃음을 더는 웃고 싶지 않다는 것을 권력자도 더듬어 깨달을 수 있기를!

3.

국가보안법 철폐의 당위성을 따분하지만 반복해보자. 이 법의 존립을 주장하는 그 어떤 주장도 이제 그 논거를 잃어버린 지 오래이니 그에 대한 비판을 절약하자.

이제 국제 인권기구나 인권단체가 우리 나라를 비난하고 비웃는 것을 모른 채 외면해온 당국자들에게 다시 그 말을 반복하지는 않더라도 최소한의 반추라도 해보자. 그들이 그리 잘났다 할 수는 없더라도 말이다. 우선 기왕 그게 옳은지 그른지도 모르고 덮어놓고 "세계화"라는 구호와 추세를 몰아쳐 가려면 그 뒷면에 그나마 그림자처럼 남아있는 서양식 민주주의 이념 정도는 취해야 할 것이다.

서양에서 민주주의란 무엇인가. 적극적이고 애정이 담긴 것이기보다는 적대적인 관계일지라도 공존할 수밖에 없다면 상호인정하자는 소극적 사고에서 출발한 것이 아니던가. "이교도(異敎徒) 인정" 말이다. 거기서 사상의 자유라는 근거는 시작된 것이 아닌가. 이 정도라도 취해야 하지 않겠는가.

이른바 "햇볕정책"이 아니라도 남북 관계는 변화의 흐름으로 가고 있다. 북미관계가 냉탕과 온탕을 오간다 하더라도 각자의 "필요와 요구"의 접점은 분명히 있으므로 통로를 여는 쪽으로 진전시킨다면 코리아반도는 평화의 방향으로 가지 않겠는가. 그렇지 않다면, 그런 길로 가도록 코리아민족의 힘으로 역사를 추동해 가야만 할진데 전쟁에서 평화로, 대결에서 화해로, 분단에서 통일로 가는 길을 가로막는 국가보안법은 제거되어야만 하지 않겠는가.

더욱이 남북 민중은 공히 경제난으로 고통받고 있는 현실을 타개하는 하나의 방안은 평화군축이고 그 출발점에서 역시 국가보안법이 가로놓여 있으니 이를 해결하는 것은 민중생존권 보장의 첩경이기도 할 것이다.

4.

국가보안법을 철폐할 당위성을 새삼 반복할 필요가 없다면 철폐방안이 문제일까. 물어보자, 어떻게 하면 국가보안법을 철폐할 수 있는가. 여태껏 민중들이 권력자에게 깨우침의 외침을 주었어도 깨우치지 못했는데 길은 있는가. 그렇다. 그래도 있다. 권력자가 그 법의 철폐를 선언

해버리는 간단한 길이다. 그 다음은 뒷마무리일 뿐이다. 아, 그때 양심수는 감옥으로부터 풀려나 자유로워지리라. 아니 그 무엇보다도 권력자가 자유로워지리라. 진정으로 자기 파괴로부터 자유로워지리라. 권력 중독으로부터 자유로워지리라.

한마디로, 국가보안법 철폐만이 국가보안의 외길이다. 국가보안법을 철폐하면 국가보안법 철폐운동이 철폐된다, 자동적으로. 이제 누구도 더는 "국가보안법 철폐!" 구호를 외치고 싶지 않다. 그냥 국가보안법이 없으면 국가보안법에 의해 국가의 적으로 규정된 민중들도 없다. 그냥 민중이다. 건강하게 일하고 성실하게 세금내고 충성스럽게 국가보안을 지키는 민중으로 존재하게 되는 것이다.

권력자가 자기소외로부터 자유로워지고, 양심수가 감옥으로부터 자유로워지고, 민중들이 질곡으로부터 자유로워지는 지름길, 국가보안법! 이제 더 망설이지 말자. 무조건 없애자. 그리고 그 다음을 생각하자. 무엇이 두려운가. 잃을 것이 보이지 않는 데 비해 얻을 것이 지천으로 보이는데 무엇을 망설이고 있는가. 평화의 길이 보이고, 화해의 길이 보이고, 통일의 길이 보이고, 민중생존의 길이 보이는데 무엇을 망설이고 있는가. 국가보안법을 철폐하면 국가보안의 길이 열리고 그 길은 환하고 밝은 길이다. 가자, 국가보안법 없는 국가보안의 길로.

— 1999년 5월

김대중정권의 '햇볕정책' 평가와
차기정권의 통일정책 과제

1. 들어가는 말 : "민족은 위대하다"

2000년 6월 15일, 그날 7천만 겨레는 벅찬 감동의 물결에 휩싸였다. 실로 분단 50여 년 만에 평양 순안공항에서 남북 정상이 서로 껴안는 모습은 그 어떤 장면보다도 감동적이었다.

그리고 6·15 남북공동선언은 분단에서 통일로 넘어가는 확고한 이정표로 세워졌다. 7·4남북 공동성명, 남북기본합의서에 이어 역사적 의미를 다지는 민족 내부 합의문인 것이다.

그 후 2년 동안 평양에서, 서울에서, 그리고 금강산에서 민간통일 행사가 이어졌고 부문별 교류와 회합이 확대되어 왔으며 민족대단결에 일정한 진전과 성과들이 있었다.

특히 미국 부시정권의 등장과 함께 경색된 코리아반도의 정체가 최근 급물살을 타며 대화의 물꼬가 터지고 다양한 화합과 행사가 전개되고 있다. 장관급회담, 경제협력추진협의회의, 적십자회담, 군사실무회담, 철도연결 실무회의, 그리고 남북 통일축구대회, 아시아경기대회 공동입장, 남북 여성대회, 남북 청년학생대회 등이 열리거나 예상되어 있다.

이런 일련의 흐름들을 보면서 우리는 실로 민족의 힘은 위대하다는 것을 새삼 확인하게 된다. "대~한민국"에서 "통~일조국"으로 이어지는 응원구호에서도 느끼듯 동질성을 확인하고 하나가 되려는 의지를 다질 때 그 에너지가 얼마나 큰가 하는 것을 여실히 확인하고 있는 것이다.

'통일기'를 앞세운 축구 선수들이나 응원하는 관중들이나 모두 '맞장구'를 쳐야 그 울림이 더욱 커진다는 것을 가슴으로 느꼈고, 느끼게 될 것이다. 남북의 동포들이, 또 정권이 서로를 위해 맞장구를 쳐주면 그것은 바로 함께 사는 길이라는 실감은 민족통일의 큰 물줄기로 접어들고야 말 것이다. 그것이 이른바 '공동승리(Win—Win)'의 길일 것이다.

이것이 통일의 길이다. 김대중 정부의 통일정책은 나름의 성과를 가져왔다. 그러나 그것은 당연히 김대중 정부만의 성과가 아니다. 과거 정부에 비해 상대적으로 강한 통일지향 정책을 펴온 김대중 정부의 성과는 상대자인 북측 정권의 호응과 함께 상승적으로 발현된 것이라는 점에서 '공동승리'라는 말을 다시 쓰게 된다.

이 글에서는 김대중 정부가 역대 정권에 비해 '통일'을 말보다 실천으로 하려는 노력을 보여온 것을 그만큼의 성과로 평가하면서, 동시에 더 큰 진전을 이루지 못한 한계를 평가해보고자 한다.

아울러 이 글이 하나의 논문이나 논설이기보다는 평설(評說)의 형식으로 쓴 점을 미리 양해를 구한다. 아직 김대중 정부의 임기가 남아 있고, 최근 급변하는 코리아반도의 정세를 예단할 시점이 아닌데다 대통령 선거를 예측하기 어려운 만큼 차기 정권이 어떤 정권이 될지도 예측하기 어려우므로 종합적이고 정리된 평가와 주문은 좀 이르기 때문에 평설의 형식을 취하는 것이 적절하다고 보기 때문이다.

2. 김대중 정권 '햇볕정책' 의 성과

1) '햇볕정책' 의 일관성을 의미 있게 평가한다

김대중 정부의 통일정책은 역대 반북 군사독재정권이나 김영삼 정부와 매우 다른 특성을 갖고 있다. 군사정권은 논외로 하고 김영삼 정권과 단적으로 다른 점은 '일관성' 이라 할 수 있을 것이다.

"민족이 동맹보다 우선" 이라는 매우 통쾌한 말로 시작한 김영삼 정권은 냉탕—온탕을 오락가락하면서 오히려 노태우 정권 때보다도 퇴보하고 말았던 데 비해, 김대중 정권은 "과속" 이라는 비판과 "정체" 라는 비판을 동시에 안으면서 나름대로 일관된 태도를 견지했다고 볼 수 있을 것이다. 그리하여 북측의 호응이 맞물려 거둔 성과이지만 후한 점수를 받을 만한 성과를 거두었다고 볼 수 있다.

김대중 정권의 이른바 '햇볕정책' 을 독일 빌리 브란트 정권의 '동방정책' 에 비견하는 학자도 있지만 아직 그만한 평가를 받을 단계는 아니라고 본다. '동방정책' 정도로 평가되려면 향후 통일정책이 진폭 없이 말 그대로 '통일' 을 이루기 위한 현실적 토대를 쌓아나가야 하기 때문이다.

2) '햇볕정책' 은 '통일정책' 이기보다는 '평화정책' 이다

여기서 김대중 정부가 표방한 '햇볕정책' 의 골간을 살펴보자.

‘햇볕정책’을 통일부에서는 ‘대북화해 협력정책’이라는 공식적인 용어를 사용하고 있으며 ‘통일정책’이라기보다는 ‘대북정책’이란 용어를 사용한다. 또 다른 용어로는 ‘대북포용정책’이라고 부른다.

그 목표는 “평화와 화해협력을 통한 남북관계 개선”이며 추진원칙으로는 “(1)한반도 평화를 파괴하는 일체의 무력도발 불용 (2)일방적 흡수통일 불추구 (3)남북간 화해협력의 적극 추진”으로 삼고 있다.

필자가 보기에 ‘햇볕정책’의 핵심은 이렇다.

‘통일’을 지향한다고 표방하고 있으며, 통일을 위해 노력하고 있는 측면도 많이 있기는 하지만 엄격하게 말해서 ‘햇볕정책’은 ‘통일정책’이 아니라 ‘평화정책’이라는 것이다.

김대중 정부는 “평화교류, 평화정착, 평화공존”을 강조한다. 실제로 서해교전 등 몇 차례의 군사적 긴장과 충돌에도 불구하고 김대중 정권은 ‘인내’했다.

또 군사회담을 통해 군사적 신뢰구축을 시도하고 있고 경의선 철도 복원을 위한 비무장지대 일부 개방 실현을 눈앞에 두고 있기도 하다. 뿐만 아니라 남북 정상회담 당시 ‘공동선언’의 초안에는 2항이 “평화”를 주제로 했던 점도 확인할 필요가 있다.

당시 ‘공동선언문’을 발표하려고 롯데호텔 프레스센터에 모인 기자들, 특히 방송사가 앞질러 발표한 내용은 2항의 ‘통일방안’이 아니라 ‘평화’였다. 물론 최종 합의되어 발표된 내용은 우리가 아는 바대로 “남측의 연합제 안과 북측의 낮은 단계의 연방제 안이 서로 공통성이 있다고 인정하고 앞으로 이 방향에서 통일을 지향시켜 나가기로 하였다”이다.

2항이 어떤 경위로 결정되었는지는 확인할 수 없어도 최소한 김대중 정권은 '평화'를 염두에 두고 정상회담에 임했다고 보아야 할 것이다.

3) '6·15 공동선언'은 '민족자주 통일선언'이다

김대중 정권의 지향과 목표, 실천의 의도가 위와 같은 한계를 갖고 있음에도 불구하고 남북 정상회담에서 남과 북은 첫 만남답게 의의 있는 합의를 이루어냈다.

그 내용의 골격은 1항의 "우리 민족끼리 서로 힘을 합쳐 자주적으로 해결해 나간다"는 것과 2항의 "통일방안이 서로 공통성이 있다고 인정하고 앞으로 이 방향에서 통일을 지향시켜 나간다"는 것이다.

이를 다시 한마디로 압축하면 "민족자주 통일지향"이라 할 것이다. 이것은 단지 선언적 의미만이 갖는 것이 아니라 실천적인 의미를 함께 갖고 있다고 생각된다.

'7·4공동성명'과 '남북기본합의서'가 대리인에 의한 합의인데 비해 '6·15 공동선언'이 남북 정상의 직접적인 합의라는 점을 낮게 평가할 이유가 없다고 본다.

남북 정상이 직접 만나 7천만 겨레의 염원을 담아 당당하게 합의 한 것은 '분단거부, 탈냉전, 자주통일'이라는 민족사의 흐름을 잡아나가는 단초를 열어낸 것이다. 앞으로 김정일 위원장의 서울 방문(또는 제3의 장소에서)으로 제2차 남북 정상회담이 성사되어 공동선을 더욱 심화, 발전시켜 나가야 할 과제가 남아 있지만 이토록 첫걸음을 크게 내딛은 것은 응당 높이 평가하여야 할 것이다.

4) '6·15 공동선언'은 교류협력과 화합의 물꼬를 열었다

6·15 공동선선 3, 4, 5항의 교류협력이 실제로 일정한 진전을 가져

온 것을 의미있게 평가해야 할 것이다.

남북 정상회담 이후 미국의 간섭과 김대중 정권의 예속으로 결정적 한계를 갖고 있긴 하지만 올해 중반부터 북측의 대내외 정책의 변화와 함께 북-미, 북-일, 남-중, 남-러, 북-중, 북-러 관계까지 급변하는 정세와 더불어 남-북 관계는 급격한 진전을 이루어 나가고 있다.

우선 장기수 송환이 이루어진 것과 이산가족 상봉이 진전되고 있으며, 민간 교류가 진전을 이루고 있는 점은 김대중 정권의 등장과 더불어 역대정권과는 다른 큰 발전이 이루어졌다고 평가할 수 있을 것이다. 예컨대 김영삼 정권 때 장기수 이인모의 송환이 이루어진 것을 획기적인 것으로 보았던 것과 비견해 볼 수 있을 것이다.

금강산 관광을 빼고도 인적 교류는 양적으로 크게 확대되었는데 이 또한 중요한 진전이라고 볼 수 있다.

아울러 아직 실현이 지연되고 있어 차기 정권의 향배에 따라 불투명한 상태이지만 경의선 복원, 개성공단 조성 등의 경제협력이 개시된 것은 대단한 진전의 시초라 할 것이다. 남, 북 모두에게 필요한 경제적 교류와 협력 사업들은 결국 분단비용을 줄이고 통일비용을 축적하면서 군사적 신뢰로 발전되어 가면서 동북아경제체제에서 우리 민족이 중요한 위상을 찾아나가는 토대가 될 것이다.

이 같은 성과들은 김대중 정권 단독의 성과라고 평가할 수는 없지만 김대중 정권의 전향적인 대북정책인 '햇볕정책'은 일정한 의미와 성과를 가져온 것으로 앞으로 통일로 가는 길에 나름의 디딤돌 역할을 할 것이다.

3. 김대중 정권의 '햇볕정책'의 한계

1) "햇볕정책"은 오만하다

김대중 정권이 대북정책을 '햇볕정책'이라 부르는 것은 상대방인 북측을 자극하는 오만한 용어라는 점을 다시 확인해두자.

김대중 대통령은 "옷을 벗기는 것은 바람이 아니라 햇볕"이라는 이솝 우화를 인용해서 "햇볕정책"이란 용어를 구사해왔다.

그러나 이 말은 북측 입장에서 매우 오만하거나 예의 없는 것이라고 생각할 수 있다. 왜 옷을 벗어야 하는지도, 그 옷의 어떤 것인지도 역사적으로나 철학적으로나 외교적으로나 정의가 일방적일 수밖에 없는 것인데다 옷을 벗긴다는 것도 일방적인 것이다.

김대중 정권은 북측이 개혁, 개방에 나서야 하고 변화해야 한다는 뜻에서 이런 용어를 구사하고 있다. 물론 이 용어에는 방법론에서 강경정책보다는 유화정책이 더 효과적이라는 뜻도 담고 있다. 그러나 불순한 의도가 담겨있다는 점도 간과할 수 없다.

이른바 '연착륙'(Soft-Landing) 논리가 결국은 북측 정권의 변화 또는 붕괴를 목표로 한다는 것은 여러 논의들에서 밝혀져 왔거니와 상대방을 쓰러뜨릴 의도를 가진 채 화해, 협력, 평화, 통일을 운위한다는 것 자체가 대단한 결례임은 물론 진의를 의심케 하는 것이 아닐 수 없다.

2) '햇볕정책'은 '분단고착 평화정책'이다

앞에서 필자는 햇볕정책을 통일정책이 아닌 평화정책이라 했는데, 그러면 실제로 김대중 정권의 대북정책은 어떤 '평화정책'인가.

그것은 김대중 정권의 용어를 빌리면 '분단관리' 평화정책이다. 김대중 정권의 인식은 "북한의 대남 적화통일노선에 아직까지 근본적 변화가 없고…"(『통일백서』), "2001년 미국의 부시 행정부 출범과 반테러

전쟁 등 국제정세의 변화가 남북관계에 영향을 미쳐"(『통일백서』 발간사) 현정세는 아직 통일로 가기가 험난하므로 우선 평화를 정착시켜야 한다는 것이다.

여기서 우선 '평화'와 '통일'을 분리시켜 사고하는 김대중 정권의 인식의 한계를 결정적으로 읽을 필요가 있다.

통일은 다음이고 우선 평화를 지켜야 한다는 것은 매우 현실적인 논리인 것처럼 보이지만 실제로는 분단을 고착시키는 논리다. 평화만 온다면 통일하지 않고 살아갈 수 있다는 것에 다름 아니다. 게다가 지금은 남북 격차가 커서 통일비용이 많이 소요되므로 통일의 시기를 늦춰야 한다는 관변학자들까지 등장하고 있다.

'평화'와 '통일'의 상관관계, 그 역동적인 운동법칙을 무시하고 '평화' 그것도 결정적인 결함을 내포하고 있어 진정한 의미의 평화가 될 수 없는 평화를 우선하는 '햇볕정책'은 결국 통일에 있어 스스로 발목을 묶고 걷는 정책일 뿐이라 할 것이다.

또한 김대중 정권의 '평화' 정책은 결정적인 결함을 가지고 있다.

바로 외세의존이다. 군사적으로 전쟁을 지향하는 미국에의 예속이라는 굴레를 벗어나지 못한 평화정책은 '군사적 대북 억제정책'일 뿐이다. 아직도 우리의 『국방백서』는 북측을 '주적'으로 규정하고 있는 것이 이를 반증하고 있고, 부단한 미국산 무기도입과 전쟁훈련은 이를 확증한다.

3) '햇볕정책'은 미국 예속의 굴레에 매인 정책이다

미국의 대북정책은 이른바 '포용정책(Engagement policy)'이라는 용어를 구사하고 있는데 영어가 짧긴 하지만 이 번역이 맞는 번역인가 계속 의심을 거둘 수가 없다. 아마도 '개입정책' 이 더 맞는 번역이 아닐까 생각한다.

필자는 단지 용어의 번역문제라기 보다 미국이 다양하게 구사하는 용어에 의한 기만술책을 대변하는 세력의 농간이 이 용어에 담겨있다고 본다. '미사일방어 계획' (MD=Missile Defense)라는 용어에서도 공격을 방어라고 뒤집어서 말하고 있는 것이 단적인 예다.

이런 관점에서 필자는 미국의 대북정책은 한마디로 '무력개입정책' 이라고 규정한다. 미국은 북측을 포위하고, 경제적으로 봉쇄하고, 군사적으로 억압하면서 핵 문제, 미사일 문제를 풀어나가려 한다. 아무리 이런저런 포장을 한다고 하더라도 본질은 하나다.

특히 부시정권은 등장 이후 북을 "불량국가" 에 포함시켜두고 "악의 축" 이란 폭언을 하면서 〈5027작전계획〉을 업그레이드 해가면서 북을 전쟁주의의 희생양으로 인질 잡고 있다.

문제는 김대중 정권의 정책이다. 한미 정상회담에서 김대중 대통령은 부시로부터 "이 친구(This Guy)라는 모욕적인 호칭을 받았다. 문제는 호칭이 아니다.

그 후 김대중 정권은 미국의 코리아반도 정책에 내내 휘둘렸다. 올해 북측의 전방위 외교에 따라 남북 관계가 풀려나가고 있긴 하지만 그것은 김대중 정권의 주도하에 진행되는 것이 아니다.

'6·15 공동선언' 에서 "우리민족끼리 자주적으로 해결"하기로 하고도 여전히 한미일 삼각 군사동맹이라는 굴레에서 벗어나지 못하고 있는 것은 김대중 정권의 결정적인 한계이다. 약소국으로서의 한계라는 조건을 감안하더라도 그렇다.

도대체 무엇이 발목을 잡고 있길래 차세대 무기 도입사업에서 미국

의 일방적인 강매에 끌려 다니며, 한미행정협정의 개정에서 미국의 일
방적인 독선을 용납하고 굴욕적인 관계를 벗어나지 못하는지, 답답하
고 한심한 일이다.

4) '햇볕정책'은 수구세력 눈치 보기 정책이다

김대중 정권은 초기에 매우 과감한 측면을 가지고 있었다. 적어도 그
것이 노벨평화상 수상용이 아니라면 말이다. 또는 정략적 이용을 위한
것이 아니라면 그렇다. 그러나 남북정상회담 이후 김대중 정권은 선언
문의 해석을 자의로 하는 등 수구세력의 눈치보기에 급급해 1년 반이
넘도록 남북관계에서 답보를 거듭했다. 예컨대 국가안보법 폐지에서
그렇고, 대북 인도지원에서 그렇고, 민간통일운동에 대한 억제와 탄압
에서 그렇다.

아직도 한총련을 이적단체로 묶어두고 있는 것이나 2001년 8·15
통일대축전 직후 김포공항에서의 수구세력의 난동을 방치한 것으로 보
나 김대중 정권은 진정한 의미에서 통일 의지를 갖고 있지 않다고 볼
수밖에 없다. 앞에서 적었지만 김대중 정권에는 대북정책은 있어도 통
일정책은 없다.

3. 차기 정권의 과제

1) 민족통일은 절대절명의 지상과제다

우리 민족의 앞길을 열어나가는데 있어 통일은 결코 돌아갈 수 없다.
'평화'라는 이름의 분단고착이 가장 타개해야 할 장벽임은 물론이거니
와 냉전적 사고에 머물러 대북 적대관계를 그대로 유지하면서 '상호주

의'라는 '일방주의'를 내세우는 정권도 차기 정권으로 적합하지 않다. 차기 정권이 어떤 정권이든 간에 민족이 하나 되어 번영을 추구하는 '통일'을 평가절하하거나 퇴보시켜서는 안될 것이다.

2) 민족자주의 대원칙을 세우고 민족공조에 진력해야 한다

아직 우리는 냉전의 끝머리에 남은 유일한 분단국가이다. 그리고 그 분단에는 미국이라는 외세의 결정적 개입이 장벽이 되고 있다. 우리 민족의 문제를 "통일문제를 그 주인인 우리 민족끼리 서로 힘을 합쳐 자주적으로 해결"해 나가기로 한 '6·15 공동선언'은 계속해서 계승 발전되어야 한다. 그러기 위해서는 외세와의 공조가 아니라 민족공조를 확대하고 외세 예속을 타개해 나가야 한다.

3) 제2차 남북 정상회담은 필수적이다

첫 남북 정상회담만으로도 엄청난 진전을 이룬 것을 높이 평가할 수 있거니와 내외적인 조건들을 타개하고 제2차 정상회담이 이루어지고 나아가 3차, 4차 정상회담으로 발전된다면 우리민족에게 평화와 통일의 탄탄대로가 열릴 것이다. 그 정상회담이 김대중 정권 임기 내에 이루어지면 좋고, 차기 정권 때라 해도 빠르면 빠를수록 좋을 것이다.

정상회담이 성사되려면 그만한 의제에 일정한 사전 합의가 이루어지고 조건이 성숙되어야 하므로 정상회담이 빠르면 빠를수록 좋을 것이다. 정상회담이 성사되려면 그만한 의제에 일정한 사전 합의가 이루어지고 조건이 성숙되어야 하므로 정상회담이 빠르면 빠를수록 좋다는 것은 평화와 통일로가는 토대가 빨리 구축되어야 한다는 것을 의미한다.

정상회담을 아예 정례화하여 '남북 통일협의체'를 상설적으로 운영하여 큰틀의 통일구상과 실행계획을 입안하고 실천해나가는 데까지 진전이 이루어지기를 기대한다.

이 '남북 통일협의체'는 연방제 통일로 가는 예비기구 또는 집행기구의 역할까지도 할 수 있을 것이다. 남북정상회담이 계속 이어져 이런 방향으로 진전이 이루어진다면 평화와 통일은 성큼 다가올 것이다.

아울러 이미 큰 틀에서 구체적인 합의를 했던 '남북기본합의서'를 실천해나간다면 평화와 통일은 큰 진전을 이루게 될 것이다.

4) 평화군축으로 나아가자

정전협정이 평화협정으로 전환되어야함은 재론할 필요가 없지만 문제는 협정 주체의 문제다.

반면 남북 간에 평화협정이든 평화선언이든 평화체제 구축을 위한 합의가 빨리 이루어지고 평화군축을 위한 준비를 서둘러야 할 것이다. 물론 남북의 합의와 병행해서 미국이 코리아반도에서의 군축과 평화를 약속해야 하므로 '2+4'라는 다자간 협의도 병행해야 할 것이다.

4. 역사의 전진을 믿고 싶다

차기정권이 어떤 정권이든 역사의 수레바퀴는 앞으로 나아가야 한다. 그 누구도 우리민족의 평화와 통일이란 역사의 수레바퀴를 거꾸로 굴러서는 안 되기 때문이다. 이 땅의 주인인 7천만 겨레의 염원이자 현실적 요구는 탈냉전, 분단종식, 평화군축, 평화통일, 민족번영이다

평화와 통일을 위해 노력하는 정권만이 올바른 역사의 평가를 받을 것이라는 점을 깊이 인식하고, 차기 정권이 평화와 통일을 최상위의 정책과제로 삼을 것을 기대한다.　　　　　　　　　　　　　　　　　－ 2002년 9월

3부

약사 보건의료운동의 현장에서

흘러넘쳐라, 약사 보건운동의 새 샘물이여

안팎을 둘러보자

우리는 지금 한반도, 20세기말 21세기 입구에 서 있습니다. 흔히 20세기가 역사시대에서 가장 격동의 시기였다고들 합니다. 실제로 20세기에는 정신적으로나 물질적으로나 그 어느 시기보다 변화의 진폭이 컸던 세기임에는 틀림이 없는 것 같습니다.

인간사회의 구조적 개편을 꿈꾼 사회주의가 현실적으로 구체화되었던 소련의 붕괴를 계기로 그 이념의 현실적 한계를 재검토하고 있습니다. 이는 과거 그 어떤 이념형들보다도 더 이상적이라고까지 믿었던 정치경제적 변혁이 현실적으로는 한계를 가지므로 대안을 찾아야 한다는 사실을 반증하는 것으로 보입니다. 지금 현실적으로는 일부 국가를 제외하고는 유럽사회주의 정당들이 정권 차원의 세력을 유지하고 있어 이들 정당들이 앞으로의 거대담론 논의에 참고가 될 것으로 보입니다.

한편으로는 인류가 불을 사용하기 시작한 이래 화석에너지뿐만이 아니라 핵에너지까지 생산은 물론 파괴를 목적으로 사용되어 광범위한 영역에서 대종을 이룬 것은 문명의 발전단계에서 가장 결정적인 변혁의 반증이 아닌가 생각됩니다. 물론 생명과학, 전자과학, 소재과학, 기계과학 등에서의 대폭발적인 발달들은 21세기 인간사회의 중요한 상수가 될 만큼 질적, 양적 변화를 일으켜 문명이 문화를 결정짓는 단계로까지 나아가고 있습니다.

이 격변의 역사적 계기를 안고 세계사는 21세기라는 새로운 세기, 새로운 밀레니엄으로 접어들어 갑니다. 이런 시대를 살면서 우리는 인류의 보편적 가치들이 새로운 잣대로 판단되어지는 혼란을 체험할 수밖에 없습니다. 어쩌면 가장 기초적이고 어쩌면 절대적이라고 할 가치들마저 부분적이거나 상대적인 것으로 인식하는 양상까지 공공연해지고 있습니다.

이 같은 변동과 함께 우리는 한반도라는 지리적 조건들을 생각해 보아야 할 것입니다. 냉전시대는 이미 끝나고 '탈냉전'이라는 용어까지도 부적절해진 시대의 변화 속에서 한반도는 유일한 분단국가로서 냉전시대 적대관계를 풀지 못한 채, 비생산적이고 비인간적인 군사대결을 벗어나지 못하고 있습니다. 그러다보니 국가의 주인인 사회구성원의 생명, 생산, 생활이 방기되거나 억압되고 심지어 착취되는 사회경제적 구조가 그대로 고착된 채 '복지'는 궁극적 목표가 아니라 단지 정권의 선전용 구호이거나 장식적 요소일 뿐인 형편입니다.

수해를 포함한 생산기반 악화 요인의 발생으로 북쪽 민중들이 심각한 식량문제, 건강문제로 고통을 겪고 있는 게 앞으로 통일로 가는 과정에서 어떤 변수로 작용할지는 판단하기 어려우나 남북 통일문제가 바로 코앞으로 다가온 것을 실감케 하고 있습니다. 이제 통일은 다만 소원이나 희망의 차원이 아닌 현실적 차원의 문제로 대두되어 있습니다.

앞으로 한반도는 통일이라는 영토적, 인구적 차원의 통합을 정치적 경제적 사회적 문화적 차원에서 어떻게 원만하고도 평화롭게 이루어낼 것인가 하는 것이 당면과제일 것입니다. 아예 분단을 고착시킴으로써 이익을 획득하던 기득권층마저도 통일의 득실을 타산하고 그러한 각도에서의 통일방안을 기획하고 있는 상황입니다. 이러한 상황에서 우리는 21세기 한반도의 청사진을 어떻게 그리고 그것을 어떻게 실현할 것인가 함께 지혜를 모으고 노력을 모아야 할 것이라고 생각합니다.

우리를 살펴보자

"우리"라는 호칭이 어떻습니까. 우리라고 말할 때, 그 말 속에는 어떠한 경우든 이미 복수, 또는 집단의 개념을 담고 있습니다. 그 우리를 세분해 보면 지금 '우리' 는 '약사' 일 것이며, '건약' 일 것입니다. 그리고 무엇보다도 '자기 삶에 진지한 사람들' 일 것입니다.

여기서 우리는 이런 우리를 살펴보면 좋겠습니다. 우선 '약사' 인 우리는 능동적이기보다는 수동적인 입장에서 어쩔수없이 다가오고 있는 보건의료 환경의 급격한 변화를 감수하고 있는 형편입니다. 그러나 우리는 대체로 이 수동적인 입장을 견딜 수 없다는 현실경제적이고도 직업윤리적인 거부감, 그리고 정신적인 소외감까지 느끼고 있습니다. 비록 자기 자신들의 문제를 자기 한계로 인해 자기 울타리에 스스로 가두거나 또는 죄어오는 굴레를 타개하지 못하고 있기는 하지만 이 정서만큼은 우리 약사들의 공통분모인 것으로 보입니다.

한편으로 '건약' 으로서의 우리는 전체 사회운동의 변화, 약사사회 속에서의 자기 정체성(正體性)의 혼돈으로 답보하고 있다고 보입니다. 자신의 현실생활에서의 필요와 운동단체 구성원으로서의 요구라는 이

중적 자기 과제를 적절히 선택하는데 어려움이 존재하고 있는 가운데
건약이라는 한 조직 자체의 진로에 대한 구성원(회원)들의 동질성이 동
지적 수준까지 심화, 확대되지 못하고 있다는 사실을 확인해야 할 것입
니다. 상대적으로 ‘건약’ 은 활동성이나 건강성이 뛰어난 것이 사실이
지만 필요와 요구를 충족시키고 나아가 그 이상의 운동성으로 발전하
지 못하고 있다는 사실도 인정해야 할 것입니다.

아울러 ‘자기 삶에 진지한 사람들’ 로서의 우리는 사회의 건강한 발
전과 자기 자신의 개인적 발전을 함께 생각하는 사람들이라고 짧게 말
할 수 있을 것입니다. 세계관이나 가치관에서 이기적 삶보다는 공동체
적인 삶을 추구한다는 공통점을 가진 사람들입니다. 이러한 우리는 가
족, 동료 또는 동지들과 더불어 가는 길에서 더불어 고민하고 더불어
해결함으로써 정서나 습관의 차이보다는 일치를 추구해야 할 것입니
다.

나를 돌아보자

이제 나는 누구이며 무엇을 위해 사는가를 다시금 되돌아볼 필요가
있습니다. 앞에 언급한 나를 둘러싼 상황과 현실관계를 고려하면서
‘나’ 를 돌아볼 때, 질문도 답변도 결국은 ‘나’ 의 몫입니다.

나는 어떠한 삶을 추구하며 누구와 함께 살고자 하는가, 나는 무엇을
좋아하며 누구를 사랑하는가. 이 질문의 진지함이나 구체성도 어쩌면
각자의 몫일 것입니다. 하지만 답변을 찾는데 있어서는 ‘나’ 혼자서는
쉽지 않은 측면이 있습니다.

“하고 싶다”, “해야 한다”, 그리고 “할 수 있다” 의 조화와 발전은 자
기 선택과 결단일 때와 함께하는 선택과 결단일 때에 따라 결과가 달라

지게 마련이니까요.

지금 여기서, 자기 존재의 발전성과 한계를 다시금 성찰하고 앞으로
도 거듭하면서 발전성을 키우고 한계를 줄이도록 해야 할 것입니다.
'건약'의 회원으로서 자신만만하고 창의적이며 힘찬 모습, 아마도 새
내기의 가장 자랑스러운 덕목일 것입니다.

앞을 내다보자

앞에서 둘러보고, 살펴보고, 돌아본 여러 수준들을 바탕으로 앞을 내
다보아야 할 것입니다. 우리는 작게는 '건약'이라는 보건의료운동 또
는 약사보건운동의 활동가로서 자기 자리를 찾고 여러 차원에서의 과
제들을 함께 모색하고 실천하는 가운데 구태의연한 모습들을 극복하면
서 새롭고도 진취적인, 아니 진정 진보적인 운동을 위한 새 샘물이 되
어야 할 것입니다. 그것도 졸졸졸 흐르는 것이 아니라 콸콸콸 솟구쳐,
철철철 흘러넘쳐야 할 것입니다.

— 1997년 5월, '건강사회를 위한 약사회' 신입 약사 환영사

6월 민주항쟁과 보건의료운동 소견

6월민주항쟁 10년, 보건의료운동 10년을 맞아

흔히 "10년이면 강산이 변한다"고들 하는데 1987년 6월부터 10년간 우리 역사에는 참으로 크나큰 변화가 있었다. 크나큰 변화를 만들어 왔고, 만들어 가고 있다. 아울러 크나큰 변화가 닥쳐 왔고, 닥쳐오고 있다.

우리 국민은 '한 목소리'로 군사독재를 물리쳐 우리 역사상 매우 소중한 승리를 만들어 냈고, 우리 국민은 자신들의 힘으로 이루어낸 민주화운동의 성과가 훼손되는 뼈아픈 경험을 겪었고 그 훼손과정의 한 시점에서 새로운 분노를 느끼면서 진정한 민주화의 내용과 목표를 묻는 '새로운 민주화운동'의 흐름을 만들어 가고 있다.

우리 보건의료인들은 6월민주항쟁을 계기로 보건의료인 대중운동 조직을 만들어냈고, 10년 동안의 활동경험 속에서 성과와 한계를 실감하였으며 이제 새로운 보건의료 영역의 변화를 극복해나갈 보건의료운동을 새로운 국면을 전개하기 위한 '새로운 보건의료운동'의 흐름을 만들어 가고 있다.

한편 소련과 동구권 현실사회주의의 '붕괴'라는 역사의 태풍이 닥쳐와 탈냉전 이후 새로운 국제 역학관계가 형성되고 이른바 '신자유주의'로 표방되는 자본주의 우월론이라는 해일이 닥쳐오고 있으며 새로운 이념(또는 담론)을 형성해야 한다는 명제와 분단극복 민족통일시대를 준비해야 하는 과제가 우리 모두에게 대두되어 있다.

이와 더불어 우리 보건의료인들에게도 보건의료의 공공성, 사회보장과 복지라는 국가적 목표설정에 대한 '부담'과 문민시대 현상적 혼란에 따라 발생한 운동의 의의에 대한 '회의'라는 심각한 장애가 닥쳐왔고, 보건의료영역의 재편성이 외부로부터 닥쳐옴으로써 보건의료운동 활동가 내부에서의 '거리감'이라는 장애물이 생겨났으며, 지구 차원의 무한경쟁에 따른 보건의료영역의 무한갈등이 가시권에 접어들어 이에 대한 대안적 정책생산과 올바른 보건의료체계 청사진 창출의 과제가 우리 앞에 대두되어 있다.

6월민주항쟁의 교훈

1987년 6월은 그 이전에 형성되어 있던 민주화운동의 역사적 성과들이 전국민적 항거로 표출되어 '6월민주항쟁'이라는 역사적 사건이 되었다. 이견이 있을 수 있으나, 6월민주항쟁은 동학농민혁명운동 이래 3·1운동, 4·19혁명 등의 국민항쟁에 이은 유사 이래 보기 드문 '전국적 범국민적 항쟁'이었으며 일정한 성과를 이루어내면서 동시에 미완의 과제를 남긴 역사적 위상을 갖는다. 6월민주항쟁은 그 규모의 측면에서 전국적 범국민적 양상을 보였다는 점에서도 높이 평가되어야 하지만 그 무엇보다도 다양한 계급계층적 이해관계나 정파적 견해차이들이 있었음에도 불구하고 일제히 "호헌철폐! 군부독재 타도!"라는 구호를 함께 외쳤듯이 '광범위한 국민대중이 민주화라는 공통분모로 대동

단결했다' 는 소중한 경험을 공유했다는 점을 무엇보다도 높이 평가해야 할 것이다.

6월민주항쟁은 커다란 역사의 흐름 속에서 민중해방 민족독립(민족통일/민족해방)의 목표는 100년 동안 지속되었고 아직도 미완의 과제로 남아 있지만 그 과정에서 목표를 이루어 내고 그 목표의 주인이 될 주체가 민(국민/민중)이며 이를 위해 '민주화' 가 이루어져야 한다는 것을 확인하는 역사적 경험을 획득했다는 의의를 6월항쟁의 교훈의 첫머리로 꼽아야 할 것이다. 한마디로 6월항쟁은 '민주' 항쟁이었다(민이 주인인 항쟁, 민주주의를 위한 항쟁이었다).

6월민주항쟁은 '민주화라는 공통분모' 의 총체성과 함께 각계각층이 해당분야에서 '각론적 민주화' 를 지속시켜 나간 다양성에서 그 의의를 거듭 평가해야 할 것이다. 6월의 그 열기는 이미 그 이전에 배태되어 있기도 했지만 7, 8, 9 노동자대투쟁으로 이어지고 보건의료계도 포함되는 분야별 대중운동으로 확대되었다.

6월항쟁은 전체적으로 총체적 민주화운동의 계기이면서 분야별 민주화로 이어져 전체에서 부문으로 확장되면서 구체화되는 계기가 되었다. 따라서 6월항쟁은 구심력과 동시에 원심력을 갖는 그 무엇으로서 우리 사회 전체를 민주화하는 계기가 된 하나의 큰 기폭제이자 파종기였다(여기서 우리 보건의료운동의 위상도 새삼 재점검해볼 수 있을 것이다. 전체 시민사회운동의 한 부문 운동으로서의 부문 운동이 갖는 위상, 전체 운동 속에서의 역할 타 부문 운동과의 연대, 지역운동 속에서의 위치 등).

6월항쟁은 그 자체만으로서 역사적 성과의 계기로 작용한 것은 아니지만, 그 이후 우리 사회에 민주화의 각론들을 확대 심화시켜 온 것과 함께 우리 사회의 중대한 두 모순에 대한 이해를 높여주는 선행동기가 되기도 하였다. 즉, 6월항쟁은 사회구조를 '자본과 노동의 관계'로 인식하고 그 모순을 극복하는 운동의 당위성과 필요성을 확장해 나가는 민중운동의 확대시발점의 하나로, 그리고 냉전(탈냉전)시대 분단사회에서 그 모순의 원인과 구조, 극복방안에 대한 인식을 확장시키는 통일운동(민족자주화운동)의 재확산 분기점의 하나로 자리잡고 있다.

6월민주항쟁은 그러나 그 거대한 성과와 함께 한계를 지니고 있었다. 그때까지 축적되어온 역량들이 거대한 하나의 힘으로 밀어올린 성과와 함께 그것이 미처 사전 통합이라는 충분한 조율과정이 부족했던 까닭에 군부독재의 항복을 받아내자마자 부분적 이해관계와 정파적 견해 차이가 그대로 노출되고 앞에서 말한 분화와 달리 분열로 이어졌다는 뼈아픈 한계를 나타내고 말았다. 이 분열의 한계는 이제 10주년을 맞으면서 6월항쟁이 가져온 결과들과 더불어 반성 속에 계승할 수밖에 없는 또 다른 측면의 교훈이다.

따라서 6월항쟁은 '미완의 혁명'으로 규정할 수도 있을 것이다. 따라서 미완의 혁명은 일부의 완성과 일부의 미완성이 모두 승계될 수밖에 없는 것이기 때문에 지금 우리에게는 과거의 추억이 아니라 과거의 재고찰을 통해 미래의 지표를 세워야 하는 과제가 대두된다. 이제 6월항쟁은 새로운 항쟁정신 또는 새로운 시대정신과 실천방안을 요구하고 있다.

보건의료운동에서 6월민주항쟁의 의의와 계승 과제

○ 보건의료운동의 태생과 관련하여;

우리 사회에서 보건의료운동은 거슬러 올라가자면 일제시대 독립운동의 일환으로 단속적으로 나타났던 일부 사례도 있긴 하지만, 1960년대 '사회의료'를 개념으로 하는 선구적인 진료활동들로부터 태생되어 6월항쟁과 함께 본격적인 대중운동으로 확장되었다고 보아도 좋을 것이다. 6월항쟁 시기에 호헌철폐 서명운동, 거리시위 구급진료활동에 이어 산업보건, 지역보건 등의 과제 모임의 조직화, 직능별 대중운동의 조직화로 발전하였다. 그리하여 지난 10년간 조직적 보건의료운동은 일정한 성과를 거두며 오늘에 이르렀고 시기별로는 한계를 노출하기도 하였다. 여기서 우리는 무엇보다도 6월항쟁이 우리 보건의료인들의 조직적인 부문운동의 결정적 계기였다는 점을 새삼 되새기면서 6월항쟁을 '보건의료운동의 어버이'로 가슴에 새겨야 할 것이다. 이미 10년이란 시간의 경과와 함께 보건의료운동의 의미나 과제 설정 등에 관하여 다양한 의견들이 제출될 수 있지만 이것만은 부정할 수 없는 공통의 역사적 인식으로 자리매겨야 할 것이다.

○ 보건의료운동의 지향과 관련하여;

6월항쟁은 '민주'를 통해 민중해방, 민족통일의 주체와 과정을 시사해 주었다. 보건의료운동도 6월항쟁을 기점으로 조직화과정을 갖게 됨으로써 6월항쟁이 그랬던 것처럼 다양성 속에서 갖는 보건의료의 '공통분모'를 기초로 보건의료운동을 조직화하게 되었다. 따라서 6월정신에서 승계할 긍정적 측면과 부정적 측면을 모두 그대로 안고 있는 우리 보건의료운동도 이제 다시금 '건강사회' '인도주의' '참된 의료'의 대동소이한 공통분모가 갖는 지향을 새롭게 재정립해야 할 것이다. 보건의료운동의 확대 심화라는 긍정적 과정과 함께 배태된 시행착오들을 극복하고 진정한 지향으로서의 민중해방 민족통일의 구체적 방안들에 관한 새로운 재점검이 필요하다. 대중운동이라는 사업목표와 방식이 가져온 성과의 뒷면에서 발생한 대중추수의 한계나 오류를 반성하고 '대동단결' '민주'의 정신과 지향을 거듭 제자리에 자리매김해야 할 것이다. 이제부터는 조직적 논의와 의견수렴을 통해 통합적 인식과 총론적 실천을 우선하면서(최소한 전제하면서) 부분적 방안과 각론적 시행을 배치해 나가야 할 것이다. 문구적인 '국민건강을 위하여'에서 실제적 '국민건강권 실현'으로, 슬로건적인 '우리의 소원은 통일'에서 구체적인 '통일시대 보건의료'를 기획하고 실천해 나가야 할 것이다.

○ 보건의료운동의 조직과 관련하여;

지금 보건의료운동은 9개 보건의료단체가 '건강사회를 위한 대표자회의'라는 회의체를 중심으로 연대수준의 진전을 위해 노력하고 있다. 동시에 산업보건과 의료보험 과제를 공유하면서 연대사업과 연대틀을 형성해 나가고 있다.

지금 우리는 6월항쟁과 관련하여 전국민적 통합이라는 6월항쟁 계승사업에 동참하는 조직적 연대틀로서 '(가칭) 6월항쟁 정신계승 올바른 의료개혁추진 보건의료인기구'를 구성하여 1997년도 공동사업(연대사업)들을 추진해나가기로 의견이 모아지고 있다.

여기서 다시 고려해볼 필요가 있는 것은 이제 보건의료운동의 대의와 효율을 위해 어떠한 조직체계를 갖는 것이 타당한가 하는 제안을 새롭게 하면서 조직적인 논의과정을 거쳐 결의를 모아내고 역량을 결집해 나가야 할 것이라는 점이다.

현재의 회의체에서 협의체로 가는 일정, 또는 한시적으로 구성하는

"6월기구"를 상설화하는 것의 타당성 여부 등을 본격적으로 검토해야
할 것이다.

아울러 우리사회 주요한 정치일정, 시민사회운동 조직들의 발전에
발맞추어 우리 보건의료운동 조직들의 성격 재검토, 역할분담이나 체
계 재편성도 함께 고려되어야 할 것이다. 이미 몇 차례 논의가 단속적
으로 있었지만 이제 정치운동을 수행하는 보건의료운동 조직체계(단위
조직/연합조직/포럼…)에 대해서도 심도 있는 논의가 시작되어야 할
것이다.

○ 보건의료운동의 과제와 관련하여;

우선 의료개혁이 올바르게 구현되기 위한 의료개혁의 정책대안(예컨
대 '의료개혁 5대과제')을 시급히 생산, 이미 제출되어 있는 '국민건강
보험법'이 참된 의료보장제도로서의 의료보험으로 입법화되고 시행되
게 할 방안과 노력을 결집해야 할 것이다.

이미 분쟁으로 치달았던 직능간 관계재정립에 대한 허심탄회한 대
안수립에 노력해야 할 것이다. 의료일원화문제, 의약분업문제, 한약조
제권문제, 의료유통문제, 의료인력수급문제… 등등에 대하여 '참다운
보건의료운동'에 걸맞는 대안들이 함께 고민하는 가운데 바람직한 지
향을 가지고 창출되어야 할 것이다.

새로운 국제경제관계와 통일시대에 대비한 보건의료제도에 대한 중
장기적 과제에 대한 정책개발팀을 시급히 가동시켜 공통의 현실조건과
공통의 지향을 바탕으로 청사진을 만들어가야 할 것이다.

이미 단편적으로 있어왔던 보건의료 국제연대에 대한 관심도 소홀히
해서는 곤란할 것이다. 지구적인 차원에서 진행되는 자본 우위 국가권

력과 국제적 블록별 패권주의에 대한 인식의 공유와 공동대응이 모색
되어야 하기 때문이다.

6월민주항쟁과 보건의료운동 10년을 맞으며

어느덧 10년이 지났다. 1987년 6월 그 뜨거웠던 국민항쟁의 열기는
각 분야의 조직적 대중운동의 모태였다. 그로부터 10년, 지금 우리 사회
는 총체적으로는 비록 민주화의 형식에 일부 변화를 보이고 있을 뿐이
지만 부문별로 민주화의 과제들이 대체로 설정되어 있으며 각종 대중단
체들이 자기 과제의 실현을 위해 구체적인 사업을 전개하고 있다. 실로
지난 10년 동안의 기간은 민주노총, 전교조, 한청협, 한총련, 보건의료
회의 등 부문별 조직들이 성장 발전해온 대중운동의 성장발전기였다.

10년 사이에 이미 각 대중조직들은 새로운 인적 역량들로 교체되면
서 6월항쟁 당시 현장을 경험하지 못했던 신세대들이 기왕에 설정된 과
제들과 동시에 새롭게 설정해야 할 과제들과 운동방식에 대해 모색하는
양상을 보이고 있다. 각 단체들마다 초기의 활동가들과 새로운 활동가
들 사이에 임무교대에 따른 장점과 단점들이 혼재된 가운데 다소 불가
피했던 혼선을 극복하고 새로운 조정과 확대의 단계로 접어들고 있다.

지난 10년간 우리 사회에 6월항쟁이 가져온 성과와 한계는 여러 측
면에서 살펴볼 수 있겠지만, 가장 굵은 축은 역시 대중운동의 질적 양
적 성장과 더불어 이제는 정치적 성장이 가시화되는 단계로 접어들었
다는 것이다. 6월항쟁 이후 두 차례의 대통령선거라는 권력교체기에 민
족민중운동은 매우 심각한 혼란을 겪었던데 비해 1997년 대통령선거를
앞두고는 총파업 총궐기에서도 보여졌듯이 자신들의 정치적 권리와
조직을 견지해야 한다는 정치의식이 대폭 확충되어 있음을 여실히 확

인할 수 있기 때문이다. 이 의식은 한마디로 "이제는 우리가 정치의 참주인이다"라는 말로 압축된다.

이 같은 조직적 성장의 토대 위에서 우리는 10년을 맞는 6월항쟁의 의미와 교훈을 되새기면서 앞으로의 10년을 어떻게 살아갈 것인가, 어떠한 사업들을 전개할 것인가, 어떤 목표를 지향하는 중심주체를 형성할 것인가 등을 화두로 삼고 10주년 사업을 힘차게 펼칠 준비를 해나가고 있다. 다만 여기서 북녘의 극심한 식량난은 단순한 10주년으로서가 아니라 당면한 국난해결을 통한 남북화해와 통일준비라는 시급하고도 주요한 절대절명의 과제를 맞음으로써 10주년 행사들의 실무준비에는 다소 혼선이 생기고 있는 형편이다.

아울러 날치기정국에 형성된 범국민대책위원회가 해소되고 그 조직적 정치적 성과를 승계하고 국민적 공통과제를 실천해나갈 연대기구로 '민주개혁 사회단체 연대회의'(약칭 민주연대)의 발족으로 향후 우리 사회의 민주개혁에 보조를 함께 할 조직적 연대기틀을 마련하였다. 이 기구의 활동에 따라서는 앞으로 우리나라 사회운동이 새로운 시대적 전환점을 만들 수도 있다는 기대를 갖게 한다.

이러한 6월항쟁 이후 10년 동안의 전체 사회운동의 변화들과 더불어 우리 보건의료운동은 어떻게 발전해 왔으며 또한 어떻게 발전해가야 하는가를 되짚어볼 필요가 있을 것이다.

6월항쟁 이전에 1960년대 '사회의료'를 주제로 한 소외지역 진료활동들은 1987년 호헌철폐 서명운동을 계기로 공개적 집단적 논의가 확산되고, 곧이어 인의협, 건치, 건약, 청한 등 대중조직의 출범이 이어지게 되었으니 6월항쟁은 실로 보건의료운동의 어버이라고 해야 할 것이다.

그 이후 매월 정례적인 단체간 간담회가 계속되고 1988년 7월 문송면 군의 수은중독 사망사건에 대한 공동대책활동은 보건의료운동의 연대를 순식간에 확대시켜주는 계기가 되었다. 각 단체마다 고유의 과제를 실천하면서 산재추방운동, 의료보험법 개정운동, 반핵군축운동 등의 공동사업을 통해 보건의료운동은 성장을 거듭하지만 1991년 의약분업 파동, 1993년 '한약분쟁'이라는 직능 재조정에 대한 견해 차이는 보건의료운동의 후퇴 또는 정체를 야기하고 말았다.

그러나 보건의료운동의 진로를 함께 고민하는 활동가들의 건강성은 이제 새로운 공조체제를 가동하기 시작하였고 아직 미흡하기는 하지만 1997년 북한 수재민돕기 모금운동에서 확연히 보여준 연대의식은 금년도 6월항쟁 10주년 사업, 보건의료개혁 정책개발 사업을 통해 확대 심화될 것으로 기대된다.

이 과제를 수행하면서 우리는 자기 조직 고유의 과제와 공동 과제에 대한 역량배치에서 원만한 공조의식을 견지해야 할 것이고 동시에 상층 연대에 의한 '확대'만이 아니라 각 단체의 회원대중들이 이 같은 과제와 의식을 충실히 공유함으로써 '심화'까지 이루어 나가야 할 것이다.

이제 남북통일은 눈앞에 다가와 있다. 여기서 우리는 진정 '건강한 민족공동체의 형성'이라는 참다운 통일을 위해 보건의료인이 수행해야 할 고유과제를 시급히 설정하고 그 실현을 위해 노력을 기울여야 할 것이다. 그러기 위해서는 남북통합 사회에서의 보건의료지원에 대한 청사진을 마련하고 그에 도달해가는 과정에서 해결해야 할 실천과제들이 구체적으로 마련되어야 할 것이다.

―1997년 6월

가자, 처음처럼 거기까지!

참으로 모질다. 역사는 이리도 질기게 민중의 가슴에 한 가득 안개와 비와 바람을 채우고서야 비로소 조금씩 조금씩 햇살을 비추는 그런 것인지도 모른다. 민중이 자신들의 힘으로 한꺼번에 완벽한 승리를 일구어내는 것을 '혁명'이라 한다면 우리 역사에서 그렇게 부를 만한 사례는 흔치 않을 수밖에 없을 터이다. 그런 맥락에서 실로 '대한민국' 건국 이래 최초의 정권교체는 크나큰 의미를 가지리라.

하지만 잠깐 곱씹어 보면 지금 우리가 "좀 느긋한 기분"으로, 아니 뒤집어서 이회창 따위의 집권연장으로 선거 결과가 나타났다면 그 "속 터지는 기분"에서 벗어나 있다는 "그나마 다행스러운 기분"으로 김대중 정부에 기대를 걸고 있는 것은 별로 대단한 게 아니라는 타산을 안 할 수가 없다. 김영삼이 여당으로 엎드리고 들어가 집권한 데 비하면 상대적으로 김대중의 집권은 그만한 정당성과 역사성을 갖는 것이다(〈약사신문〉 1998년 1월 3일자 논단 참조). 그럼에도 불구하고 김종필을 포함한 보수세력과의 연대라는 빚을 안고 가는 새 정부의 길은 매우 힘겨울 수밖에 없고 이미 취임도 하기 전에 그 병폐가 드러나고 있다.

이제 우리는 그저 미국식 시각으로만 보아도 '대한민국 민주주의의 위대한 발전'이라 평가될 김대중의 집권은 그만한 무게를 갖는다는 점을 인정하되 진정 민중의 역사적 승리는, 특히 한 많은 호남 민중의 승리는, 완벽한 승리에 이르지는 못했다는 사실도 인정해야 할 것이다. 적절한 비유는 아니지만 전후반 경기에서도, 연장전에서도 승부를 가리지 못하고 승부차기로 4:3 정도로 이긴 경기라고나 할까(후우―, 이겼으니 망정이지).

지금부터다. 피할래야 피할 수 없는 과정, 아니 반드시 치르고 가야 개운할 그런 과정을 이제부터 음미하면서 진정한 새로움을 만들어갈 때가 바로 지금이다. 앞으로 5년간은 IMF가 아니더라도 '김대중 시대'는 과도기인 것이다. 남이나 북이나 건강한 하나로 살아가는 '통일민족 건강공동체 시대'를 열어나가기까지 우리의 임무는 여전히 우리 앞에 놓여 있는 것이다. 지금 우리 앞에 놓인 과도기를 말 그대로 '과도기'로 삼아 역사의 수레바퀴를 거꾸로 돌리려는 보수반동세력의 준동을 막아내며(그런 뜻에서 '비판적 지지'든 '열광적 지지'든 또는 '견제와 도전'이든 김대중을 밀어주면서), 한 걸음이라도 더 전진해야 할 것이다.

건약의 '약사보건운동'도 10년이란 시간이 갖는 그 의미만큼 많은 것을 다시금 생각하게 만들고 있다. 그만큼 안팎의 변화가 많았다는 것이다. 그러나 10년은 그리 긴 시간은 아니다. 새로운 자리매김과 새로운 출발을 하기에 적당한 그런 시간일 뿐이다. 지금 우리가 가슴에 새길 것은 박노해 시인의 싯귀를 떠올리든 신영복 선생의 붓글씨를 떠올리든 '처음처럼'이란 그 한마디가 아닐까.

"생활이 그대를 속일지라도 슬퍼하거나 노여워 말라"는 러시아 푸시킨 시인의 말처럼 우리의 생활이 많이들 바뀌어 가고 있지만 거기 매이

거나 파묻히는 어리석음도, 생활에 침식당하는 자기 존재에 대한 슬픔
이나 분노로 손상 받는 일 없이 '처음처럼' 뜨거운 가슴, 서로에게 훈훈
한 마음으로 자기 생애를 이겨서 우리들 전체가 이기고 우리 민중이 끝
내 승리하여야 하지 않겠는가. 그렇다. 가자, 처음처럼. 우리가 마침내
가야할 거기까지!

— 1998년 '건강사회를 위한 약사회' 격려사

또다시 뜨거운 가슴이 그립습니다

약사보건운동의 중심 일꾼, 건약 회원 동지여러분!

우선 여러분의 건투에 박수를 보내며, 자랑스러운 건약의 회장으로서 맡은 일을 제대로 해내지 못하고 떠나게 되어 매우 마음이 무겁습니다. 아울러 아주 떠날 수 없게 부회장 겸 신문발전위원장으로서 미처 해내지 못했던 숙제를 마치라는 회원 여러분의 명령을 겸허하게 받아들입니다.

건약 4기를 준비하면서 핵심간부들이 수렴한 의견은 건약의 초기 정신을 되살리고 건약의 자기정체성을 회복하여 보건운동의 조직적 과제를 힘차게 수행하자는 것이었고 아마도 혹시나 하는 기대로 저에게 회장이라는 임무를 부여했던 것같습니다. 저 자신 개인적으로 매우 고민스러운 것이었지만 그 명령을 수락하여 4기 2년을 나름대로 일해 보았지만 매우 불만스러운 성적표를 고백하지 않을 수 없습니다.

밖으로 북한 수재민돕기, 북한 어린이살리기 의약품 지원사업, 김영삼 정권의 날치기 안기부법 노동악법 반대투쟁, 6월항쟁 10주년 사업, 1997년 대선 진보민주후보운동과 같은 보건의료인 연대사업이나 시민사회단체 연대사업은 그럭저럭 수행하였으나 안으로 조직강화사업, 생활보건운동 확대심화사업, 재정안정화사업, 약업계 현안 대처사업 등에서는 매우 부실했다는 것이 대개의 4기 전반에 대한 평가입니다. 또한 10년째 현안으로 걸려있는 대약민주화사업은 용두사미가 될 수도 있을 정도로 표류하고 있고, 의료보험통합운동은 한 고비를 넘기긴 하였으나 기득권 집단의 반동공작이 아직도 고개를 숙이지 않고 있으며, 산재직업병추방운동은 원진레이온싸움의 일정한 승리로 일보전진하였지만 직업병 전문병원 건립이 답보하고 있습니다. 그리고 제가 4기 회장을 맡으면서 평소 소신이기도 했거니와 유력하게 진전시키지 않으면 건약의 존폐문제가 될 것으로 보았던 신문확대 발간사업은 4기 내내 논의의 테제로서의 위상도 확보하지 못한 채 일부 추진위원들만의 찻잔 속 태풍으로 끝나고 말았습니다(신문확대사업에 매진하던 송병수 동지의 황당한 사거(死去)는 우리 모두의 가슴을 아리게 만들기도 했습니다). 이 가슴 허전한 불만이 5기를 맞으면서 나 자신과 여러분에게 분발을 요구하고 있는 것이 아닌가 하고 묻게 됩니다.

다시 한번 돌아보고 내다보아도 신문, 또는 신문이 아니라 잡지, 또는 그 어떤 형태이든 매체운동은 홍보선전력 강화, 재정 안정화, 통신 교류 확장과 여론 형성, 조직역량 강화와 조직위상 제고, 정책개발 촉진 등의 효과를 기대할 수 있고 그러한 효과를 거두어야 하는 운동입니다. 이는 사실상 약사라는 직업이 하루 12시간 이상, 1년 300일 근무공간에 매여 있는 이상 아무리 자신이 열심히 일하려 해도 그 투여하는 열정과 헌신, 헌금이 방산될 수밖에 없는 현실조건을 타개하는 묘책이라고도 할 수 있습니다. 소극적으로 보아도 건약 사업경비의 90퍼센트를 차지함으로써 애물단지가 되고 있는 '신문'을 재정적으로 자립시키지 않으면 건약은 앞으로 그 피곤한 돈타령에서 벗어날 수가 없을 것입니다. 아울러 건약이 10년 전처럼 행동력에 의지해서 의사를 표시하는 효과가 점점 약화되어가는 환경의 변화를 따라잡을 길이 없다고 해도 과언이 아닙니다. 신문은 100년 전 독립운동을 하던 선구자들의 시대보다도 더 절실하고 유효하게 우리 운동의 무기인 것입니다. 컴퓨터통신의 확장이 일어나고 있는 이 시대에도 앞으로 최소한 수십 년간은 유력한 매개체가 될 것입니다. 거듭 강조하고 당부 드립니다. 신문을 키웁시다.

시대변화는 운동의 개념과 목표, 방식과 주체에 대한 새로운 성찰을 요구하고 있습니다만 그에 앞서 우리 건약 회원은 자기 생활공간의 중심인 약국(또는 근무처)에서 실천하는 운동을 계속 확장해나가야 할 것입니다. 그것이 생활보건운동의 구체적 실현방안으로 주력하고 있는 공동체약국운동의 올바른 방향 정립과 내용 확충일 것입니다. 이 운동은 하나의 수익 경영체 사업이므로 수익안정화를 도외시할 수 없지만 수익에만 얽매일 수도 없기 때문에 매우 지난한 사업입니다. 그러므로 끝까지 잊지 맙시다. 공동체약국운동은 건약의 생활보건운동의 연장이지 맹목적인 돈벌이사업이 아닙니다.

우리 건약의 5기 출범은 김대중 정권의 출범과 시간적으로 겹치고 있습니다. 그래서 김대중 정권에 거는 기대와 그 성격에 대한 분석, IMF 구제금융과 세계경제질서의 재편성이 가져올 변화에 대한 예측 등 우리가 다시금 공부해야 할 문제들이 엄청나게 큽니다. 이 무거운 공부들과 함께 또는 그 이전에 우리 앞에 절박하게 놓여진 과제가 있습니다. 북녘 동포를 살리는 일입니다. 굶고 병들어 이미 200만 명으로 추산되는 죽음, 당장 겪는 고통은 물론이거니와 영구히 신체적 정신적 고통으로 남을 기아에 허덕이는 북녘동포에 대한 지원사업은 통일로 가는 길에서 당장 그리고 무엇보다도 먼저 해야할 화해의 구체적 실천입니다.

그동안 우리 보건의료인들이 함께 해온 의약품지원운동은 좀더 새로운 지평을 열어갈 수 있을 것으로 낙관적 기대를 합니다만 남쪽에 닥쳐온 경제대란, 고용대란이라는 한파를 극복하면서 자기 몫을 나누는 데는 매우 어려움이 많을 것으로 보여 어두운 전망을 떨칠 수가 없습니다. 하지만 어려울 때 서로 도우며 살아온 우리 민족의 그 아름다운 전통을 이어받는다면 남과 북이 함께 겪고 있는 국난도 기어코 이겨낼 수 있을 것입니다. 그리하여 의약품지원운동으로 배태된 통일보건의료에 대한 관심도 더욱 커질 것입니다. 이를 구체화 체계화하는 작업에 조직적 노력이 있어야 할 것입니다.

소임을 제대로 못하고 다음 집행부에 숙제를 떠넘기는 미안함, 그래도 나 자신이 맡아야 할 숙제는 맡는다는 면책감으로 5기를 맞으면서 회원 동지 여러분께 한 가지만 말씀 드리겠습니다. 이미 말씀드린 사업들에 조직적으로 지도부, 집행부, 선진활동 회원은 물론이고 회원 모두가 개별적으로도 배전의 공력을 모을 것을 믿으면서 드리는 말씀입니다. 우리의 조건들을 살펴볼 때 이만치 적절한 참고 말씀이 있을는지 모르겠습니다. 어느 운동의 경전에 있는 말씀이 아닙니다. 미국 시민사회운동단체의 후원모금 광고 문구를 인용하겠습니다.

"세상을 바꾸길 원합니까? 세상을 바꾸려는 사람들을 움직일 수 있게 밀어주십시오."

힘이 있는 사람은 힘을, 지혜가 있는 사람은 지혜를, 돈이 있는 사람은 돈을 모아낸 우리 민족의 유구한 역사적 전통을 돌아보면 이 문구가 참 우리에게 새겨볼 만한 것이라고 생각됩니다. 민중운동의 역량은 가르고 잘라내고 밀어내버리는 것이 아니라 모으고 키우고 밀어주는 데서 커지고 단단해진다는 진리, 새삼 새롭습니다. 그러므로 여러분의 그 뜨거운 가슴이 거듭거듭 그리워집니다.

가슴 따스한 회원 동지 여러분!

우리 모두가 진정한 동지애로 결집하여 "나를 건강하게, 건약을 건강하게, 운동을 건강하게" 더욱 힘차게 활동해 나갑시다. 그리하여 건강한 사회, 건강한 민중, 건강한 통일민족의 시대로 나아갑시다. 퇴임사를 마치면서 동지 자신의 건강, 동지가 사랑하는 가족들의 행복, 그리고 생활 속의 가없는 기쁨을 기원 드립니다.

— 1998년 '건강사회를 위한 약사회' 제4기 회장 퇴임사

약사회 운동 주제,
'약사 바로알기운동'으로부터 시작하자

약 100년 전에 단재 신채호 선생은 "조선 역사 1천년 이래 대사건"으로 고려 시대 1135년(인종 13년) 1월에 발생한 '묘청의 반란사건'을 꼽았다. 이 사건이 큰 의미를 갖는 것은 승려 묘청의 주장이 우리 역사에서 반드시 채택되어야 할 만큼 중요하냐 아니냐를 떠나서 그가 자신의 주장을 현실화하는 과정에서 실패한 결과가 가져온 의미가 너무나 크기 때문이다. 묘청의 대립진영에는 김부식 같은 사람들이 있었다. 묘청 세력이 패배하고 김부식 세력이 승리함으로써 우리 역사는 사대주의로 방향을 굳히게 되었고, 이성계가 조선왕조를 세우면서부터는 사대주의가 확고한 현실정치 외교노선으로 자리잡아 500년 이상 계속되어 왔다.

우리는 요즈음 누구나 "새 천년"을 이야기한다. 하지만 새 시대는 사람이 그은 시계의 눈금에 의해서 시작되는 것이 아니다. 물론 새로운 시대를 연다는 큰 행사에 의해서 열리는 것도 아니다. 새 시대는 새 의식에 의해서 시작되는 것이다. 그 새 의식의 첫머리에 필자는 "새 시대라고 오도된 이데올로기 바로 알기"를 꺼내놓고 싶다. 지난 천년이 무슨 역사였는지도 모르는 것은 물론이거니와 평소 역사를 거들떠보지도 않았고 이른바 '역사의식'이라는 것이 전혀 머릿속에 들어있지 않은 상태에서 갑자기 "새 천년!" 하고 부르짖으면 새 천년을 여는 것은 아닌 까닭에서다.

그래서 필자는 이 글의 첫머리에 하나의 사건 이야기를 적어 본 것이다. 과연 우리에게 지난 천년은 무엇이었나. 우리 역사에서나, 세계 역사에서나 천년의 시간 단위에서 추출해낼 수 있는 그 무엇이 새로운 천년을 위한 교훈이 되는가? 필자의 단견으로는 위와 같은 질문에 선뜻 대답할 수가 없다. 그래서 어쩌면 이 같은 질문을 시작하는 것 자체가 새로운 밀레니엄의 시작일지도 모르겠다고 생각된다. 다만 지난 1천년의 의미에서 관심을 가질 것은 "인간의 인간성 확립", "국가의 국가적 정체성 수립"이 주요한 흐름이 아니었나 하는 것이다.

이제 좀 좁혀보면 지난 100년은 우리에게 무엇이었나, 하는 것이다. 이제 마감되는 지난 100년, 즉 20세기는 흔히 말해지는 "세계화"가 극대화된 1백년이었지 않았나 되짚어보게 된다. 그리고 그것은 "패권주의 전쟁세력과 주권주의 평화세력과의 대결의 세계화"가 아니었나 하고 묻게 된다. 19세기 말 제국주의 세력은 세계를 누비며 침략을 일삼았고 그에 대응하여 약소민족들은 자기를 지키기 위한 피나는 고난을 거듭하여 20세기 중반 이후에야 비로소 아시아 아프리카 민족들이 독립국가로 자리잡기 시작했고, 패권주의 국가 내부에서는 소외된 민족들이 자기 인권과 정체성을 찾기 시작하였던 시기가 아니었던가. 물론 우리로 보면 아직도 독립은 완성되지 않았다. 아직 우리는 민족내부의 분열을 극복하지 못한 채 분단 상태가 계속되고 있는가 하면 외세와 정당한 관계를 정립하지 못한 채 끌려가고 있다.

이제 좀더 좁혀 우리 약사에게 지난 시대는 무엇이었나를 물어야 할 것이다. 지난 1천년은 전통약학의 심층적 발전에 이어 외래약학이 도입된 시기였고 좁게는 '약'의 근대화와 현대화가 빠르게 전개된 시기였다. 그 과정에서 지난 100년은 참으로 요동치는 격동의 시기였다. 너무나 빠른 속도로 변전이 이루어지는 가운데 '약사'라는 직능인으로서 우리는 우리 자신은 누구인가를 다시 묻지 않을 수 없는 사건을 최근에 와서 뼈저리게 겪기도 했고, 겪고 있다.

필자는 이제 마침내 이 글에 담아야 할 주제로 접근해왔다. 그렇다. "약사, 과연 우리는 누구인가?" 또는 "나는 누구인가?"라고 새삼 묻는 것이 새 천년의 출발점이다. 새 천년을 맞는 우리 약사 사회운동의 출발점은 "약사 바로알기 운동"에서 시작되어야 할 것이다.

필자가 보기에 우리 약사는 한마디로 "소외된 전문직업인"이다. 실상을 보면 약의 주인인 국민은 제쳐놓고 약사가 주인인 것으로 착각하여 왔고, 약학과 약업의 목적인 환자를 위한 생명건강 보전활동은 제쳐놓고 화폐를 위한 상업주의 경제활동을 주로 해왔다. 그리하여 약사는 인간다운 인간으로부터 소외되고, 전문가다운 전문가로부터 소외되고 그 자리엔 "직업"만 남아서 "돈"이 중심으로 터잡아버렸다. 12시간 이상의 노동시간은 본연에 임무에 충실한 헌신적 봉사라기보다는 좀더 돈을 벌기 위한 필사적 혹사가 되고 말았다. 여유가 있는 약사의 경우엔 좀더 여유 있게 살려고, 여유가 없는 약사는 어떻게 해서라도 여유를 찾아보려고 약국을 매개로 한 상업활동에 시간을 쓰다 보니 정작 자기 자신과 자기 가족, 자기 사회를 위한 시간은 그야말로 짬을 내는 지경에 이르렀다. 본의든 아니든 약사가 이런 상황이다 보니 약사들의 조직인 약사회는 "소매상 연합회"라는 악담을 들으면서도 쓴 웃음이나 억울함으로 분개하는 처지가 되고 말았다.

필자는 이 안타까운 현실에서 약사회 운동의 주제와 주체를 어떻게 형성할 것인가의 단초를 다시 잡자고 제안한다. 그리고 그 출발점에는 "약사의 인간화"가 기초되어야 한다고 말하고 싶다. 약사가 한 인간으로서 자기를 찾고 생활다운 생활을 찾는 '약사 생활문화운동'이 개발되어야 할 것이다.

이러한 기초 위에서 약사, 약국, 약사회 단위조직들, 약사회 전체조직이 추진할 실천과제들을 기획하고 결의하고 전개해 나가야 할 개별과제들을 이 글에서 거론하는 것은 아마도 이 글과 필자에게 부과된 한정적 임무는 아닐 것이다. 하지만 위에 적은 문제의식의 매듭을 풀면서 실천과제를 찾아보면 아마도 너무나 많은 즐겁고 보람있는 약사회 운동의 내용들이 발굴될 것이다.

다만 아이디어 발상단계에서 이런 것들이 고려되면 좋겠다는 의견을 적어두고 싶다. 약사만이 할 수 있는 운동, 보건의료인들이 함께 할 운동, 일반국민들과 함께 할 운동을 설정하되 무엇보다도 인간생명을 위한 운동이 내용으로 담기는 운동을 찾아보자. 예컨대 생명존중 환경운동, 비폭력 평화운동, 마약퇴치운동에 국한할 것이 아니라 '약 바르게 쓰기 운동'이나 '약 적게 쓰기 운동', 통일시대 미래를 준비하는 현재의 운동으로서 '남북 마음열기운동' 같은 것은 어떨까. 이런 단초를 놓고 이제부터 새 천년, 새 세기를 여는 운동주제를 설정하기 위해 약사회는 다 함께 브레인 스토밍(두뇌 회전운동)을 시작해보면 어떨는지?

― 2000년, 〈약사공론〉

어린이 의약품 지원운동,
약사 보건의료 운동의 현장에서

1999년 9월, '어린이의약품지원본부' 관계자들과 함께 첫 평양 방문시 '어린이영양관리연구소' 앞에서.

1999년 9월, 평양의 '어린이영양관리소' 앞에서 '어린이의약품지원본부' 관계자들과.

1999년 9월, 평양의 '창광유치원' 앞에서.

1999년 9월, 평양의 '어린이영양관리소'를 방문하여 북측 의료인들의 활동을 참관.

1999년 9월, 평양의 '소년학생궁전'에서 어린이의 수예 솜씨를 보고 있는 '어린이의약품지원본부' 관계자들.

2012년 12월 10일, 어린이 의약품지원본부의 82차 북송식, 〈북녘 수해지원 물자 개성 육로 북송〉.

2007년 북측 의료인들과 의약 품지원을 위한 개성 실무회의.

2007년 만경대 어린이병원 신 축공사 현장을 찾아.

2007년 11월 9일, 어린이의약품지원본부 대표단의 평양 방문을 기념하여 북의 '철도성병원' 앞에서.

2000년 7월 4일, 어린이의약품지원본부가 제5회 '늦봄통일상'을 수상하고 나서 기념촬영. 오른쪽 네 번째는 문익환 목사님의 사모님, 박용길 장로님, 그 옆은 장남 문호근 씨.

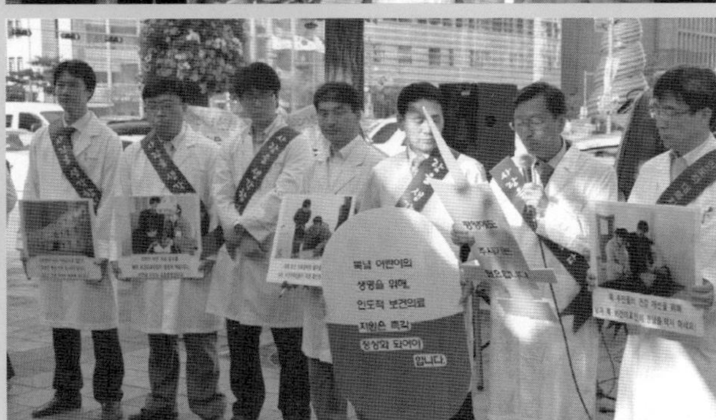

2011년 6월 14일, 정부 당국에게 북녘 어린이 의약품 지원을 촉구하는 의료인들.

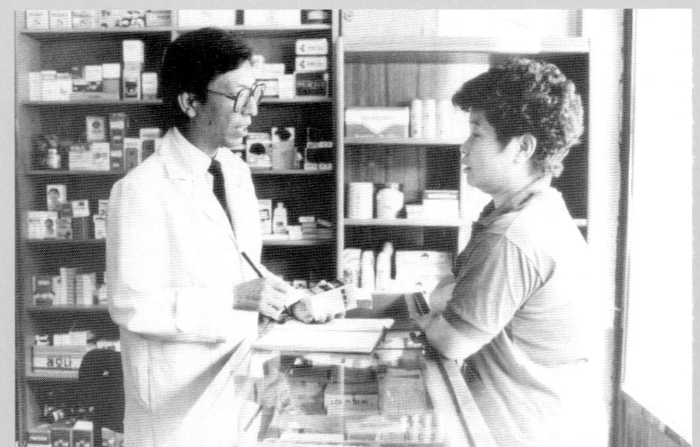

1990년 푸른산약국을 운영할 때 건
강상담과 약품사용을 설명하고 있는
필자.

1990년 푸른산약국을
운영할 때 조제실에서.

1998년 4월 25일, '국제금식행사' 참가 후 관계자들과 함께.

평화운동, 통일운동의 현장에서

1991년 9월, 반핵 군축을 위한 보건 의료인대회 추진 본부 결성식 연설.

1999년 7 · 4공동성명 27주년 평화군축 토론회를 진행하면서.

1999년 7월, 민족자주와 대단결을 위한 99통일대 축전 실무회담 제안 기자 회견.

불평등한 한미행정협정
의 개정을 촉구하면서.

1995년 '평통사' 주최로 국회
국방위원에게 방위비 삭감 청
원 일만인 엽서보내기 운동을
거리에서 열면서.

1994년 6월 4일, 종로성당 3층 강당에서 열린 '평화와 통일을 여는 사람들' 창립대회.

1995년 4월, 평통사 대표로 참가, NPT 재검토회의 유엔본부 앞 국제평화대행진 거리 시위.

1995년 NPT 재검토회의 당시 유엔
본부 앞 국제평화대행진 집회에서
평통사 대표로 연설.

1995년 NPT 재검토회의 유엔본부 앞 국제평화대행진 집회.

2005년 뉴욕 국제평화대행진 센트럴파크 집회에서 연설.
"No Nukes! No War!" (반전! 반핵!)

2005년 뉴욕 국제평화대행진에서 거리 집회.
"전쟁을 멈춰라! 무기를 없애라, 평화를 찾아라!"

2005년 NPT 재검토회의 국제평화
대회 기간 중 UN 본부 앞 1인 시위.
"북한에 대한 선제공격 정책을 중
단하라!"

내 문학의 뒤안길에서

신동엽의 시인혼詩人魂

"태양빛 거느리는 맑은 서사의 강은 우주 밖 창을 열고 춤춰 흘러 갈 것인가?"

1.

신동엽 시인은 장시 「이야기하는 쟁기꾼의 대지」를 들고 1959년 조선일보 신춘문예에 입선, 1969년 4월 작고하기까지 10년 동안 시집 『아사녀(阿斯女』, 시극(詩劇)『그 입술에 패인 그늘』 그리고 장편서사시 『금강』 등을 내놓았다. 그의 짧은 문단생애 동안의 작업에 대한 몇 가지 논평을 우선 살펴본다.

김수영은 "우리나라의 시는 지게꾼이 느끼는 절박한 현실을 대변해야 합니다.[1]"고 말하는 신동엽의 시 「아니오」를 읽고, "신동엽의 이 시에는 우리가 오늘날 참여시에서 바라는 최소한의 모든 것이 들어 있다. 강인한 참여의식이 깔려 있고, 시적 경제(詩的 經濟)를 할 줄 아는 기술이 숨어 있고, 세계적 발언을 할 줄 아는 지성이 숨쉬고 있고, 죽음의 음악이 울리고 있다"[2]고 평했다. 탁월하고 적확(的確)한 지적이다. 이 격

---

1) 김수영, 「생활현실과 시」, 『창작과비평』, 통권 11호 p. 405(재인용)
2) 김수영, 「참여시의 정리」, 『창작과비평』, 통권 8호, p. 636

찬이 과찬에 흐르지 않게 할 만큼 신동엽은 우수한 시인이며, 그의 시편은 튼튼하다.

또한 김우창은 「금강」에의 결언으로 "「금강」은 최근에 출간된 시들 가운데서 단연코 가장 중요한 시적 업적의 하나가 될 것이다. 그것은 우리의 현실에 대하여 질문하여 마지 않는 뜨거운 관심으로 역사를 용해시키고 우리로 하여금 과거와 현재를 하나의 연속적인 역사적 현실로서 이해하게 한다. 이 시로 하여 우리의 시의식은 하나의 새로운 차원을 얻는다.[3]"고 신동엽의 투철한 역사의식을 밝혀내는 발언을 더해 주었다.

그리고 신동엽을 '반성과 자유'의 시인으로 숭앙하는 듯, 김영무는 "인간정신의 파멸과 자유의 상실을 누구보다도 가슴 아프게 느끼고, 인간성의 말살과 시대의 내부적인 모순을 분노로써 고발한 시인[4]"으로 신동엽을 고양한다.

늘 이 같은 호평이 있었으면 얼마나 다행이었겠는가. 그러나 김주연의 다음 말은 우리를 아연케 한다. 차라리 망언처럼 "완전한 한국적 체념주의의 등장이다. 왜 이러한 체념을 위해서 구태여 동학(東學)을 끌어들이고 그것을 역사의 현장으로 보아야 하는가.[5]"라고 횡설수설하고 있다. 신동엽의 역사의식에 대한 그의 칼은 극히 위험한 것으로 지식과 평론의 남용이랄 수밖에 없다. 신동엽은 오히려 '완전히 한국적 낙관주의'가 아닐런지?

이러한 견해는 원로 백철 평론가의 "웰렉이 말한 민족적인 스타일의

---

3) 김우창, 「신동엽의 '금강'에 대하여」, 『창작과비평』, 통권 9호, p 116.
4) 김영무, 「신동엽의 시세계」, 『문화비평』, 1970년 봄, p.154
5) 김주연, 「시에서의 참여문제」, 『상황과 인간』, 박우사, 1969.

발흥… 시에서도 신동엽의 「금강」이 전형인데 서사시 풍의 장시가 의욕적[6]"이라는 발언으로 질책될 수 있다고 본다.

2.

신동엽은 하나의 완성된 평론으로는 오직 「시인정신론— 전경인서화(全耕人序話)」를 남겼다. 그는 이 글에서 '시를 쓰듯이' 시평을 펴 나갔다. 이 산문을 통해 신동엽은 확고하게 자신의 시인혼을 드러낸다. 하나의 시론이면서, 동시에 자신의 시세계를 밝히고 있다.

"시란 우리 인식의 전부이며, 세계인식의 통일적 표현[7]"이라는 발언은 신동엽의 시인혼을 살펴보는 첩경이 된다. 신동엽은 현대의 세계를 '차수성(次數性)의 세계'로 인식하고 있으며, 그가 써낸 시편은 이 차수성의 세계로부터 '원수성(原數性)의 세계'로 돌아갈 것을 요구한다고 볼 수 있다. 돌아가 '귀수성(歸數性)의 세계'를 맞이해야 한다는 그의 시인혼은 어찌 보면 매우 단순하게도 느껴진다. 그러면 신동엽이 말하는 원수성의 세계니, 차수성의 세계니, 귀수성의 세계니 하는 개념은 어떤 것인가, 그의 말을 직접 인용하면 이렇다.

"잔잔한 해면을 원수성의 세계라 부르자. 하면, 파도가 일어 공중에 솟구치는 비말(飛沫)의 세계는 차수성의 세계가 된다 하고 다시 물결이 숨자 제자리로 쏟아져 돌아오는 물방울의 운명은 귀수성의 세계이고.[8]"

아직도 그 개념은 확실히 알기가 어렵다. 조금 더 인용해 보겠다.

---

6) 백철, 「민족문학의 오늘과 내일」, 『상황』, 1972. 여름, p.170
7) 신동엽, 「시인정신론」, 『자유문학』, 1961. 2월호, p. 241.
8) 신동엽, 앞의 글, p. 234.

　　"땅에 누워 있는 씨앗의 마음은 원수성 세계다. 무성한 가지 끝마다 열

　린 잎의 세계는 차수성 세계고 열매 여물어 땅에 쏟아져 돌아오는 씨앗

　의 마음은 귀수성 세계다.[9]"

이것은 우리 인류에게도 적용되는 것이어서, 인종에게도 봄이 있고, 여름의 무성이 있고, 가을의 귀의(歸依)가 있다는 것이다. 그러면서 신동엽은 현대를 "하늬바람을 눈앞에 둔 여름가을 변절기(變節期)가 아니면 이미 가랑잎 물들기 시작한 이른 가을철"로 파악한다. 그리하여 그의 우람한 목청은 "흙에서 나와 / 흙으로 돌아"갈 것을 강력히 부르짖고 있다. 위의 인식과 주장 때문에라도 강한 반골기질을 드러내는 것이 그의 시다. 혁명에 의한 귀수성 세계를 희구하는 듯, 「금강」이 동학농민운동을 소재로 하고 있을 정도로 그는 강고한 사회의식을 지닌 '생명발언의 시'를 썼다.

　인간이라는 존재의 필연적 조건은 생명이다. 생명이 없을 때, 결국 흙으로 돌아가는 것이 인간의 운명이다. 시는 바로 이 인간존재의 근본 조건을 지키는 것이어야 한다. 아무리 사상이 앞서느냐 정서가 앞서느냐 하고 시 내지는 문학의 본질적 구명을 위한 노력을 한다고 해도, 불가사의한 것이 시 또는 문학예술이라고 한다면, 결국 우리는 한 가지 확실한 시학(詩學)에 의지할 수밖에 없다. "시란 사회의 산물인 언어로 만들어지는 예술[10]"이라는 명제가 그것이다.

　이것은 김병걸의 "사회란 인간존재의 잡다한 다양성을 내포한 통일성의 발현이다. 전체로서의 단일성과 다수성의 융합적 결합이 바로 사

---

9) 신동엽, 앞의 글에서 인용.

10) 임헌영, 「숨바꼭질 시학비판」, 『시인』, 1970. 5월호 p.11.

회의 본질이다. 한 개인은 개적 존재이면서 또한 사회구조의 구성적 인자가 된다. 사람은 그가 속하고 있는 집단의 언어를 사용하며, 자기 집단이 생각하는 방식으로 생각한다.[11]"는 말로 뒷받침될 수 있을 것이다.

인간이 존재하고 생활하는 세계에는 반드시 인간의 조건이 있고, 인간을 둘러싼 사물이 있다. 이러한 사실을 생각할 때, 인간은 결국 인간을 위해 살고 있고, ― 그것이 어떠한 작업이든 간에― 인간의 작업은 또한 인간에게로 돌아가는 것이어야 한다. 문학도 인간의 작업임이 명백하므로 문학은 인간에게로 돌아가야 한다. 영원한 인간회귀의 문학, 이것이 이제까지의 인류역사에 피어난 문학예술에 관한 한 정의가 된다. 그렇다면 인간은 어떠한 인간인가.

사람은 나면서부터 또 다른 사람을 만나게 마련이다. 어머니로부터 초면(初面)의 타인까지 숱한 사람을 만나게 되는 것이 사람이다. 어떤 사람이고 또 다른 사람을 만나게 된다면, 거기서 사회라고 하는 집단이 형성된다. 따라서 집단과 개인의 길항작용을 어떻게 조화시킬 것인가 하는 문제는 문학의 중요한 과제가 아닐 수 없다.

신동엽은 그 사회를 보는 인식이 앞에서 말한 바대로 반골기질을 내포하고 있어서 반항의 시를 써내며, 전신을 담아서 썼다. '온몸으로 밀고 나가며' 시를 썼던 그가 인간존재의 필연적 조건인 '생명'을 시의 목표로 이야기한 것은 앞의 모든 말을 감싸고 남는다.

"시란…… 생명의 침투며 생명의 파괴며 생명의 조직인 것이다."[12]

---

11) 김병걸, 「한국소설과 사회의식」, 『창작과비평』. 1972. 겨울호, pp. 754~755.
12) 신동엽, 앞의 글, p. 241.

3.

신동엽의 등단작품인 「이야기 하는 쟁기꾼의 대지」는 자신이 주장하는 '전경인(全耕人)'에 관한 하나의 직설이 되고 있다. 뒤에 언급할 딴 작품도 물론 그의 시인혼의 맥락이 굵게 이어지지만, 이「쟁기꾼의 대지」[13]는 선명하게 그의 의식을 드러낸다. 심지어 어떤 경우엔 '시인정신론' 속의 말을 그대로 옮긴 듯 직설적으로 나타나기도 할 정도다.

「쟁기꾼의 대지」는 신동엽 시인의 처음이자 마지막 시집인 『아사녀』에 수록되어 있는데, 그 후기인 '사족(蛇足)'에서 조선일보 신춘문예 입선 당시엔 20여 행이 삭제되었다고 밝히고 있다. 그것은 1959년도의 정치상황으로서는 용납하지 않았을 조금은 과격한 시어 때문이었을 것으로 추측된다. 그의 사회의식을 알 수 있는 구절로, 전쟁 참가를 비난하면서 "'박애'로운 폭약이여, '정의'로운 침략이여."(「쟁기꾼의 대지」 제3화에서)라고 조소한다. 명분이 아무리 좋아도 전쟁은 용납할 수 없다는 결의다. 같은 주제에 서면서 전쟁을 비판하는 작품으로는「진달래 산천」「풍경」「그 가을」 등을 들 수 있다. 이 시들은 시인이 전쟁을 겪었을 때 시인의 할 일은 무엇인가에 충분히 답하고 있는 작품들이다.

정신을 장식한 백화만상(百花萬象)여

몇 만 년 풀밭 이룬 인종의 가을이여,

흐드러지게 쏟아져 썩는 자리에서 무상 꽃이 내일 날엔 피어날 것인가.

—「쟁기꾼의 대지」 제6화에서

이것은 그가 말하는 차수성의 세계로부터 귀수성의 세계로의 지향을

---

13) 이하 시 제목은 이렇게 줄여서 부르겠다.

단적으로 나타내고 있다. 너무 직설적일지 모르나 그의 이 우람한 시행은 충분히 살아나고 있다. 또한 앞에 인용했던 신동엽의 현대시를 보는 관점을 드러내는 다음 구절은 얼마나 확실한 목소리인가.

해저문 바닷가의 구두 수선가씨,

단애(斷崖) 위의 이발사 선생,

산록의 수렵가 박사,

그만들 돌아오시지,

삼간초옥 등 비친 창문이 기다리고 있는데

— 「쟁기꾼의 대지」 제6화에서

스스로 믿고 느낀 바대로 솔직히 외치는 자세는 시인혼의 한 본성이 되는 진실성에 뿌리 내리고 있다. 진실한 자기 목소리가 아닌, 독자의 구미에 아부하는 '시업가' (詩業家)를 나무래는 신동엽은 준엄하기까지 하다.

가리워진 안개를 걷게 하라,

국경이며 탑이며 어용학(御用學)의 울타리며

죽 가래 밀어 바다로 몰아넣어라.

— 「쟁기꾼의 대지」 제5화에서

이어 신동엽은 다시 그의 원수성의 세계를 제시한다.

벗이여, 광막한 원시림.

인간된 거죽 훌훌히 찢어 던지고

산돼지 되어 살아갈 순 없단 말인가

아름다운 바람 하늘 높이 흘러가고

억만년 햇빛 머리위에 퍼붓는다.

— 「쟁기꾼의 대지」 제3화에서

생텍쥐페리의 「인간의 대지」를 연상케 한다. 인간을 작업인간(作業人間)[14]으로 파악하는 생텍쥐페리는 「인간의 대지」 첫머리에 "대지는 우리 자신에 대해 모든 책보다 더 많이 가르쳐준다."고 적어 놓았다. 차이는 있지만 대지를 보는 두 사람의 눈은 모두 대지를 존재의 바탕으로 파악하며, 신동엽은 특히 원수성 세계로 인식하는 것이다. 서화(序話)에서 "밤 하늘은 참 좋네요. 지금 지구는 여행을 한다나요? 관좌성운(冠座星雲) 좀 보세요"라고 진술하는 눈은 '야간비행사'의 눈 같은 느낌을 준다.

4.

신동엽은 의식적으로 시의 기법을 피하고, 소박한 시어로, 간결한 어조로 노래하였다. 그는 시에서 중요한 것은 기법이 아니라 정신이라고 말한 바 있다. 그는 시인정신 또는 시인혼이 없어져 가는 현대의 시인들에게 이렇게 개탄한 바 있다.

"현대에 있어서 시란 언어라고 하는 재료를 사용하여 만들어 낸 공예품에 지나지 않는다. 시인의 시인정신이며 시인혼이 문제되지 아니하고 그 시업가(詩業家)의 단자(單字) 다루는 수공상(手工上)의 기술만이 문제된다."[15]

이 말에서 그가 왜 시적 기교까지를 피하는가를 엿볼 수 있다. 그러나 시라는 형식으로 글을 쓰는 한, 그것까지 무시할 수는 없다. 그는 그래서 우리 문학사의 한 쟁점이 되기도 하는 전통의 계승 및 새로운 전통의 형성문제에까지 신경을 쓴 것 같다. 그리하여 그의 시는 '진취적 민요정신'을 나타낸다. 이러한 점에 대해 우선 딴 시인들과 비교하면서 알아본다. 그의 시편이 보여주는 시적 공간과 타시인의 그것을 비교해 본다는 것은 그의 시인혼이 얼마나 '민요정신'을 깊게 느끼는가를 알 수 있을 것이므로 의의가 있다고 생각된다.

그리운 그의 모습 찾을 수 없어도 울고 간 그의 영혼
들에 언덕에 피어날지어이.

— 신동엽, 「산에 언덕에」 중에서

가시는 걸음걸음
놓인 그 꽃을
사뿐히 즈려 밟고 가시옵소서.

나 보기가 역겨워
가실 때에는

---

14) 김붕구, 『작가와 사회』, 일조각, 1972.
15) 신동엽, 앞의 글.

죽어도 아니 눈물 흘리오리다.

— 김소월, 「진달래꽃」 중에서

　　신동엽은 김소월에 비해 그 민요적인 가락에서는 떨어질지 모르나 그 시인혼은 좀 더 깊고 넓은 차원을 얻고 있음을 알 수 있을 것이다. 같은 시어가 결합되어 있지만 그 의식은 전혀 다르다. '간다', '운다', '꽃' 등의 주어나 주체가 물론 다르듯, 소월의 님은 역겨워서 가는데 비해 동엽의 '그'는 전지(戰地)로 울고 간다. 또한 소월의 주체는 여성적 애정으로 울지 않겠다고 꽃을 뿌리겠다고 하는데 비해 동엽의 그것은 들에 언덕에 영혼의 꽃으로 피어나는 연기(緣起)를 본다. 같은 민요조고 한국적 한의 세계라 해도 소월의 그것이 감성의 차원에 있다면 신동엽의 그것은 감성을 지나서 이성의 차원으로 승화하고 있다. 이처럼 신동엽의 초기시는 선배시인들을 극복하는데 주력하는 듯 전통적 자유시 형식에서 선배시인과 겹치는 부분을 보여준다.

내 고향은 아니었었네
아들딸이 불리어갈 때
빠알간 가랑잎은 날리어 오고.

—신동엽, 「내 고향은 아니었었네」 중에서

고향에 고향에 돌아와도
그리던 고향은 아니러뇨.

산꿩이 알을 품고

뻐꾸기 제철에 울건만,

마음은 제고향 지니지 않고.

— 정지용, 「고향」 중에서

신동엽은 정지용에 비해 우리말의 세련미에서 떨어진다. 그러나 고향에서 느끼는 슬픔은 '아들딸이 불리어 나가는' 사건으로 더욱더 슬픈 차원으로 옮아간다. 지용의 감각은 '우리말의 감각어로서 그 표현의 목적을 다한 좋은 사례'[16]가 되는 시를 썼었지만, 그는 아직 신동엽이 가진 시인혼의 처절함에는 이르지 못하고 있다고 생각된다.

노래는 떠 갔네, 깊은 들길
하늘가 사라졌네, 울픈 얼굴
하늘가 사라졌네
스무살 전지(戰地)에

— 신동엽, 「그 가을」 중에서

갔네
황불이 일어
하늬도 소소리도
회오리도 없이 고인 불
(중략)
파멸해버려야만

---

16) 김현승, 「김광섭론」, 『창작과비평』, 1969. 봄호.

　　속시원할 난장의 빗발 아래

　　황불이 일어

　　갔네.”

— 김지하, 「황불」 중에서

　위의 두 시는 화답시라 해도 좋을 만큼 그 치열한 시인혼, 그 숨쉬는 전통적 가락으로 한국시의 한 차원을 열고 있다. “50년에 모더니즘의 해독을 너무 안 받은 사람”[17]인 신동엽. “혼돈과 갈등과 생멸(生滅)의 대차적 세계를 설정함으로써 순수한 의식의 드라마가 아닌 비극적 국면을 조립, 60년대의 일반적 경향과 분리되고 독특한 일면을 갖추게 된”[18] 김지하, 이들은 사회(공간적 존재의 장)와 역사(시간적 존재의 장)의 비극적 상황에서 시인혼의 양심적 속성을 표출하고 확실하고 끈질긴 목소리로 노래한 것이다. 이처럼 믿을 만한 시인이 많을 때, 시인혼이 정직하게 나타나는 시가 많을 때, 우리의 문학사는 풍성해질 것이라 믿는다. “하늘가 사라졌네. 스무 살 전지(戰地)에.”, “갔네. 황불이 일어.”

5.

　“투명한 토착어[19]”로 쓴 「아니오」는 김수영이 감탄할 만큼 현실의 절망감을 초월한다.

---

17) 김수영, 앞의 글.
18) 오규원. 「상상력과 시적 표현」, 『문학과 지성』, 1971. 여름호, p. 362.
19) 임헌영, op. cit., p.25.

아니오
미워한 적 없어요,
산마루
투명한 햇빛 쏟아지는데
차마, 어둔 생각 했을 리야.

아니오.
괴뤄한 적 없어요,
능선 위
바람 같은 음악 흘러가는데
뉘라, 색동눈물 밤으로 쏟았을 리야.

아니오
사랑한 적 없어요,
세계의
지붕 혼자 바람 마시며
차마, 옷 입은 도시계집 사랑했을 리야.

— 신동엽, 「아니오」 전문

전율처럼 찌르르한, 감격적인 시다. 투명한 햇빛이 쏟아지는데, 바람 같은 음악 흘러가는데, 어둔 생각과 색동눈물은 무슨, 신동엽은 미워할 것도 많고, 괴로워할 것도 많은 현실을 넘어선다. '살아 있음의' 불쌍함을 넘어 '초공간'에 '지나가는 음영'을 짚어내는 시인혼은 '없음이어라. 없음이어라.' = '색즉시공 공즉시색(色卽是空 空卽是色)'의 높은 차원으로 승화되고 있다. 그리하여 "세계의 / 지붕 혼자 바람 마시며"
"옷 입은 도시계집"을 사랑한 적이 없다고, 나의 사랑은 다른 곳에 있다
고, 높은 목청으로 "껍데기는 가라"고 이렇게 노래한다.

> 껍데기는 가라,
> 4월도 알맹이만 남고
> 껍데기는 가라,
>
> 껍데기는 가라,
> 동학년(東學年) 곰나루의, 그 아우성만 살고 껍데기는 가라,
>
> 그리하여, 다시
> 껍데기는 사라.
> 이곳에선, 두 가슴과 그곳까지 내 논
> 아사달 아사녀가
> 중립(中立)의 초례청 앞에 서서
> 부끄럼 빛내며
> 맞절할지니
> 껍데기는 가라.
> 한라에서 백두까지
> 향그러운 흙 가슴만 남고
> 그, 모오든 쇠붙이는 가라."

―「껍데기는 가라」 전문

아울러 낮은 목청으로 '이슬 먹은 세월'의 '보리타작 소리'를 읊는
다. 그가 제시한 세계, 시인이 그리는 세계는 이렇게 이어진다.

    톡 톡

    투드려 보았다.

    숲속에 서서

    자라난 꽃 대가리,

    (중략)

    톡 톡

    두드려 보았다

    삼한(三韓)ㅅ적

    맑은 대가리.

    산 가시내

    사랑, 다

    보았으리.

—「원추리」[20] 중에서

신동엽의 시인혼은 그 눈물이 피처럼 끓는다. 전쟁이라는 만행에는
가차 없는 질책을 가하며, 그 전쟁이란 상황으로 인간적이기를 배반당
한 우리 민족에겐 애타는 동정을 보낸다.

---

20) 『아사녀』엔 '꽃 대가리'로 되어 있다.

참쑥 뭉쳐 꿀걱이며 압록강으로 제주도로 바다로 골짜기로 반만년 쫓
기던 민텅구리 죄 없는 백성들의 터진 맨발을 생각하여 보아라.
—「아사녀 울리는 축고(祝鼓) 2」 중에서

그래. 불쌍한 백성아. 나의 사랑하는 민중아. 땅만 파는 농민아. 쟁기
꾼아. 신동엽은 안타깝게 부르는 것이다.

    나 돌아가는 날
    너는 와서 살아라

    묵은 눈터
    새순 돋듯
    허구많은 자연중(自然中)
    너는 이 근처 와 살아라.

—「너에게」 중에서

6.

신동엽의 강렬한 시인혼이 심화 확대되어 나타나는 「금강」. 이 필생
의 역작에 그는 "전신을 다 담아[21]" 웅장한 대서사시를 이룬 것이다.
'삼월'의 하늘을 보고 "동학이여. 동학이여, 양포(洋砲)의 억울한 흐름
앞에 목 진 정신이여"라고 지게 외친 신엽. 그는 동학농민운동과 삼일
독립만세와 사월학생혁명의 정신으로 충만한 가슴이었다. 그는 동학을
혁명으로 해석하며 그를 통해 개혁과 그 시인혼이 바라는 바 귀수성의

---

21) 김광섭의 시 「시인」 중에서.

세계를 그려내었다. 이것은 다음의 인용에서 이해되어질 것이다.

> 서사시의 주요한 성격은 서정에 대한 특질로 '사실을 서술한 장시' 라는 것이며, 그 사실은 막연한 사실이 아니고 일정한 인물의 행동을 구체적으로 한 사실이라는 점이다. 또는 그 주인공은 영웅이며 '영웅은 집단적 인물' 이라는 것이다[22]

이러한 견해는 서사시에 관한 정설이라고 볼 수 있다. 영웅은 신화의 주인공이 그 시대를 반영해주듯 시대의 산물로서의 인물이다. 가령 전봉준을 영웅이라고 한다면, 그는 갑오(甲午) 동학년의 시대가 낳은 인물인 것이다. 당시 관(官)과 민(民)은 '강징' (強徵)과 '피해' (被害)로 수없이 충돌하였다. 이에 농민들은 한 구심점을 향해 모여 들었고 마침내 봉기한 것이다. 동학은 "강렬하게 민중에 어필하는 새로운 혁명적 반봉건사상[23]" 이었고, "동학 접주(接主)들이 종교적 입장을 떠나 농민들의 입장에 서게 될 때, 접주들은 동학군의 영도자가 되었던[24]" 것이다.

전봉준도 동학 접주의 한 사람이었고, 더구나 그의 아버지 전창혁이 맞아죽었기 때문에 혁명의 선봉에 선 것은 가히 짐작할 만한 일이다. 전봉준이 이끈 "양반사회에 항거하여 일어난 대규모적인 농민전쟁[25]" 의 대열. 그 대열에 신동엽을 '신하늬' 로 등장시킨다. 신하늬와 인진아의 밀도 짙은 사랑의 정신을 엮는 시인혼의 승리가 바로 「금강」이라 할 것이다. 신동엽이 바라는 세계는 단적으로 "태양과 추수(秋收)와 연애

22) 백철, 『문학개론』, 신구문화사, 1961. pp.214~216.
23) 김룡덕, 『한국사인(韓國史人)의 탐구』, 계몽사, 1967. p.167.
24) 원유한, 『한국사대계 7』, 삼진사, 1973. p.80.
25) 이기백, 『한국사신론』, 일조각, 1967(1974 18판). p.319.

와 노동[26]"의 세계다. 동학의 상황을 당대로 끌어와 1960년대의 사회를 비판한 역사의식은 냉철, 정확한 것이다.[27]

우선 동학군의 창의문(倡義文)을 일별하여 보자.

"전략(前略)… 오늘의 고관들은 나라를 생각지 / 않고 녹위(祿位)를 도둑질하여 아첨을 일삼아, / 충고하는 선비를 간언(奸言)이라 배척하고 정직한 / 사람을 비도(匪徒)라 트집 잡아 안으로 나라 생각하는 / 인재가 없고 밖으로 학정의 관(官)만 늘어가리 / 인심은 갈수록 변하여 들어앉아도 현안한 날이 / 없고 나가도 보신(保身)의 길이 없도다, (중략— 필자) 억조(億兆)가 의논을 거듭하여 이제 의로운 / 깃발들고 보공(報公)과 안민(安民)을 목숨 걸고 / 맹세하노니, 오늘의 이 광경이 비록 / 놀라운 일이라 하라 결코 두려워하지 말고 / 각자 생업에 안온하여, 함께 강산의 태평세월을 / 축하하며 다함께 성스런 혜택 누리게 되면 / 천만다행으로 아노라,

1894년 3월 2십 1일 동학농민혁명본부

—「금강」 제17장에서

"(前略)… 今之臣 不思報國 徒窃祿位 掩蔽聰明 阿意諂容 忠諫之士 謂之妖言 正直之人 謂之匪徒 內無輔國之才 外多虐民之官 人民之心 日益渝流變 入無樂生之業 出無保軀之策 (中略— 필자) 億兆詢義 今擧義旗 以報公輔國安民 爲死生之誓 今日之光景 雖屬驚駭 切勿恐動 各安其業 共祝昇平日月 咸沐聖化 千萬甚幸

---

26)「금강」 제13장에서.
27) 사족이지만 신동엽은 단국대 사학과를 졸업했다.

　　　　甲午 四月

　　湖南倡義所 全琫準

　　　　　　孫和中

　　　　　　金開南 等[28]"

　　위에서 우리는 당시의 삼정(三政)이 문란했던 사회의 양상을 엿볼 수 있고, 농민들의 뚜렷한 의지를 알 수 있다. 그런데 신동엽은 몇 가지를 임의로 수정했다. 국역하여 시로서 행(行), 연(聯)을 나눈 것은 물론이지만, 원문을 '전략' 했고 일자도 '3월 2십 1일' 로 바꾸었으며, '호남창의소' 를 '동학농민혁명본부' 라고 고치었다. 이것은 일자(日字)를 「금강」의 다른 부분에서 3월로 쓴 것과 일치시키기 위해서였으며, 또 하나 '동학농민혁명본부' 라고 고침으로서 신동엽 자신의 해석을 첨가한 것이다. 그는 혁명으로 해석한다.

　「금강」에서 신동엽은 여러 가지 음성으로 말하고 있다. T.S. 엘리어트가 말하는 '시의 세 가지 음성' 이 다 나타난다. 그 중 위에 인용한 부분은 '셋째 음성[29]' 이 될 것이다. 극중인물인 전봉준 곧 동학농민의 음성을 빌어 신동엽 자신이 말하는 것이다. 신동엽은 그의 염원을 표현하기 위하여 동학을 택했고, 그것을 「금강」이라는 서사시로 엮어낸 것이다.

　　신동엽은 "우리들은 끄떡하면 외세를 / 자랑처럼 모시고 들어오지." 라고 사대주의를 비판한다. 동학이 그랬던 것처럼 뚜렷한 주체의식을 갖고 역사를 보고 현실을 보는 것이다. 그런 그의 뚜렷한 시인혼은 역시 시인답게 혁명의 소용돌이 속에서도 진한 사랑의 이야기를 잊지 않

---

28) 전봉준 자료집, 『나라사랑』, 제15집(1974년 여름호), p.138
29) T.S. 엘리어트, 『시의 세 가지 음성』, 최창호 역, 양문사, 1961, p.133.

았다. 그것이 바로 신하늬(자신일지도 모르는)를 역사의 현장에 뛰어들게 했다는 것이고, 인진아를 '기다림'이라는 애정의 행동으로 그려낸 것이다. 여기서 신동엽이 바라는 세계가 무너지는 사랑처럼 안타까운 사실을 알게 된다.

"당신은 나리꽃 앞에
무릎 꿇고 꽃 입술에
입맞춤하며
날 놀리셨죠,

금빛 꾀꼬리가
우리 머리 위를 장난치듯
아슬아슬하게 날아갔어요."

— 「금강」 제25장에서

이 구절을 인용하면서 조태일은 "훌륭한 연애시로서는 손색이 없을는지 몰라도 이 시의 주제가 되어 있는 민중의식의 발전과 그것으로 빚어질 수밖에 없는 분노와 연민과는 하등의 연관이 없는 묘사[30]"라고 지적한다. 그러나 이 같은 견해는 오류가 아닐까. 신동엽이 바라는 세계의 폭을 이해하지 못했기 때문에 나오는 말로 보인다. 다음을 좀 더 읽어나갔다면 그 같은 견해를 이야기하지 않았을 것이다.

"풀방석 위서

---

30) 조태일, 『신동엽론』, 창작과비평. 1973. 가을호.

까불며, 속삭이며 새우던

하룻밤,

전, 원추리꽃으로

왕관 만들어 당신 머리 위

올려놔 드렸어요,

끝났군요.”

—「금강」 제25장에서

‘끝났군요’. 체념을 넘어 허무의 세계다. 가령 김주연이 범한 우처럼 ‘없음’에 대한 이해가 부족했던 것이 아닐까.

지금까지의 언급에서 알 수 있는 것은 「금강」은 혁명에의 서사시이면서 동시에 사랑에의 헌가(獻歌)라는 것이다. 우리는 이 양면성을 유념하면서 「금강」을 더욱 구체적으로 살필 수 있고, 신동엽의 시인혼이 바라는 이상 즉, 귀수성 세계를 알 수 있을 것이다.

“굶주려 본 사람은 알리라,

하루 이틀도 아니고

한 해 두 해도 아니고

철들면서부터

그 지루한

삼십 년, 오십 년을

굶주려 본 사람은

알리라.”

—「금강」 제25장에서

신동엽은 현실의 아픔을 굶주린 상황으로 본다. ―그것이 동학년의
것이든 1960년대의 것이든― 그러나 굽히지 않는 시인혼은,

      "정신은

      빛나고 있었다.

      몸은 야위었어도

      다만 정신은

      빛나고 있었다."

―「금강」제3장에서

고 '승화된 높은 의지'를 나타낸다. 그렇다. 그 정신은 빛나서 혁명에의
의지로 노래한다.

      "지주도 없었고,

      관리도, 은행주도,

      특권층도 없었단다.

      반도는,

      평등한 노동과 평등한 분배,

      능력에 따라 일하고

      필요에 따라 분배,

      그 위에 백성들의

      축제가 자라났다.

늙으면 마을사람들에 싸여
웃으며 눈감고
양지바른 뒷동산에 누워선, 후손들에게
이야기를 남겼다.

반도는
평화한 두레와 평등한 분배의
무정부 마을
능력에 따라 일하고
필요에 따라 분배,
그 위에 청춘들의
축제가 자라났다.
우리들에게도 생활의 시대는 있었다."

— 「금강」 제6장에서

'생활의 시대' = '시인혼의 이상' = '귀수성의 세계'를 위해 혁명이 필요하다고 느낀 것이다. 신동엽의 굵직한 목소리, 높은 시인혼은 「금강」에서 베토벤의 「운명교향곡」처럼 전개된다. "베토벤, 그는 1827년에 죽었던가, / 그 음악은 이조 말의 반도 하늘에도 / 메아리쳐 오고 있었을까."라고 노래한 것처럼, 운명의 제 3악장;

"1894년 3월
우리는
우리의 가슴 처음

만져보고, 그 힘에
놀라,
몽둥이, 알맹이 채 발라,
내던졌느니라.
많은 피 흘렸느니라."

—「금강」 후화(後話), 2에서

신동엽의 금강, 그 운명의 제4악장은 이렇게 이어진다.

"그러나
이제 오리라,
갈고 다듬은 우리들의
푸담한 슬기와 자비가
피 한방울 흘리지 않고
우리 세상 쟁취해서
반도 하늘높이 나부낄 평화,
낙지발에 빼앗김 없이,

우리 사랑밭에
우리 두렛마을 심을, 아
찬란한 혁명의 날은
오리라,

겨울 속에서

봄이 싹트듯
우리 마음속에서
연정이 잉태되듯
조국의 가슴마다에서,
혁명, 분수 뿜을 날은
오리라."

ㅡ「금강」 후화(後話), 2에서

"끝나지 않은 인간은 야만", 이를 개혁할 혁명의 날은 오리라. 신동엽은 "아무 일도 없었다는 듯, / 평화로이 흘러가는" '금강'을 보고 무엇을 생각했는가. 그의 시인혼은 이렇게 노래하지 않던가.

"조국의 해방이여
백성의 해방이여

농민의,
노동하는 사람들의 하늘과 땅이여

오, 벌거벗고 싶은 감격이여
오, 위대한 반란이여,

꿀과 젖이 흐르는 땅,
꽃과 과일이 만발하는 강산이여,

눈빛과 웃음이

어우러지는 땅,

배불리 먹고 살 수 있는 나라여,

아버지와 아들이

사랑할 수 있는 세상이여."

7.

신동엽은 자의식을 드러내지도 않았고, 시적 기술의 잔재주도 부리지 않았다. 다만 역사의식과 사회의식이 뚜렷이 부각되는 웅장한 시인혼으로— 너무 소박하다든가 너무 직설적이라든가 하는— 몇 가지 흠을 무릅쓰고, 이렇게 감격적인 시를 쓴 것이다.

"간밤에 밟히워 간 가난한 목숨들의 명복을 위하여, 지금 어디선가 아우성치고 있을 못된 아귀들의 진혼을 위하여. 그러고는 내일 날 태양빛 찬란히 빛나 있을 사형 집행장, 꽃바람 부는 교외, 잔디밭 언덕으로 끌려나갈 아름다운 인류들의 눈물을 위하여, (중략) 대지를 쪼개고 솟아나올 성생대암층(姓生代岩層) 깊숙이 우리의 대사서시를 새겨넣기 위하여."
— 「이야기하는 쟁기꾼의 대지」 2화에서

신동엽의 시인혼은 불의니 부정이니 하는 사회악을 눈 감고 참을 수 있는 비양심적인 것이 절대 아니었다. 인간이 인간다울 수 있는 세계, "태양과 추수와 연애와 노동"의 세계를 염원했을 뿐이다. 그의 시가 "세계적 발언"을 하고, "새로운 시의식의 차원"을 얻은 것은 당연하지 않을까.

항거와 행동과 지성의 시인혼. 신동엽의 시인혼은 안타깝게도 그의 육체적 정지와 함께 시인 활동을 끝내고 1969년도 "영원의 하늘"로 날아갔는가. 끝내는 귀수성의 세계, "흙으로 돌아" 갔는가. 투철한 귀사의식(歸史意識), 확고한 사회의식, 뜨거운 생명에의 애가(哀歌)는.

— 1974년 〈중대신문〉, 『중앙문화』 제9집(연간)

감동의 민예총 10년,
그리고 앞으로를 기대하며

　민예총(한국민족예술인총연합). 이 이름이 서기까지 몸을 던져 싸워 온 문예일꾼들, 이 이름이 알려지기까지 땀 흘려 일해 온 조직일꾼과 문예활동가들, 우리 민족문화예술, 민족문예운동사에 이름을 올려도 조금도 부끄러울 것 없는 이름들이 민예총의 이름 속에 담겨 있다. 우리 민족문화예술이 세계 민중문예의 흐름에 나서서도 얼마든지 자랑스러울 이름들이. 그래서 나는 그 이름들과 민예총이란 이름에 존경의 인사를 올리지 않을 수 없다.

　그리고 민예총은 해방공간(결국은 분단공간이 되어버린)에서 문예총이 짊어졌던 짐을 승계하고 있다는 점에서 우리 민족문화예술의 역사복원에도 기여하고 있다. 다만 그것은 분단으로 북쪽으로 간 부분과 남쪽에서 민예총으로 서기까지 외롭기도 하고 의롭기도 한 문화예술활동, 그리고 문예운동을 이끌어온 부분들의 완전한 재결합이 이루어지기까지는 완전하지 못하고 그것은 남북 문화예술교류라는 민예총의 성과와 더불어 앞으로의 과제이기도 하다. 앞으로의 민예총에 거는 기대의 큰 부분은 여기에 두어진다고 할 수도 있을 것이다.

민예총은 문화예술이 추구해야할 휴머니즘의 대종을 지키면서 그것을 온전히 이루는데 거의 절대적으로 필요한 민족통일의 대업을 향해 나아가는 도정에서 매우 튼튼한 수레를 만들어 바퀴를 굴려나가고 있다고 할 수 있을 것이다. 1980년대 이념논쟁에서 우리는 '민중'과 '민족'을 지나치게 대립적으로 보았던 시각을 정리하지 못한 채 1990년대 벽두에 현실 사회주의 붕괴, 군사독재 퇴진이라는 두 변수를 맞음으로써 자기 정체성에 혼란을 가져왔다. 이를 극복하는 시사점으로 수레의 두 바퀴가 모두 튼튼해야 함을 반추해야 할 것이다.

그리고 나는 민예총 일꾼들이 창작을 통해서나 조직운동을 통해서나 이를 능히 해낼 것으로 믿는다. "어떻게 세운 민예총인데! 어떻게 싸워온 민예총인데!'라고 말할 때 거기 민예총의 역사가 있고 민예총의 동력이 실려 있기 때문이다. 박수 뜨거웠던 그 공연들, 온몸으로 전율을 느끼게 하며 감동을 자아냈던 전시회들, 흙속에 박힌 감자알 무 뿌리처럼 요소요소에 박혀 있는 말의 씨앗들, 그리고 그 숱한 열사들의 장례투쟁 때마다 밤을 다투며 일하던 일꾼들의 헌신… 이 힘을 나는 믿는다. (다만 덧붙이자면, 민예총이 사단법인으로 되면서 고유의 치열함을 놓치는 측면도 있는 것같다는 우려를 적어둔다. 그리고 치열함이란 다만 투쟁성을 말하는 것만은 아니라는 점도 덧붙이면서.)

어느 술자리에선가 민예총 선배에게 건방짐을 무릅쓰고 이런 말을 했었다. "문화예술은 기본이고 기초죠. 단지 방법이 아니죠. 출발점이자 종점이죠. 문예는 곧 운동이고 운동은 곧 문예이어야 하지 않을까요?'라고. 운동으로서의 문예가 지나치게 방법론으로 흐를 수 있다면, 작품으로서의 문예가 결과론으로 흐를 수도 있다는 경계심을 가지고 드린 말이었고, 동시에 문화예술의 의미를 되새기면서 자기 분발에 경종을 울리자는 뜻이었다. 지금 이 자리에서도 건방짐을 무릅쓰고 민예총 형제들에게 다시 반복하고 싶다. 물론 반쯤은 민예총 회원인 나 자신에게도.

보건의료운동과 민족문예운동이 무언가 함께 기획해서 벌일 만한 사업을 찾았으면 하는 바램을 덧붙인다. 보건의료인이 북녘 어린이에게 의약품 보내기운동을 한겨레 어깨동무와 함께 하면서 안치환 순회공연이 자리를 같이 했던 좋은 경험이 있지만 이는 공동기획은 아니었던 한계도 안고 있다.

실업난, 경제난에 허덕이는 남북 민중, 즉 우리 민족 모두에게 힘이 될 일은 무엇인가. 나는 그것을 사람 죽이는 분단 군사대결 문화를 청산하는 데 문예일꾼과 보건의료일꾼이 나서는 일이라고 생각한다.

"사람 죽이는 (분단)문화에서 사람 살리는 (통일)문화로!" 함께 갈 수 있었으면 하는 바람을 가져본다. 물론 그에 알맞는 공동기획사업은 어려운 일이 아닐 것이다.

— 1998년 11월, 민예총 창립 10주년 기념 축사

스승이시어, 스승이시어

— 리영희 선생님 추모 조시

행복합니다
스승이 있음에

실천합니다
스승의 뜻 새겨

이 땅에
평화를
통일을

하지만 스승이시어!

오늘
부끄러움이
온 몸
온 가슴에
밀려오도록
저희는 부끄럽습니다

전환시대 대표 지성
리, 영, 희,

그 이름보다
더 큰
교훈
"인간"
아니
"사람"

최고 가치를
깨우쳐 주셨지요
그 사람됨의 길
사람 사랑의 길
그 근본

평화!

통일을 여는 평화
평화를 여는 통일

큰 테제
작은 실천
게으름 덩어리인 저희들

다시 깨우치소서
다시 회초리 드소서

공인으로서나
개인으로서나
남보다
나에게
더 엄격하셨던 선생님의 겸손
"아내 덕분에…"
"자식 덕분에…"
하시면서
"가족에게 좀 더 잘할 걸…"
자책 아닌 자책을 하셨지만,

작은 것에서 큰 것
큰 것에서 작은 것
챙기신
선지자 스승

베트남 전쟁으로부터
이끌어내신
지혜
오늘까지도
핵심을,

폐부를 찌르십니다
미래를 가르치십니다

와인은
싼 것이 땡겨,
비싼 건 왠지 덜해!
하셨듯,
싸게
평화! 마시게 하소서
비싼
전쟁! 독주 마시지 않게 하소서

이북에
쌀 한 웅큼 보내면서
나눔 어쩌구 하지 마시오
베품은 더욱 아니올씨다
갚음이어야 하오 갚음!

하시던 그 말씀
쟁쟁합니다.

평생 소원
못 이루고 가시는
아쉬움 담아

한마디 해주세요
절대가치는 평화!

평화!

일갈하시고 나섰는데도
귀 막고
총 들이대는 자들에게
늘 그러셨듯 눈에 힘 주시며
아니야?
아니야?
되물어주세요
되물어주세요

이제 가시는 스승님
스승님 행복이
저희들 행복,

영원히 행복하세요.

― 2010년 12월 6일 리영희 선생님 영전에

임종철 삼가 올림

뒤늦게 여쭙는 못난이의 문안인사
— 어머님 팔순 축하연 축시

눈이 참 엄청나게도 왔던 그 어느 겨울

천지 사방이 온통 눈으로 덮여

말죽거리 시골길 길을 잃고 밤새 헤매이다

엎어져 눈두덩을 다치시고

새벽에사 집으로 돌아오신 그날 기억

나시나요?

그때 가도 가도 눈으로 덮인 길

이리 가도 막막하고 저리 가도 막막하던 그 길처럼

어머님 인생길이 그러하셨던 거 아니시던가요?

전기구이 통닭이 유행하던 시절

개구리 잡아 닭을 기르던 때 기억 나시나요?

웃자란 놈이 미워서

덜 자란 놈 사료까지 먹어치워서 미웠고

통닭감으론 너무 커서 제대로 팔지 못해 미웠던

그래서 제발 모두모두 고르게 고르게 자라다오

마음속으로 기도하면서 키우던 그 닭들처럼

자식들도 고르게 고르게 키우고 싶으셨던 거 아니시던가요?

고등학교 때는 그리 열심히도 성경 공부하던 아들놈이
대학엘 들어가더니 술 마시고 담배 피우고
문학수업 한답시고 이리저리 헤매 다니고
"예수님은 가슴속에 있지 교회당에 있지 않아요"
버럭 소리 지르고는 교회에 나가지 않게 된 아들 놈이
어머님 가슴속에
예수님이 아니라 대못을 박아드렸으니
자식놈이 자식이 아니라 웬수였던 거 아니시던가요?

아플 때는 사랑하는 사람이 더욱 그리워지는 법
그럼에도 하늘로 가신 그 님은 만날 길이 없는데
자식 놈들은 제 살기 바쁘답시고 그 아픔을 모르쇠 하니
아픔이 그 얼마나 더 커지시던가요?
80년 생애 속에 홀로이 살아오신 그 길고 긴 날들
그리움이 그 얼마나 더 커지시던가요?
차라리 그 그리움으로 그 아픔을 이기고
꿋꿋하게 오늘까지 오셨던 거 아니시던가요?

이제 이 못난 자식 드릴 말씀은 하나
"오래 오래 건강하세요"

— 2008년 1월 5일, 못난 큰아들 올림

약의 날 노래
— 귀한 것이 많아도

이 세상에 귀한 것이 많다고 해도
자신의 건강보다 더한 것이 있나요
사랑도 많은 재물도 힘찬 건강보단 못해
건강한 몸 건강한 마음 매일 활기차게 살아
밝은 나날 행복하게 웃음 지어가며 살자

이 세상에 귀한 것이 많다고 해도
생명과 건강보다 더한 것이 있나요
좋은 약 최선의 진료 정성 기울여서 치료
전문가들 협력하여 환자 건강회복 돕고
국민건강 지켜가는 긍지 느껴가며 살자

이 세상에 귀한 것이 많다고 해도
건강한 나라보다 더한 것이 있나요
약한 곳 그늘진 곳 미리 돌아보고 살펴
서로서로 도와가는 국민 건강세상 열고
너나없이 우리 모두 함께 행복 속에 살자

— 2003년 10월 6일 개사곡 노랫말 지음

새로운 의제, 새로운 길을 열자
― 건약 20주년 축시

흘러가는 세월 속에서 우리도 흘러가고 있는가
흘러가는 시간처럼 우리의 시간도 흘러가고 있는가

20년 전
우리는
건강의 본류로 역류하는 연어들이었던가
우리가 우리에게 놀랐던 그 놀라운 역동,
지금도 새삼 가슴 벅차게 떠오른다네

그 첫새벽 골목안
그 늦저녁 부산역
그 한밤중 수성못
그 선뜻한 무등산 아침
그 끈질겼던 한밭식당

그 뜨거운 에너지로
하나의 힘으로 뭉쳐
작은 샘물들로 하나의 강물을 이루었었지
그리하여 우리 힘과 연대의 힘으로

일으켜 세운 이정표들이
우뚝우뚝 자랑스럽기도 하지

의료보험 통합
의약분업
약사회장 직선 등등

우리가 우리에게 박수를 보내도
이것들만큼은 자만이 아니다, 자랑이다
우리 스스로 자부하고 격려하여 마땅하리라

우리의 열정,
우리의 정당성,
우리의 실천,
우리의 도덕성,
우리의 밤샘,
우리의 입씨름,
우리의 가슴,
우리의 서운함,
우리의 반가움,
우리의 젊음,
나이나 체력으로 저울질 할 수 없는 젊음…
우리의 힘을 갈무리하자

우리의 자부심을 키우자
그러나 자만은 결코 우리 사전에 올리지 말자
자폐의 함정에 빠지지 말자

우리가 갈 길은 아직 멀다

오늘,
우리, 나,
성찰하자

20년을 오면서
우리에게 없던 것들이 생겨났지 않은가

자기 아내, 또는 남편, 아이들이 생겨났고
처갓집 또는 시댁이 생겨났고
소시민의 현실 생활이 생겨났지 않은가

자기 집과 약국이 생겨났고
자기 자동차가 생겨났고
자기 소유의 잔재미도 생겨났지 않은가

딴 길로 가버린 벗들이 생겨났고
이 세상을 떠나버린 벗들이 생겨났고
어느덧 눈빛 선연한 후배들이 생겨났지 않은가

10년 전쯤에도,
창립 10주년을 맞으며
이리 지지부진하려면 접자고,
그런 반성의 시간들이 있었던 것을 잊지 말자

우리가 갈 길은 멀다

평화의 길,
통일의 길,
건강사회로 가는 길

우리의 갈 길이 멀다

촛불을 내릴 때가 아니다
횃불을 새롭게 밝혀야 하리라
새로운 시대를 열어가는
새로운 의제를 찾고
새로운 실천의 길을 열어가야 하리라

새로운 20년,
창립 40주년을 맞을 때
그날, 더 큰 기쁨을 나누기까지

— 2008년 11월 23일

매향리 만가輓歌

혼인잔치의 노래
자자, 자아 새신랑 나오신다
어이구나 벌어진 입 다물 줄을 모르네그랴
쉬잇, 쉬이 새색시 나오신다
어머니나 저 고운 입매에도 웃음일세그랴
가진 것 없어도 넓은 가슴 새 신랑
백년을 하루같이 기쁨이어라 기쁨이어라
갖춘 것 없어도 고운 가슴 새색시
매화향기 오래토록 사랑이어라 사랑이어라

투쟁의 노래
이제는 안된다 이제 더는 못참겠다
저 미친 폭격소리
저 망할 폭탄세례

이제는 안된다 이제 더는 못참겠다
50년 폭격훈련
지긋지긋 전쟁놀음

아무리 쏘아대도 여기는 우리땅

화약 냄새 걷어내리
누가 뭐래도 여기는 우리 매향리
매화향기 되찾으리

이제는 그만해라!
이제는 끝내라 끝내!
가라 가! 가라 가!

새색시의 애가(哀歌)
사랑했어요 매화꽃
사랑했어요 매화꽃 향기
사랑했어요 매화꽃 마을
사랑했어요 매화꽃 사람들
사랑했어요 당신을, 그래요 당신, 당신을
사랑했어요
우리의 꿈
우리의 사랑
우리 아기, 생명의 숨결을

하지만, 하지만,
다아 부서졌어요
산산히 부서졌어요
저 소리 (폭음!)
저 악마의 폭격 (폭음!)

꽃도, 향기도, 마을도, 사람도, 사랑도
다아 부서졌어요
산산히 부서졌어요

가요 아아 가요
나는 가요
정 많은 세상 정 가득 품고
한 많은 세월 한 꼬옥꼭 품고
가요 가요 나는 가요
안녕히,
안녕히,
안녕히…

이 가을에 길 떠나는 사람아

보시게나 사람아,
저 아름다운 나무들
저 아름다운 잎새로 자랑스럽게 물들어가는 나무들

보시게나 길손아,
이 가을 얼마나 가슴이 뿌듯하면
저리도 붉게 술에 취해 홍에 취해
신바람 잔치를 벌이는지

보시게나 그 뒷켠마저도,
부끄러워 고개 떨구고
지레 잎새 떨구고 으스스 떨고 있는 나무들

이 가을
나무가 스승이라네
지난 봄 여름 땀 흘린 나무들이 자랑이라네
다가올 겨울바람 이겨내고 새 봄 새 바람을 맞을 사랑이라네

보시게나 이 가을 길 떠나는 사람아,

다가올 겨울 지나 봄도 지나 한 여름 뜨거운 땀 흘리고
새로운 가을을 맞을 사람아

저 나무들 저 눈물겨운 아름다움을 잊지 마시게나
저 아름다움의 뿌리를 잊지 마시게나

과장님, 좀 늦으셨습니다

올 겨울엔 눈도 참
많이도 왔습니다.
바람도 참 쌀쌀했습니다.
떠나간 사람이 자꾸 그리워지도록
쓸쓸한 일도 참 많았습니다.

이제 새 집을 이루시는 과장님,
좀 늦으셨습니다.
어머님의 고향 선천을 지나면
넓은 벌판 우리 땅 만주라는 데
언제나 갈 수 있을지 마음만 급한데
산 겹겹 일 겹겹
자디잔 즐거움쯤은 버려야겠다는 생각이
문뜩 납니다.

오늘 함께 살기로 하신 두 분
외아드님이시니 아들 많이 나셔야겠고
외따님이시니 딸 많이 나셔야겠습니다.
이 겨울, 눈도 참 많이 와서

그리움도 참 많아졌습니다.
그 그리움이 자라 사랑으로 켜져
오늘의 큰 기쁨을 맞이했습니다.
오래오래 기다린 만남이니
더 기다릴 일은 사라지고
뜨거운 씨앗들은 떳떳하게 싹을 틔울 것입니다.
그 싹이 자라 열매들로 맺어질
내일의 더 큰 기쁨을 위해

형님, 웃으면서 가십시다.

우리는 장가를 간다

남기 형은 안양에
기원 형과 석표는 성남 육군교도소에 살고 있고
모두들 흩어진 채 마음만 모인 채
찬바람은 쉬임없이 부는데
우리는 장가를 간다.
앞서거니 뒤서거니 어쩔 것도 없이 간다.

모두 환히 웃기 전에
몇 번을 곱씹어 보고
이를 악무는 사내들로서
우리는 장가를 간다.
장가로 가는 것이 아니라 장가를 간다.

시 짓는 사내여
독 짓는 아낙이여
그대들이 이루려 하는 것은
늑대 하나 여우 하나 토끼 몇
그런 가족이 아니리

사랑 때문에, 세상 사랑 때문에
낱낱으로서 보다 우리가 되어 우리로서
찬바람을 이기기 위하여
늙어서도 끝끝내 젊어 있기 위하여
우리는 장가를 간다.

지금은 여러 겹의 담이 막혀
막힌 꿈으로 안타까워 하고 있는 우리,
신혼여행이라도 금강산으로 가자.
가자.

이제는 참지 말자
— 김태원 · 장혜민 결혼을 축하하며

이제는 참지 말자

분노할 때 분노하자
상처를 입을지라도

슬플 때 슬퍼하자
남부끄러워 보일지라도

기쁠 땐 기뻐하자
남들이 손가락질 하든 말든

이제는 참지 말자
참으면 병 생기니까

사랑해야할 때 사랑하자
아니, 아무 때나! 언제든지!

살아야할 때 살아야하듯
죽어야할 때 죽자

좋은게 좋은 건 없다
좋은 건 좋게 만들어야 생기는 거니까

—2013년 2월 17일

이제는 새로운 가을을 만들어 가세나

보게나,
저 아름다운 단풍들
온 산천 꽃보다 눈부신 가을 물결들

저것은
올 농사 잘 짓고
잘 지내고 간다는,
내년에 또다시 오겠다는
송별의 몸짓들

저들은 알고 있지
저 아름다운 옷을 벗어던져야
찬바람 겨울을 이겨낼 수 있다는 것을

조상님들은 가을 낙엽 지기 전에
입동! 겨울이 선다고 했네.
겨울이 이를 악물게끔 추워도
겨울 한복판에서
입춘! 봄이 선다고 했네.

새로이 길 떠나는 부부여
이 가을이
끝이 아니라네, 시작이라네

겨울을 이겨내시게
새롭게 봄을 맞이하시게
그리하여
몸으로 아름답게
마음으로 아름답게
꽃 피우시게
여름 땀 흘리기를 게을리 하지 마시게

가을 열매
탐스럽게 맺어야
가을 단장 울긋불긋
아름답지 않겠나

새로이 길 떠나는 부부여
더 큰 기쁨 이루는 새로운 가을
만들어 가세나
더 아름답게 물드는 새로운 가을
이루어 가세나

— 2012년 10월 20일

송학선 60살 권주사
— 거 사람 참!

티이잉~
기타줄이 처지듯
늘어지면 김샌다
마음은 조리지만 편하기도 하다

띠이잉~!
줄이 땡긴다
곤두선다
저것들이? 저 MB들이?
내내 저 짓거리?

쌔애앵~~
간다 갈아낸다
이빨 썩은 것들
세상 더럽게 떡진 것들
그게 길이다

잠깐 악담 한마디,
식도락은 식탐 아닌감?

찰칵 차알칵 !
아름다워라 사람 사람 사람
사람 사는 세상천지 삼라만상

웃자 !
아 참,
속상하는 날들 짜증날 때
웃어넘기자
확 때려 부수고자 화날 때
송학선처럼

이빨, 콩세알, 국수
좋아하는 것들 좋아하면서
씨익 송학선표 웃음으로
4대강, MB 따위들
빠수고 빠쉬
더 크게 갈아내리니

자, 다들, 드시게나,
한잔 !
짜잔 !

— 2012. 6. 29

이제는 꽃피는 청춘이 아니다
— 홍순우 · 안성주 결혼 축시

홍순우 안성주,
이제 그대들은 꽃피는 청춘이 아니다
그저 열만 받으면 대뜸 핏대세우고
그저 운동화만 신으면 후다닥 뛰쳐나가고
그저 술 한잔 걸치면 우격다짐으로 설치는
그런 팽팽한 청춘이 더는 아니다.

홍순우 안성주,
이제 그대들은 꽃지는 청춘이어라.
그대들 아니 젊은 우리 모두를 꽃피게 하기 위해
서슴없이 시들어간 우리의 어버이들처럼
오늘과 내일의 역사속으로 시들어가야 한다.
그리하여 새로운 열매를 맺고
그리하여 새로운 싹을 틔우고
그리하여 새로운 줄기를 세우고
그리하여 새로운 꽃을 피우기 위하여

홍순우 안성주,
여기 모인 우리 모두는

그대들이 어떻게 시들어 가는가를 두고두고 보려고
이 서러운 겨울, 이 더러운 서울을 마다 않고
이렇게 웃음 속에 기쁨 속에 모였다.
역사의 힘인 그 뜨거운 사람으로 그 뜨거운 사랑으로
부디 아름답게 시들어가라.
이제 더는 꽃피는 청춘이 아닌 그대들
이제는 새로운 새로운 꽃피우는 청춘인 그대들
우리로 하여금 꽃지는 아름다움을 배우게 하라.
시드는 아름다움을 즐기게 하라.

놀랍다 놀라워, 너희들이 부부라니

그 바쁜 와중에, 그 살벌한 아우성 속에
언제 눈 맞추고 언제 정분날 틈이 있었는지.
모이고 흩어지고, 또 모이고 또 흩어지던
그 소용돌이는 이제도 여전한데
누가 알았을까 너희 부부말고는.
서투른 너희들의 입맞춤 물끄러미 쳐다보던 것들만
뜨거운 사랑의 힘에 놀라 달아났을 테니
웃음도 나온다.

한숨도 나온다.
이리 채이고 저리 밀리는 셋방살이
이 집 이 나라의 주인은 우리인데
도대체 언제까지 문간살림을 더 해야 한단 말이냐.
우리 중엔 나약하기 짝이 없는 놈
우리 중엔 왔다갔다하는 놈
우리 중엔 혼자만 핏대세우는 놈도 많지만,
여보게, 우리들의 살점이 흩어져
뼈를 잃은 해면질처럼 늘어지기도 하지만
이젠 허리에 힘을 주어

생산도 많이 해야 하지 않겠나.
꿈을 꾸는 아이들 꿈을 잡는 아이들,
사내면 북으로 장가보내고
계집이면 남으로 시집보내는 그때까지.

반갑다 반가워, 너희들이 부부라니.

꽃을 보아야 빛을 보지 않겠나

누가 아니라 하겠나
어느새 완연한 봄인걸!

한겨울 선거판으로 시끌벅적 정신없을 때
마침내 올 것이 왔다고
우루과이라운드 그때부터 걱정들 한 그대로
아이엠에프 신탁통치 해일이 덮쳐왔으니
아아 정녕 이 땅엔 봄이 오려면 한참 멀었다 싶기도 하이

한데 웬걸!
봄은 사람 보고 오는 게 아니라네
봄은 그저 제풀에 오고 제풀에 간다네

보게나
목련이 환하길래
아아 이 눈부심으로 세월을 깨닫는구나 했다네
대전 가톨릭농민회관 거푸 두 주를 갔어도
서울 어느 집 앞마당 것보다도 꽃피기를 더디 하길래
봄이 아직 아닌가 했더니

한데 웬걸 !
벌써 백목련 자목련 꽃잎을 떨구는가 했더니
라일락이 사르르 꽃망울을 키우며 흐드러져 가고
서울선 보기 드문 연분홍 복숭아꽃 이쁘기도 하지
흔하디흔한 벚꽃무더기 부러울 것 무엔가
벚꽃보단 좀 더 진하고 진달래보단 좀 덜 진한
복숭아꽃 이쁘기도 하지

누가 아니라 할 수 있겠나
지금 음력 춘삼월 꽃피는 봄인걸 !

언 손 부비며 몸을 떨며 버텨온 겨울
아직도 겨울은 가시지 않고
남에는 외채난
북에는 식량난
이 땅엔 영영 봄다운 봄이 오지 않을 듯싶기도 하이

한데 웬걸 !
꽃은 장터거리 시끄러움으로 피는 게 아니라네
꽃은 어차피 제 뜻으로 핀다네
보게나
기다려주던 말던 꽃은 피어나고야 말더라네
사람이 서두르면 빨리 피겠나

한눈팔고 세월 죽인다고 아니 피겠나

안 그런가
기다리고 있는 이에겐 그만큼 더 어여쁘게
한눈파는 이에겐 그만큼 시큰둥하게 보일 테지만
그게 뭐 대순가
꽃은 제 뜻으로 피지 않던가
꽃은 세상 기운으로 피지 않던가

보게나
꽃을 보고야 봄을 알았듯이
꽃을 보면 빛을 알 것도 같지 않은가
이 가시지 않은 겨울이 밀려가는 기운을 느낄 수 있지 않겠나
그 새 기운이 통일의 봄빛을 그러안는 걸 볼 수 있지 않겠나
저 잠자던 옛 문명의 역사가
지금 세상 휘어잡은 장사꾼들 밀어내는
세상천지 대개벽으로 열릴
새 세상 봄빛을 볼 수 있지 않겠나

누가 아니라 하겠나
봄빛이 세상 가득 퍼져가는걸

오늘 되새기는 꿈

오늘도 어제처럼 내일도 오늘처럼 꿈을 되새긴다.
어제는 오늘의 아버지
오늘은 내일의 어머니이시니
잡으면 퍼더덕 꿈틀거리는 생선보다도 비릿하고
놓치면 푸드득 솟구치는 산새들보다도 아쉬운
너와 내가 함께 꾸는 꿈을 되새긴다
이제 그대들 부부가 함께 꾸어갈, 함께 살아갈
그 꿈을 되새긴다.

그 꿈은 세상 어느 것보다도 아름답고
그 꿈은 세상 어느 사랑보다도 달콤하고 진하다.
그 꿈은 그래서 결코 시시하지 않고 결코 시시해서도 안된다.
만일 그 꿈이 소시민의 삶이라면
다만 몇 푼 벌어 햄버거를 즐기는 따위라면
다만 내 마누라 내 새끼 챙기는 따위라면
그건 얼마나 아슬아슬한 것이랴
얼마나 깨어지기 십상인 것이랴
이 집 밖을 가다보면
우리가 타는 그 달리는 폭탄들 앞에서 또 그 속에서

우리의 몸뚱아리는 얼마나 우스운 것이랴.

이 나라 둘러보면

총칼 독재 앞에서 그 속에서

우리가 알고도 모르는 그 숨겨진 살인무기들 앞에서

무엇이 안전하다 하랴

결국은 죽임의 시대에

죽음과 더불어 살고 있으니 그것을 어찌 꿈이라 하랴

하지만 그 꿈이

몰인간이 아니라면 반인간이 아니라면

칼부림 뻔뻔스러움이 아니라면

애비가 역사의 적이 아니라면

새끼가 역사의 적이 아니라면

우리 자신이 역사의 적이 아니라면

그대들 하느님에게 아니 자기에게 거짓이 아니라면

기회주의가 아니라면 귀족주의가 아니라면

죽음에 대한 공포가 아니라면

불행에 대한 공포가 아니라면

아니 자유라면 평등이라면 민주주의라면

그리하여 기어코 통일이라면

마음 뜨거운 통일이라면

어떤 반동들이 깰 것이냐

어떤 무력들이 깰 것이냐

어떤 자연법칙의 하늘 역사법칙의 하늘이 깰 것이냐

어떻든지 분단 제1세대인 아버지들이 이 꿈을 심고 있고

악을 쓰고 기를 쓰며 분단 제 2세대인 우리들이 이 꿈을

다지고 있고

그리고 분단 제 3세대인 이 결혼의 생산물,

그 보배로운 미래들이 이 꿈을 키워

기어코 이 꿈 이루어질 터이니

기어코 이 꿈 우리 모두의 살아있는 삶일 터이니

우리의 꿈이 통일이라면

우리의 통일이 꿈이라면

어제가 오늘이 되었듯이

내일이 오늘이 될 터이니

이 꿈은 얼마나 멀쩡하고 분명하랴

잡으면 퍼더덕 꿈틀거리는 생선보다도 비릿하고

놓치면 푸드득 솟구치는 산새보다도 아쉬우니

오늘 그대들 하나됨을 이 꿈으로 축복하고 싶다.

민족의 역사와 더불어 역사의 동무들과 더불어

이 꿈으로 축복하고 싶다.

통일의 딸 통일의 아들

생산하라! 생산하라! 생산하라!

가족

사랑은 만들어지는 건가
아니면 만들어가는 건가
또한, 미움은 어떠한가
그리하여 행복은 어떠한가

답이 없다.
정답이 없다.

좋은 곰팡이도
나쁜 곰팡이도
나로부터
가족으로부터 생겨나는 것

사랑이 커지는 것은
또는 미움이 커지는 것은
그 어떤 무엇보다
가족
아니, 나 자신

가족이 아름다울 때
가족이 추악할 때
그 경계선은,
마음 속에 그어져 있다.
마음 속에
사랑과 미움의 38선이 있다.

밖으로부터
또는 안으로부터
미움이 가족을 파괴하고
가족이야말로 미움을 용납하리라는
그 인정하기 쉬운, 그러나 인정해서는 안 될
그 턱없는 미련을 깰 때
가족은 행복해지리니

나로부터
나의 가슴으로부터
독립하라
사랑이어

사랑이어
너로부터
너의 가슴으로부터
피어나는 사랑이

나의 허물을 덮어주고
가족의 모자람을 채워주게 될 때
부끄러워라
아니, 부끄러워해야 하리라

부끄러움을 아는
사랑의 씨눈이야말로
그 어떤 절망이 다가올지라도
그 맨 끝에서 찾을 수 있는
마지막 희망이리니
그리하여
사랑의 첫 시작이리니

사랑의 첫 머리에서
나로부터 너에게로
희망의 말이 가야 하리라
나로부터 너에게로
기쁨 주는 말이 가야 하리라

그도 아니면,
아니 그에도 전혀 미치지 못하면,
상처 주는 말만큼은 가지 말아야 하리라
그 어떤 절망의 끝머리에서도
그 어떤 슬픔의 순간에도

사랑 없는 가족이 아니라면
가족 없는 사랑이 아니라면

촛불처럼 횃불처럼
— 효순이, 미선이 추모가

1절.

꽃다운 효순이가 죽었다 미선이도 죽었다

살인미군 장갑차에 깔려 한마디 비명도 없이

보아라 이놈들아 뻔뻔스런 양키들아

더 이상은 못참겠다 가라 가!

보아라 우리 모두 촛불 들고 촛불처럼 불밝히마

보아라 우리 모두 횃불 들고 횃불처럼 타오르마

2절.

살인자 니노가 무죄란다 워커도 무죄란다

끼리끼리 미군법정에서 일말의 양심도 없이

보아라 이놈들아 뻔뻔스런 양키들아

더 이상은 못참겠다 가라 가!

보아라 우리 모두 촛불 들고 촛불처럼 불밝히마

보아라 우리 모두 횃불 들고 횃불처럼 타오르마

〈구호: 살려내라, 효순이를 살려내라

　　　살려내라, 미선이를 살려내라

　　　처벌하라, 살인미군 처벌하라

개정하라, 소파협정 개정하라

물러가라, 살인미군 물러가라…〉

— 2002년 12월 14일 주권회복의 날
〈오만한 미국 규탄과 주권회복을 위한 10만 범국민평화대행진〉에 부쳐

<평통사 주제가 ① 힘차게>

우리는 평, 통, 사!

우리는 평, 통, 사!
평화와 통일을 여는 사람들!
우리의 길은 하나!
칠천만이 하나 되는 그 길뿐!

막지 마라 분단세력 전쟁귀신 무기장사들아
막지 마라 우리 가는 길 (막지 마라 함께 가는 길)

우리의 길은 하나!
푸르른 꿈 당당한 자주로 하나!
(우리의 길은 하나!)
평화로 열어가는 통일의 길
(우리의 길은 하나!)
통일로 열어가는 평화의 길

<평통사 주제가 ② 민요풍으로>

평화세상 통일세상

1절.
가세 가세 평화세상 우리 함께 열어가세
가세 가세 통일세상 우리 함께 열어가세

대를 이어 살아온 땅
대를 이어 살아갈 땅
7천만이 어우러져 오순도순 살아갈 우리네 땅

전쟁무기 걷어내어 평화군축 이뤄내고
분단장벽 헐어내어 자주통일 이뤄내세

열어내세 열어내세 평화세상 통일세상
우리 대에 열어내세 (얼쑤!)

2절.
걷어내세 전쟁무기 우리 함께 걷어내세
헐어내세 분단장벽 우리 함께 헐어내세

외세들에 찢겨진 땅
한이 서린 분단의 땅
7천만이 힘을 합쳐 영차영차 되세울 자주의 땅

평통사가 앞장서서 평화군축 이뤄내고
칠천만이 모두나서 자주통일 이뤄내세

열어내세 열어내세 평화세상 통일세상
우리 대에 열어내세 (얼쑤!)

〈평통사 주제가 ③ 경쾌하게〉

우리가 만들래!

어려선 몰랐어! 지금은 알았어! 갈라진 민족의 역사!
한때는 속았어! 이제는 깨달았어! 짓눌린 민중의 현실!

더는 안돼! 점령군의 오만!
우리가 막을 거야! 미소 뒤에 숨긴 전쟁음모!
정말 안돼! 장사꾼의 술수!
우리가 막을 거야! 악수하며 내민 경제침탈!

이제 그만! 너희는 물러가!
우리가 할래! 우리의 평화!
우리가 할래! 우리의 통일!

저 아이들 눈빛처럼 아름다운
우리의 평화세상 우리가 만들래!
아 칠천만 하나처럼 감격스런
우리의 통일세상 우리가 만들래!

〈평통사 주제가 ④ 천천히〉

평화의 나라로 통일의 한길로

저기 눈부시게 아름다운 저 꽃들
여기 대를 이어 살아가는 이 강산

길고 긴 외세의 침탈 반백 년 분단의 세월
가슴마다 한이 맺혀 슬픔으로 가득 찼네
길고 긴 점령의 역사 반백 년 전쟁의 세월
구비마다 빽빽하게 전쟁무기 가득 찼네

가자 평화의 노래 함께 부르며 평화의 나라로
가자 통일의 큰 춤 함께 추며 통일의 한길로

누가 뭐래도 우리는 건약, 누가 뭐래도 우리의 건약
―건약 10주년 축시

건강사회를 위한 약사회 10년!
지금 여기 서 있구나
어렵다 어렵다 하면서도 이만치 와 지금 여기 서 있구나
뜨겁게 뜨겁게 달구며 여기까지 와 지금 여기 서 있구나

건약 10년!
어찌 박수가 없으랴

그 험한 시절
연판장을 돌리면서 조렸던 가슴들
6월의 거리에서 목터지게 불렀던 구호들
모이고 모여서 작은 건약 이루고
전국 각지 건약들이 모여서 일으켜세운 전국 건약
총체보건의 깃발을 들고
민주보건, 민중건강, 민족의약을 모토로
건강한 사회, 건강한 민중, 건강한 약사로 거듭나기 위하여
우리 모두가 일으켜 세운 건약
어찌 자랑스럽지 않으랴

건약 10년!
어찌 눈물이 없으랴
개새끼들 소새끼들 욕 먹어가며
농민약국을 열고
그 길고 긴 나날을 밤새우며
문송면 김봉환 장례투쟁에 나섰던 건약
최루탄 속에서
보건의료인 평화군축대회에 나섰던 건약
한약 빼앗는다는 말 억울해서
여의도에서 과천에서 올빼미시위에 나섰던 건약
때로는 허겁지겁 때로는 아등바등 달려온 건약
어찌 서러움이 없었으랴

돌아보면
우리가 모인 건
남들이 가니까 덩달아 따라나선 게 아니었지
우리가 모인 건
외로움을 삭이고 함께 하려던 거였지
아니 우리가 모인 건
힘을 모으기 위해서였지
지금 보면
우리가 모여 있는 건
괴로움을 덜어가며 더불어 살기 위해서지
아니 우리가 모여 있는 건

밝은 세상 건강세상 만들기 위해서지
하지만 10년
무얼 위해서 모이고 모여 있기엔
우린 너무 쉽게 약해졌나봐
우린 너무 쉽게 약아졌나봐
우린 너무 쉽게 헤어졌나봐
무얼 위해 모여 있기엔

그래그래 무얼 위해서, 위해서 모여 있기엔
우린 너무너무 지쳐있나봐
우린 너무너무 뜻이 다른가봐
우린 너무너무 힘이 약한가봐
무얼 위해 모여있기엔

그러니 이제는 귀여운 토끼새끼 여우 같은 마누라
멍석 같은 서방님과 그저 그냥
그저 그냥 그렇게 집안 살림이나 꾸리는 게
아니 집안 살림 꾸리기도 힘겨운가봐

이제 건약 10년
할 만큼 한 거 아닐까
소련도 가고 달나라도 가고 못 가는 곳 없는데
세상도 달라지는데
건약 깃발을 바꿔야 하지 않을까

아니 깃발을 내려야 하지 않을까

한번 물어보자
우린 왜 앉지 않고 서 있을까?
앉으면 눕고 싶으니까!
우린 왜 모여 있을까?
흩어지면 죽으니까!
우린 왜 깃발을 세우고 있지?
내리면 없어지니까!
우린 왜 깃발을 바꾸지 않지?
더 좋은 딴 깃발이 없으니까!

아니지 아니지
우리가 서 있는 건 앞으로 가려는 거지
아니지
우리가 모여 있는 건 더 큰 일을 하려는 거지
아니지
우리가 깃발을 내리지 않는 건
우리가 깃발을 바꾸지 않는 건
애초 가려던 거기 깃발을 세우려는 거지

그렇다!
우리 건약을 누가 대신 하랴
우리가 건약 아니면 누가 건약이랴

그렇다!
누가 뭐래도 우리는 건약
누가 뭐래도 우리의 건약

이제 가자
새로운 10년을 향하여!
지치고 약해진 어깨를 추스리며
아픈 다리 서로 기대며
가자
깃발은 내리려고 드는 게 아니다
세우려고 드는 것이다
우리가 꿈꾸어온 그 세상 고지에
건약의 자랑스런 깃발을 세울 때까지
가자
새로운 10년을 향하여!
해방세상 통일세상 건강세상 여는 날까지
가자
가고야 말자!

— 1999년 10월 8일, 건약 10주년을 맞아

송병수
(1967. 9. 17~1997. 10. 28)

송병수
참으로 엉뚱한 놈
오늘도 그러고 싶겠지 늘 그러했듯
불쑥 나타나서는
"선배님! 이건 이거 아니에요?"
"응? 그건 이만저만하니까 그거 아닐까?"
"아 그래요!"
그래 놓고는 술 한 잔 걸치고 나면 다시
"선배님! 아니아니, 형님! 그게 진짜 그거예요?"
"그럴 건데?"
"그래요? 그럼 당장 시작하죠!"

양평 흙집에서도 그랬고,
그 이전 처음 암이 너를 공격했을 때도 이리저리 둘러대며 그랬듯이
성모병원 호스피스 병동에서도 그랬어.
송병수
넌 날 속였어.
혹시라도 내가 마음 불편할까봐
네 죽음의 시간을 속였어.

아니 네 고통 그 깊이와 크기,
존재의 시간과 비존재의 시간 사이,
네가 감당한 그 모두를 속였어.
그 속임수에 난 정말 감쪽같이 속고 말았어.
아니 나도 너처럼
너를 속이고 싶었고 나를 속이고 싶었던 건지도 몰라.
네가 세상을 버리기로 하고도
그 며칠 전 너는 완벽하게 나를 속였어.
죽음 가까이에서
아니 바로 곁에 와 있는 죽음 앞에서
나를 속이기 위해서 너는 완벽하게 웃었어.
"난 국산이 좋더라—" 하면서
간호사로부터 리모콘을 넘겨받고는
미제 우스개 드라마를 국산 안방 드라마로 바꾸면서
그 속임수로 나를 속이고 나를 내보내고
그리고 너는 슬그머니 이 세상을 떠났어.

송병수
당당한 전사는 웃으면서 가야 한다고 가슴에 새겼겠지
학생시절 그랬던 것처럼
건약 그 짧은 활동에서 그랬던 것처럼
남들이 이빨 까며 설왕설래할 때
네 말 그대로
소리도 없이 쇠파이프 들고 교문 앞으로 가

방어벽을 쌓았다던 그 말 그대로
잔말은 잔말대로 내버려두고
너는 몸으로 역사를 써나갔듯이
민주주의의 전사, 변혁운동의 첨병은 당당해야 한다고
그리하여 웃으며 존재를 정리해야 한다고 가슴에 새겼겠지

송병수
너는 어쩌면 우리의 스승이다
아니 네가 우리에게 스승이다
당당한 행동
당당한 생애
자잘한 변명도 구질구질한 궁리들도 걷어내고
그 어떤 인품 그 어떤 거룩한 명함도 무색하게 만들고
그 어떤 말쑥한 논리마저도 쑥스럽게 만드는
당당함,
당당함,
당당함,
그 당당함으로
네가 우리의 스승이다
송병수
지금 너를 다시 보고 싶다
송병수라고 이름 붙일 수 있는 그 당당함을 다시 보고 싶다
그 누구라도 그 당당함이라면 송병수인 그런 당당함을 다시.
세월이 사람을 허물지 사람이 세월을 만드는 게 아닐지도 모른다는

그런 자조와 헛웃음이 넘치는 지금

거리엔 노숙자가 씨벌씨벌 하며 빈 소주병을 다시 빠는 지금

피디와 엔엘이 어우러져 피디엔엘이거나 엔엘피디거나로 어우러져

민주변혁과 민족통일로 나아가도 바쁘기 그지없는 지금

너의 그림자라도 보고 싶다.

송병수

참으로 엉뚱하기 그지없는 놈

지금이라도 불쑥 나타나

"선배님, 아니아니 형님! 지금 이건 이거 하면 되는 거죠?"

씨익 웃으면서 바지춤 한 번 추스르는 걸 보고 싶구나

서둘러 가족을 챙기고

병마와 싸우면서도

북녘어린이살리기, 신문확대사업, 평통사, 국민승리21을 빠짐없이
챙기면서

거침없이 일을 시작하는 당당함을 보고 싶구나

아니면 네 대신 그 누구라도 그렇게 하는 걸 보고 싶구나

지금 네가 없으니까

지금 송병수 네가 없으니까

하지만 송병수

어쩔 수 없이 너는

미완의 혁명가이다.

너를 공격한 병마를 이기지 못하고

네가 꿈꾸던 세상을 여기 이루지 못하고

단지 꿈일 뿐인 저 세상으로 갔으니
거기서나 너의 혁명을 기도하고 있을 터이니
너는 어쩔 수 없이 미완의 혁명가이다
역사의 한복판에 묻히지 못하고
먼저 어머니의 가슴에 묻혔으니
너는 미완성이다.

그러므로
우리 모두가 미완성이다.
너를 완성시키지 못했으니
아니 너와 함께 완성에 이르지 못했으니
우리 모두가 미완성이다.
너와 함께는 그만두고
우리끼리도 어깨 걸고 나가지 않고 서성거리고
이빨 까고 설왕설래 하고 있으니
우리 모두가 미완성이다,
우리 모두가 불량품이다,
혁명이 개꿈이라고 치부되는 지금.

— 송병수 1주기를 맞아, 1998년 11월 1일 건약 추모행사에 맞추어

약사의 희망은 '약사'
— 대한약사회 창립 50주년 축시

대한약사회 창립 50년.
눈부신 가을 햇살 아래
전국에서 약사들이 모였다.
가을 하늘을 가슴에 품고 모였다.

놀랐다.
우리의 힘이 이렇게 크다!
다시 놀랐다.
12시간, 12평,
그것이 나의 전부는 아니었다.
우리의 전부는 아니었다.
느꼈다.
우리의 가슴이 이리도 따스할 수 있다는 것을.
오랜만에 만나는 반가운 얼굴들
자부심으로 살아온 역사의 나날들 속에서
우리는 결국 하나라는 것을.

기쁨과 슬픔,
보람과 실망으로 이어진

나의 약사인생,
시련과 고초를 겪으며
도전과 극복의 정신으로
약사회 50년,
여기서 다시 묻자

나는 무엇인가
우리는 무엇인가
무엇이고자 했는가
무엇이고자 하는가
무엇으로 살아왔는가
무엇으로 살아가고자 하는가
다시 물을 때
답은 하나,
허울을 벗어버리고
껍질을 깨어버리고
속마음을 들여다보며 다시 물을 때
답은 결국 하나.

나는 약사,
우리는 약사,
약사는 약사다.

그렇다!

희망만이 희망이듯
약사만이 약사의 희망!

약의 최초 개발자도 약사!
약의 최종 관리자도 약사!

약사회 역사의 새로운 출발점도 약사!
약사인생 새로운 목표도 결국은 약사!

모이자.
오늘처럼 가끔은 모이자, 그리고 헤어지자.
그리하여 약사의 현장으로 가자.
약국으로, 연구실로, 공직으로, 공장으로, 병원으로, 대학으로,
세계로, 미래로 가자.
헤어져 어디에서 무엇을 하든 약사로서 하나인 우리,
약사로 살자.
희망으로서만 희망을 일구어가는 나의 인생,
약사로 살자.

— 대한약사회 창립50주년 전국약사대회를 축하하며

아우야 아우야

마음속 아우야 어둠의 시대 당당한 투사야
기어이 먼저 가고야 말았느냐
그 길이 그리도 급한 길이었느냐

아니면 찾던 길을 잃었느냐
그도 아니면 이 길이 아니다 싶었느냐
함께가던 길
이제는 따로 가는구나

따로 가는구나
따로 가는구나
너는 남쪽에서 하늘로
나는 북쪽에서 땅으로

하지만 아니야
아니야
따로 가는 게 아니야

아우야

마음속 아우야
보기엔 따로 가지만
마침내는 하나다
하나의 길이다

속정이 더 깊어
홀로 삭이며 결단을 내려온 너
이 땅을 떠나는 이 결단
나는 말릴 수가 없었다
그래서 미안하다
그래서 부끄럽다

아우야
마음속 아우야 어둠을 헤쳐가는 당당한 투사야
언제고 다시 만나자
함께 가자꾸나
함께 가자꾸나
함께.

― 2005년 11월 18일 평양에서
고 이용석 추모식을 올리며

새해 새 햇살의 에너지로
— 〈약업신문〉 新年詩

눈폭탄이 쏟아진 이 겨울
눈밭에 쏟아지는 햇살이 눈부시다

저 햇살
어제의 그것도 내일의 그것도 아닌
오늘의 햇살이다
오늘의 에너지, 오늘의 희망이다

봄 여름 가을 겨울
그날이 그날 같지만
시간이 시간으로 이어지지만
그 어떤 하루든 그 하루는 새로운 하루

아름다운 꽃이 시들고서야 열매가 영글고 익어가듯이
아름다운 가을옷마저 벗어던진 저 나무들이
이 겨울을 두려워 않고 벌써 푸르른 여름을 꿈꾸고 있듯이
봄 여름 가을 겨울
살아있는 모든 것은 새로움이다
나이테를 늘려가는 늙음까지도 새로움이다

새해 새날, 새 햇살을 맞아
새 햇살의 에너지로, 새 희망으로
새로워져야 하리
나, 너, 우리

우리의 불씨

우리는 안다.
우리의 불씨가 어떻게 오늘에 이르렀는지.
수천 년 이어내려 이토록 뜨거운 이 불씨
시어머니라는 여인에게서 며느리라는 여인에게로 아궁이 불씨
아버지라는 사내에게서 아들이라는 사내에게로 들판 불씨

우리는 안다.
우리의 불씨가 어디서 오늘에 이르렀는지.
고부들판 황토마루에서 일어난 민중해방 봉기의 불씨
만주벌판에서 타오른 민족해방 투쟁의 불씨
해방공간으로부터 달구어진 반외세 자주 독립의 불씨
전쟁시간으로부터 받아낸 반군사 평화 통일의 불씨

…4월항쟁에서 민주혁명의 불씨
…5월항쟁에서 민중항쟁의 불씨
…6월항쟁에서 정권수립의 불씨

우리는 안다
우리의 불씨가 어디로 타올라야 할지

민중 총체건강의 불씨 어디서 지펴
민족 자주보건의 불씨 어떻게 번져가야 할지
우리는 안다

우리의 가슴속으로부터 모두의 가슴속으로
우리의 생활로부터 민중의 터전으로
우리의 운동으로부터 민족공동체의 운동으로
타오르라 불씨여, 우리의 불씨여
약사보건운동의 불씨여